高等学校全国优秀博士学位论文作者专项资金项目"中国现代文学的新传统研究"（编号：200512）

国家社科基金项目"中国现代文学批评概念与中外文化交流"（批准号08BZW052）

四川大学文化遗产与文化互动创新研究基地项目、211科研项目

被召唤的传统

BEI ZHAOHUAN DE CHUANTONG

百年中国文学新传统的形成

李怡 颜同林 周维东 ◎ 著

中国社会科学出版社

图书在版编目（CIP）数据

被召唤的传统：百年中国文学新传统的形成/李怡、颜同林、周维东著． —北京：中国社会科学出版社，2009.12

ISBN 978-7-5004-8315-1

Ⅰ.①被…　Ⅱ.①李…②颜…③周…　Ⅲ.①现代文学-文学史-中国②当代文学-文学史-中国　Ⅳ.①I209.6

中国版本图书馆 CIP 数据核字（2009）第 193238 号

责任编辑　郭晓鸿（guoxiaohong149@163.com）
责任校对　郭　娟
封面设计　格子工作室
技术编辑　戴　宽

出版发行　中国社会科学出版社

社　　址	北京鼓楼西大街甲 158 号	邮　编	100720
电　　话	010—84029453	传　真	010—84017153
网　　址	http://www.csspw.cn		
经　　销	新华书店		
印　　刷	北京君升印刷有限公司	装　订	广增装订厂
版　　次	2009 年 12 月第 1 版	印　次	2009 年 12 月第 1 次印刷
开　　本	710×1000　1/16		
印　　张	15.75	插　页	2
字　　数	235 千字		
定　　价	25.00 元		

凡购买中国社会科学出版社图书，如有质量问题请与本社发行部联系调换

总　序

　　提起五色石，有谁不想到它源自中华民族借一位创世女神之巨手，谱写出的那篇天地大文章？一两千年前的汉晋古籍记载了这个东方民族的族源神话：当诸多部族驰骋开拓、兼并融合而造成天倾地裂，水灾火患不息的危难时刻，站出了一位曾经抟土造人的女娲"炼五色石以补苍天，断鳌足以立四极"（《淮南子·览冥训》），重新恢复和创造天行惟健，地德载物的民族生存发展的空间。在烈火中创造自己色彩的五色石，凝聚了这种天地创生，刚健浑厚的品格，自然也应该内化为以文学—文化学术创新为宗旨的本书系的精神内涵和色彩形态，探索一条有色彩的创新之路。

　　经由"天缺须补而可补"成为民族精神的象征，其缺者的大与圣，其补者的仁与智，无不可以引发创造精神和神思妙想的大爆发。何况人们又说女娲制作笙簧，希望在创造性的爆发中融入更多美妙动人的音符？李贺诗："女娲炼石补天处，石破天惊逗秋雨。"歌咏的是西域乐器箜篌，朝鲜平民乐曲《箜篌引》，可见精神境界之开放，诚如清人所云："本咏箜篌耳，忽然说到女娲、神姬，惊天入月，变眩百怪，不可方物，真是鬼神于文。"（黄周星《唐诗快》）创造性思维既可以正面立意，又可反向着墨，如司空图《杂言》："乌飞飞，兔蹶蹶（乌与兔是日月之精），朝来暮去驱时节。女娲只解补青天，不解煎胶粘日月。"当然也可以融合多端，开展综合创新，如卢仝的古体诗："神农（应是伏羲）画八卦，凿破天心胸。女娲本是伏羲妇，恐天怒。捣炼五色石，引日月之针，五星之缕把天补。

补了三日不肯归婿家，走向日中放老鸦，月里栽桂养虾蟆。"这就把伦常幽默、月宫神话，也交织到炼石补天的神思中了。更杰出的创造，是把炼石补天神话的终点当作新起点的创造。这就是曹雪芹的《红楼梦》，把女娲炼石补天时被弃置的一块顽石当作通灵宝石，带到人间走了阅尽繁华与悲凉的一遭，写成了"无材可去补苍天，枉入红尘若许年"的"天书"与"人书"相融合的精神启示录。由五色石引爆的这些奇正创新、综合创新和跨越式原始创新的丰富思路，应该成为我们书系的向导，引导我们进行根底扎实，又五彩缤纷的学术探索，或如宋朝一位隐居黄山的诗人所云："我有五色线，补衮衮可新；我有五色石，补天天可春。"（汪莘《野趣亭》）

我们处在改革开放的时代，世界视野空前开阔，创新欲望空前旺盛，学理思维空前活跃。伴随着中华民族的全面复兴，思想学术文化已经以其无比丰厚的成绩走入了一个新的纪元。但我们也迎接着全球化和市场化的扑面而来的机遇中的严峻挑战。高科技对文学生存方式的强势介入，市场机制对文学生产的批量性推动，消费时尚对文学潮流的极端吸引，以及网络、图像参与其间的新媒体文学表达形态，包括林林总总的电视文学、摄影文学、网络文学、手机文学、图说文学等形态的火爆滋生，令人深刻地感受到今日之文学已远非昔日之文学了。对于原有的文学格局、形态和秩序而言，这里所面临的泛化性的消解和创新的包容的挑战，严峻地考验着当今学术界的学理担当能力。如果说在某些领域，在某种程度上，也出现了一些与女娲神话类似的"四极废，九州裂，天不兼覆，地不周载"的危机，大概也不应被看做是危言耸听吧。那么，又从哪里找到补苍天的五色石，立四极的鳌足和止淫水的芦灰呢？若能够由此写出女娲炼石补天的新篇，也是本书系不胜翘首企盼的。

令人满怀信心的是，中华民族的生命力和创造力百撼不磨，往往在艰难的挑战中出现超强度的爆发，在爆发中显示了坚毅的魄力和深厚的文化元气。浩瀚雄厚的多地域多民族的历史文化资源和现实文化实践，成为它层出不穷地为人类提供文化经验和创新智慧的不竭源泉。且不说旷世莫比的少数民族神话，即便中原神话虽未衍化为长篇英雄传奇，却散落为遍地开花的民俗奇观。五色石在历朝志怪和许多地理志中，屡有记载，女娲庙在甘肃秦州有，湖北房州也有。女娲抟土造人处据传在汉武帝《秋风辞》吟咏的汾阴，女娲墓则在九曲黄河最大的弯曲处古潼关附近的风陵渡，因为女娲风姓，风陵也就成了娲皇陵了。中华民族是把自己的母亲河和这位创世女神连在一起的。五色石散落之处有广东产端砚的山溪，《元丰九域志》云："端溪山有五色石，上多香草，俗谓之香山。"明代诗人说："女娲炼馀五色石，藏在端溪成紫霞。天遣六丁神琢砚，梦中一笔夜生花。"（张昱《题端古堂》）既然五色石散落岭南，那么炼石的灶口在哪里？在太行山。明人陆深《河汾燕闲录》说："石炭即煤也……（山西）平定所产尤胜，坚黑而光，极有火力。史称女娲氏炼五色石以补天，今其遗灶在平定之东浮山。予谓此即后世烧煤之始。"五色石通过创世女神之手，成为一种天地交泰的文化生命结晶，它一头联结着赋予人类生存以温暖的"坚黑而光"的能源，另一头联结着文化创造的"梦笔生花"的灵性。在如此浩瀚无垠的天地、人类、历史、文化空间进行新世纪的文学学术创造，尽管阅尽风云变幻的价值重建、形式变换和文学边界模糊，但我们的民族也有足够的底气、智慧和能力，在文学研究中注入充满活力的人类审美本性的精髓，从中焕发出现代大国思想文化的独立品格和创新气象。

明诗有云："五色石堪炼，吾将师女娲。"（周瑛《至广德作东园书室》）是我们全面、系统、深入地调动浩如烟海的文化资源和创新智慧，拓展新视野，提出新命题，给出新阐释，师法女娲炼石补天的原始创新行为，炼造出一个东方现代大国的思想学术的五色石的时候了。

杨义

2008 年 6 月 1 日

目　　录

被召唤的传统——百年中国文学新传统的形成

不断被召唤的"传统"

在过去将近一个世纪的历史中，关于中国新文学发展与成就的争论一直持续不断，其中，诸多问题都牵连了一个重要的概念：传统。"传统与中国新文学"本身就是一个宏大的值得我们仔细分析和讨论的问题。传统，这个已经因为广泛使用而变得笼统模糊的概念需要我们多方面的追问：究竟什么可以被称做"传统"？或者说，能够博有"传统"之名的是否就是我们文学史上公认的进入遥远的古典时代的遗产？所有关于"反传统"的讨论是否就是理所当然的古今关系的讨论？关于"传统"，我们究竟可以有怎样丰富的界定？对于中国新文学而言，它的"问题框架"还可能有什么新的设计没有？

一

中国新文学诞生发展过程当中与古典传统诸多纠缠不清的事实引出了几乎一个世纪的热门话题。一方面，中国新文学的开拓前行不时利用各种"反传统"的旗帜，中国新文学的流派之间的观念之争常常在"西方还是传统"的模式中展开。另一方面，讨论中国新文学的"传统"，这在今天人们的心目当中会引发出两种不同的理解：

一是"反传统"成为现代中国文学自五四以来的重要旗帜，为了开拓前进，"传统"似乎理所当然地被视为保守、落后与停滞，"传统"的一切都有待我们加以批判和清除；二是中国新文学发展过程中所遭遇到的许多困难与问题总是被人们联系到"传统"中来加以分析，与传统的疏离让我们困惑与失落，以致常常怀疑着这样的疏离，当现实文学发展的某些"弊端"呈现出来的时候，我们自然也会思考这样的问题：这样的问题是不是就是传统的"报复"？是我们自绝于传统的苦果？

就这样，"传统"不断地被我们提及，我们总是将许多的希望与失望寄托在它的身上。

然而，所有对于"传统"林林总总的议论似乎并没有让中国新文学的许多问题获得顺理成章的解决。20世纪90年代中期，在中国大陆，当著名诗人郑敏提出"世纪末的回顾"之时，她提出的问题和对问题的分析都让我们轻而易举地"回到"了七十多年前：

> 读破万卷书的胡适，学贯中西，却对自己的几千年的祖传文化精华如此弃之如粪土，这种心态的扭曲，真是值得深思。①

其实，将近七十年前，主张新诗应该有"民族彩色"的穆木天就已经提出过一个类似的指控：

> 中国的新诗运动，我以为胡适是最大的罪人。②

将中国新诗发展中的问题归咎于背弃了古典传统，这样的判断在"世纪末"如此，在"世纪初"亦如此，当然并非专指胡适。例如，闻一多也这样批评郭沫若的《女神》：

---

① 郑敏：《世纪末的回顾：汉语语言变革与中国新诗创作》，《文学评论》1993年第3期。
② 穆木天：《谭诗——寄沫若的一封信》，原载《创造月刊》1926年第1卷第3期。

近代精神——即西方文化——不幸得很，是同我国的文化根本背道而驰的；所以一个人醉心于前者定不能对于后者有十分的同情与了解。《女神》底作者，这样看来，定不是对于我国文化真能了解，深表同情者。[1]

问题并不在这些批评本身，而在于是它们思路的共同性给我们揭示了一个发人深省的事实：大半个世纪的批评似乎并没有让我们的新文学作家"警觉"起来，中国新文学依旧我行我素，在带着一大堆的问题和批评中与所谓的"传统"渐行渐远，被不断召唤的"传统"信仰事实上也没有发挥"拨乱反正"的功效。

那么，我们今天一再被提及的"传统"有着怎样的意义？

笔者以为，一再出现于中国新文学批评话语中的关键词——传统其实是相当暧昧的，它至少被人们置放在两大指向和多重价值的含义上加以征用，又由于批评者各自所认可的价值立场的差异性，许多由抽象的"传统"而引发的话题其实很难在同一个层面上进行，并最终通过大半个世纪的推演，让"问题"得以丰富地展开或者深化——

一是中国新文学与古典文学"传统"的关系，二是中国新文学自身所形成的"传统"。这两种意义上的"传统"都关乎我们对于中国新文学本质的把握，影响着我们对于其未来发展的估价，值得我们加以特别地留意。

二

首先是与中国新文学形成历史对应意义的中国古典文学的"传统"。

关于中国新文学与中国古典文学"传统"的关系，这在不同的时期曾经有过截然不同的理解。这不同的理解直接影响到了我们心目中对于"传

---

① 闻一多：《女神之地方色彩》，原载 1923 年 6 月《创造周报》第 5 号。

统"的定位。

传统＝保守，中国新文学的反传统＝最值得肯定的进步的实绩，这是我们长期以来的一个基本判断。现在看来，这样的推理方式明显有它值得商榷之处，但 20 世纪 90 年代以后，随着商榷之声的不断响起，新问题又出现了：传统＝反对西方文化霸权？中国新文学的反传统＝臣服于西方文化霸权的自我失语？

当我们把自五四开启的新文学置于新/旧、进步/保守、革命/封建的尖锐对立中加以解读，自然就会格外凸显其中所包含的"反传统"色彩，在过去，不断"革命"、不断"进步"的我们大力激赏着这些所谓的"反传统"形象，甚至觉得胡适的"改良"还不够，陈独秀的"革命"更彻底，胡适的"放脚诗"太保守，而郭沫若的狂飙突进才真正"开一代诗风"。到 20 世纪 90 年代以后，同样的这些"反传统"形象，却又遭遇到了空前的质疑：五四文学家们的思维方式被贬之为"非此即彼"的荒谬逻辑，而他们反叛古典"传统"、模仿西方诗歌的选择更被宣判为"臣服于西方文化霸权"，是导致中国新诗的种种缺陷的根本原因！

笔者以为，对于这一"传统"难题的破解最好还是回到历史本身，让中国新文学历史的事实来说话。

其实，如果我们能够不怀有任何先验的偏见，心平气和地解读中国新文学，那么就不难发现其中大量存在的与中国古典文学的联系，这种联系从情感、趣味到语言形态等全方位地建立着。以现代新诗为例，我们发现，即便是"反传统"的中国新诗，也可以找出中国古典诗歌以宋诗为典型的"反传统"模式的潜在影响。我们曾经在一些著述中极力证明着这样的古今联系。①然而，在今天看来，单方向地"证明"依然不利于我们对于"问题"的真正深入。因为，任何证明都会给人留下一种自我"辩诬"的印象，它继续落入了接受/否定的简单思维，却往往在不知不觉中遗忘了

---

① 参见李怡《中国现代新诗与古典诗歌传统》，西南师范大学出版社 1994 年版。

对中国新文学"问题"本身的探究。实际上，关于中国新文学存在的合法性，我们既不需要以古典文学"传统"的存在来加以"证明"，也不能以这一"传统"的丧失来"证伪"，这就好像西方文学的艺术经验之于我们的关系一样。中国新文学的合法性只能由它自己的艺术实践来自我表达。这正如王富仁先生指出的那样："文化经过中国近、现、当代知识分子的头脑之后不是像经过传送带传送过来的一堆煤一样没有发生任何变化。他们也不是装配工，只是把中国文化和西方文化的不同部件装配成了一架新型的机器，零件全是固有的。人是有创造性的，任何文化都是一种人的创造物，中国近、现、当代文化的性质和作用不能仅仅从它的来源上予以确定，因而只在中国固有文化传统和西方文化的二元对立的模式中无法对它自身的独立性做出卓有成效的研究。"①

我们提出中国新文学并没有脱离中国古典诗歌传统这一现象并不是为了阐述中国古典文学模式的永恒的魅力，而是借此说明中国新文学从未"臣服于西方文化霸权"这一事实。中国新文学，它依然是中国的作家在自己的生存空间中获得的人生感悟的表达，在这样一个共同的生存空间里，古今文学的某些相似性恰恰是人生遭遇与心灵结构相似性的自然产物，中国现代作家就是在"自己的"空间中发言，说着在自己的人生世界里应该说的话，他们并没有因为与西方世界的交流而从此"进入"到了西方，或者说书写着西方文学的中国版本。即便是穆旦这样的诗人，无论他怎样在理性上表达对古代传统的拒绝，也无论我们寻觅了穆旦诗歌与西方诗歌的多少相似性，也无法回避穆旦终究是阐发着"中国的"人生经验这一至关重要的现实，如果我们能够不带偏见地承认这一现实，那么甚至也会发现，"反传统"的穆旦依然有着"传统"的痕迹。

然而，问题显然还有另外一方面，也就是说，中国新文学的独立价值恰恰又在于它能够从坚实凝固的"传统"中突围而出，建立起自己新的艺

---

① 王富仁：《对一种研究模式的置疑》，《佛山大学学报》1996年第1期。

导论　不断被召唤的『传统』

5

术形态。正是在这个意义上，我们说单方向地证明古典诗文学"传统"在新文学中的存在无济于事，因为在根本的层面上，中国新文学的价值并不依靠这些古典的因素来确定，它只能依靠它自己，依靠它"前所未有"的艺术创造性。或者换句话说，问题最后的指向并不在中国新诗是否承袭了中国古典文学的"传统"，而在于它自己是否能够在"前所未有"的创造活动中开辟一个新"传统"。

中国新文学的新"传统"就是我们应该更加关注的内容。

三

讨论中国新文学的新"传统"，这里自然就会涉及一个历来争议不休的话题：中国新文学究竟是否已经"成型"？如果它并不"成型"，对新"传统"的讨论是否就成了问题呢？

已经有着九十来年历史的中国新文学是否已经形成了一种区别于古典文学的新模式？比如，它的白话，它的文学主题，它的叙事特点，它的审美追求，是否已经明显区别于中国古代的文学而且被证明是卓有成效的？

我们的直觉也许是众说纷纭。例如，作为"诗之国"的诗歌传统是否获得了新发展就一直充满争议。在中国现代新诗的发展历史中，到处都可以听到类似"不成熟"、"不成型"的批评与不满之词，例如，胡适1919年评价他的同代人说："我所知道的'新诗人'，除了会稽周氏弟兄外，大都是从旧式诗、词、曲里脱胎出来的。"①七年后，新起的象征派诗人却认为："中国人现在做诗，非常粗糙……""中国的新诗运动，我以为胡适是最大的罪人。"②十年后，鲁迅对美国记者斯诺说："到目前为止，中

---

① 胡适：《谈新诗》，《中国新文学大系·建设理论集》，上海良友图书公司1935年版，第300页。

② 类似言论参见穆木天《谭诗——寄沫若的一封信》；王独清：《再谭诗——寄木天、伯奇》，原载1926年3月《创造月刊》第1卷第1期。

国现代新诗并不成功。"①再过六年，诗人李广田也表示："当人们论到五四以来的文艺发展情形时，又大都以为，在文学作品的各个部门中以新诗的成就最坏。"②一直到 1993 年老诗人郑敏的"世界末的回顾"："为什么有几千年诗史的汉语文学在今天没有出现得到国际文学界公认的大作品，大诗人？"③

那么，这是不是足以说明"不成型"的判断已经就成为对新诗的"共识"呢？好像问题又没有那么的简单。因为，任何一个独立的判断都有它自身的语境和表达的目的，我们注意到，历来关于中国新诗"不成熟"、"不成型"的批评往往同时就伴随着这些批评家对其他创作取向的强调，或者说，所谓的这些"不成熟"与"不成型"就是针对他们心目中的另外的诗歌取向而言的，在胡适那里是为了进一步突出与古典诗词的差异，在象征派诗人那里是为了突出诗歌的形式追求，在鲁迅那里是为了呼唤"摩罗诗力"，在郑敏那里则是为了强调与古典诗歌的联系……其实他们各自的所谓"成熟"与"成型"也是千差万别甚至是针锋相对的！这与我们对整个中国新诗形态的考察有着很大的差别。当我们需要对整个中国新诗作出判断的时候，我们所依据的是整个中国诗歌历史的巨大背景，而如果结合这样的背景来加以分析，我们就不得不承认，中国新诗显然已经形成了区别于中国古代诗歌的一系列特征，例如，追求创作主体的自由和独立，创造出了一系列的凝结着诗人意志性感受的诗歌文本，自由的形式创造，"增多诗体"得以广泛的实现。在这方面，郭沫若甚至说过一段耐人寻味的话："好些人认为新诗没有建立出一种形式来，便是最无成绩的张本，我却不便同意。我要说一句诡辞：新诗没有建立出一种形式来，倒正是新诗的一个很大的成就。""不定型正是诗歌的一种新型。"④ 显然，在这位新诗开拓者的心目当中，"不成型"的中国新诗恰

①　参见《鲁迅同斯诺谈话整理稿》，《新文学史料》1987 年第 3 期。
②　李广田：《论新诗的内容和形式》，见《诗的艺术》，开明书店 1943 年版。
③　郑敏：《世纪末的回顾：汉语语言变革与中国新诗创作》，《文学评论》1993 年第 3 期。
④　郭沫若：《开拓新诗歌的路》，见《郭沫若论创作》，黑龙江人民出版社 1982 年版，第 58 页。

恰因此具有了前所未有的"自由"姿态，而"自由"则赋予现代诗人以更大的创造空间，这，难道不就是一种宝贵的"传统"吗？与逐渐远去的中国古代诗歌比较，中国现代新诗的"传统"更具有流动性，也因此更具有了某种生长性，在不断的流动与不断的生长之中，中国新诗无论还有多少的"问题"与"缺陷"，但却的确已经从整体上呈现出了与历史形态的差异，这正如批评家李健吾所指出的那样："在近二十年新文学运动里面，和散文比较，诗的运气显然不佳。直到如今，形式和内容还是一般少壮诗人的磨难。""然而一个真正的事实是：唯其人人写诗，诗也越发难写了。初期写诗的人可以说是觉醒者的彷徨，其后不等一条可能的道路发见，便又别是一番天地。这真不可思议，也真蔚然大观了。通常以为新文学运动，诗的成效不如散文，但是就'现代'一名词而观，散文怕要落后多了。"①

同样情况对于现代小说也如此。已经有学者阐述过"诗骚"传统对于中国现代小说家的深远的影响，② 这是中国文学固有"传统"的作用，但与此同时，自鲁迅等人开辟的现代白话小说又从根本上突破了中国古代小说的创作模式，在现代的"为人生"的广阔领域里传达着一个现代知识分子才可能具备的社会人生体验，无论我们怎么强调"文以载道"的传统观念对于新一代知识者的影响，我们都不得不承认，鲁迅式的"立人"已经从根本上与古典伦理说教拉开了距离，在一个更开阔也更有深度的层面上探索着人生的意义。

现代散文的丰富的主题与人性表现也非中国古代的"散文"概念与小品文追求所能够概括的。

现代话剧从来源到发展都与古典戏曲根本不同了，尽管我们不能否认古典戏曲对于现代话剧的影响，但问题也有相反的一面：恰恰是在现代话剧艺术的冲击下，中国古典的戏曲模式也出现了新的变化，两种"传统"

---

① 李健吾：《〈鱼目集〉——卞之琳先生作》，见《李健吾批评文集》，珠海出版社 1998 年版，第 104、107 页。

② 参见陈平原《中国小说叙事模式的转变》，北京大学出版社 2003 年版。

的互动关系在这里相当值得注意。

中国新文学的这些新"传统",分明还在为今天创作的发展提供种种的动力,当然,它也需要我们付出更多的梳理和理解。

我们的这一课题就试图在多种文化的交互关系中发掘"传统"的真正内涵,并从理论上剖析这些"传统"存在的价值和影响,以期对我们当前的文学发展特别是理论的困境提供新的思路。

第一章

中国文学的创造机制及其现代意义

第一节 传统：继承还是创造

中国文学由古至今的嬗变，是一个不断由旧趋新而没有止境的过程，它在同社会生活与人性发展的同步协调中，经历了极其复杂的发生、衍变、转型的过程。同样，负载在文学身上的文学传统，在由旧而新的变迁中差不多也同样经历了类似的历程。这一过程是时间流动与空间置换的双重变奏，"大凡文学的变迁，一方有世界的关系，一方有历史的影响，换言之，就是受空间和时间的支配".[①] 在时空的变幻中，我们既可听到它在历史长河中渐行渐远的脚步声，也可见到它留在文化陈迹之上的脚印，无形与有形，都是不可抹杀的审美存在。

对于还在当下延伸的中国新文学（现当代文学）而言，人们以误读、反读、正读的独特方式对新文学及其传统进行阐释时，因为古典文学背景的存在而使这一阐释显得聚讼纷纭。在讨论诸如新文学的渊源、发生、

---

① 俞平伯：《社会上对于新诗的各种心理观》，载杨匡汉、刘福春编《中国现代诗论》上编，花城出版社 1985 年版，第 22 页。

影响、性质、阶段、成就等命题，以及诸如传统与现代、民族性与现代性等两元对立的各种议题中，争论一直持续不断：新文学是否形成了自身的传统，形成了怎样的传统，新传统又是如何形成的？对这些带有根本性质的提问做出回答，不无言人人殊的意味。本节这里暂且集中于此一问题的某一侧面展开论述，即新传统是如何形成的，与此相关的是古典文学传统同样也是如何形成并不断流变的。对此，有必要认真清理与反思一下：说法不一的"传统"，如此暧昧而又含糊，在能指的滑动中，其所指到底是什么？对于根深蒂固、流传甚广的"继承"传统这一说法，其内在逻辑又是什么，是否需要进行深入的质疑？这里无意于重复前人既有的讨论，主要从强化主体的"创造"这一角度出发，就"继承"还是"创造"文学传统这一命题略陈己见，以便丰富当下学术界对此议题的讨论。

一

稍微浏览一番当下学术界对文学传统的讨论，我们便会发现讨论涉及以下几个大的方面，比如文学传统的范畴、性质、特征、流变等方面，而且这些讨论极为丰富而又矛盾，其间不乏尖锐的对立、冲突。若寻根溯源仔细加以辨析，不难发现聚讼纷纭的讨论本身却对讨论的前提——传统——存在根本的歧义。因此，文学"传统"作为文学乃至文化研究的关键性概念，首先需要从求得共识出发，对它进行限定，否则对它的现代阐释便失去了应有的学术意义。

文学作为人类历史中反映社会生活的精神活动，它有自己的生成过程与规律。文学不是从天上掉下来的，也不是从地上冒出来的，它来源于人类在人与自然的关系中对世界与自我的认识，带有累积的特征。"历史不外是各个时代的依次交替。每一代都利用以前各代遗留下来的材料、资金和生产力，由于这个缘故，每一代一方面在完全改变了的条件下继续从事先辈的活动，另一方面又通过完全改变了的活动来改变旧的条件。"① "人们自己创造自己的历史，但是他们并不是随心所欲地创造，并不是在他们自己选定的条件下创造，而是在直接碰到的、既定的、从过去承继下来的条件下创造。"② 由此看来，人的创造是一定历史条件下的产物，新与旧都是辩证存在的。其中，人类的历史是无数个体生命的延续与链接，文学积淀的历史与个体生命的有限构成矛盾，产生了一个如何自然延伸、承袭的问题。像自然物种一代接一代地自然繁衍一样，文学这一精神产品因人类的世代相传而薪火相传。这无疑带来一种相当表面的印象，即两者具有同构性，存在机械式传递、继承的可能。对于传统承袭的这一特征，人们一般熟悉如下这番论述："我们必须继承一切优秀的文学艺术遗产，批判地吸收一切有益的东西，作为我们从此时此地的人民生活中的文学艺术原料创造作品时候的借鉴。有这个借鉴和没有这个借鉴是不同的，这里有文野之分，粗细之分，高低之分，快慢之分。所以我们决不可拒绝继承和借鉴古人和外国人，哪怕是封建阶级和资产阶级的东西。但是继承和借鉴决不可以变成替代自己的创造，这是决不能替代的。文学艺术中对于古人和外国人的毫无批判的硬搬和模仿，乃是最没有出息的最害人的文学教条主义和艺术教条主义。"③ 这一观点由特定人物在特定的时代予以阐释，加上辅之以批判与继承、继承与创造之间的辩证法，使得这一观点不断被经典化，影响特别深远。继承传统成为某种习惯性的、断章取义式的表述，几乎成为耳熟能详的常识。但仔细分析起来，也似乎令人疑惑，问题是，继承传统是在什么层面上进行才成为可能？传统能否依靠继承而得到？对传统的继承与创造，到底是哪一方面占主导性呢？对这些问题的检讨，最终会落实到"传统"这一概念身上。

之所以总有人对五四新文学一代先驱的言行动辄加以全盘反对传统的

---

① 马克思、恩格斯：《德意志意识形态》，人民出版社1961年版，第41页。

② 《马克思恩格斯选集》第1卷，人民出版社1995年版，第584页。

③ 毛泽东：《在延安文艺座谈会上的讲话》，《毛泽东选集》第3卷，人民出版社1991年版，第860页。

帽子，是因为在我们既有的思维里，曾经过多地强调"继承"传统，而一旦没有去刻意继承传统了，似乎传统就像某个物件一样被遗忘了，撕断了，变样了，不存在了。联系这些年来对新文学传统的这类重复挑战，也许有必要开门见山地匡正几种流行的"误读"，比如，20世纪诗坛为什么不能再现唐诗宋词的辉煌啦，五四文学完全断裂了传统啦，新文学是外来文学传统的变种啦，等等。其实，我们认为传统不是本质主义的存在，也不是固定不变的东西，传统是人性的创造集合。对于新文学而言，古典文学传统之所以要变革，要实行这一领域的现代化，是因为不这样进行重新"编码"，它就无法与"现代的人生"发生实质性联系。不断交叉融会的旧事物与新事物是传统的两面，由旧而新，是传统在不断发展，在现代生活中复活；传统需要在发展中得到证明、得到新生，发展是在传统的基础上得以刷新。这样的看法自然是主观层面上的，如果需要寻求理性的表述，在此，我们乐意借用美国社会学家爱德华·希尔斯（Edward Shils）的观点。① 作为在"传统"议题上颇具权威性的论著，希尔斯的《论传统》一书是整个西方世界第一部全面、系统地探讨传统的力作。作者立足于社会科学，全面、深入地探讨了传统的含义、形成、变迁、传统与现代化、传统与创造性、启蒙运动以来的反传统主义、社会体制、宗教、科学、文学作品中的不同传统，以及传统不可缺失等诸多问题。"传统是围绕人类的不同活动领域而形成的代代相传的行事方式，是一种对社会行为具有规范作用和道德感召力的文化力量，同时也是人类在历史长河中的创造性想象的沉淀。"② 整体而言，《论传统》一书，议题集中，创见迭出，足以构成一个理性化的思想对话平台。

依据希尔斯的见解，作为一个与历史感密切相关的概念，"传统"最基本的含义是从过去延传到现在的事物，择其大略有以下数端：一是延传三代以上的、被人类赋予价值和意义的事物。比如物质产品，观念思想，

---

① ［美］E. 希尔斯著，傅铿、吕乐译：《论传统》，上海人民出版社1991年版（本节下文引用出自此书者，仅注明书名与页码）。

② 傅铿：《传统、克里斯玛和理性化——译序》，见《论传统》，第2页。

对人物、事件、习俗和体制的认识，等等。二是传统的特殊内涵，指的是一条世代相传的事物之变体链。在历史时间中延传的事物，不管是宗教信仰、哲学思想，还是艺术风格、社会制度，只要在延传过程中有相似之处，仿佛有相同的链锁联结着似的，均可纳入传统范畴加以界定。希尔斯的传统观念是大文化层面上的，立足点是时间意识与变体链——这也是我们所能想象到的。事实上，传统内涵中最为核心的是历史意识，这差不多可以放之四海而皆准。除此之外，我们不妨拈取几点与文学领域习见的"继承"传统论述有关的表述：

> 在文学中，传统如果要开花结果，而不是走向末路，那它必须是另一部作品的出发点，而这部作品虽然在形式上，甚至内容上与其它作品有某些相同之处，但是它必须包含重大创新。[①]

> 在文学创作领域中存在着一种反传统的传统；同时人们努力寻求着独创性，并且偶然也成功地创作出一些具有独创性的作品。[②]

> 传统并不是自己改变的。它内含着接受变化的潜力；并促发人们去改变它。某些传统变迁是内在的，就是说，这些变迁起源于传统内部，并且是由接受它的人所加以改变的。[③]

够了，用不着一一列举来浪费篇幅了。与英国社会学家 E. 霍布斯鲍姆所主张的传统是"发明"的观点相比，希尔斯的观点还是比较温和而客观的。"传统的发明"这一说法就认为，传统不是古代流传下来的不变的陈迹，而是当代人活生生的创造；那些影响到我们日常生活的、表面上久远的传统，其实只有很短暂的历史；我们一直处于而且不得不处于发现传统

---

① ［美］E. 希尔斯著，傅铿、吕乐译：《论传统》，第 61 页。
② 同上书，第 215 页。
③ 同上书，第 285—286 页。

14

的状态中，只不过在现代，这种发明变得更加快速而已。① 对照这些传统并不依靠继承的论述，我们便不难发现"继承"传统的说法是有片面性的，也可说是非常不准确的。传统的承袭无法像封建王朝的皇位在子嗣之间代代相承，也不可能像房屋钱财等固定遗产一样被后辈分配。一方面，传统不是一成不变的，也没有一个本质的东西存在；它不是一潭死水，相反，流动不居、变化万端是它的常态。另一方面，传统与创新、创造之间存在更多的血缘联系。人的不朽创造力，是推动传统前行、变化的主要动因。希尔斯在《论传统》一书中，曾用"积存和沿袭"、"稳定性"与"变迁"、"传统的解体"与"消亡"之类的概念进行细化与概括，也多少涉及此类命题。

其次，对于传统本身所能感知的认识，我们最为具体、深刻的印象倒是传统内部实质性的某类传统，比如人文主义传统，个人主义的传统，柏拉图式的传统，等等。这些具体的分支，因为依赖变体链的牵连，使它成为一种带有传承性的整体，这是传统在细化与分工之后的审美形态。在人类文明史上，各种层次的精神产品有各自的特点与规律，归纳起来，便像树的根系一样形成了传统的分支。对于新文学传统而言，这样类似的变体链也是丰富的，如科学主义的传统、启蒙的传统、政治化的传统、宗教与文学不断演进的传统、战争文化传统、个性解放的传统，等等。这些传统的分支，有些种类变多变杂了，有些则在隐失后又浮出了历史的水面，这无疑都是自然、正常的现象。

二

传统不但是向前流动、永无止境的，而且也是异质与多元并存，精华与糟粕共存的。通常，人们比较容易将传统视为所有过去的总和，而传统一旦成了一个包罗万象、僵化不变的事物的代名词之后，它既失去了自己

---

① 参见［英］霍布斯鲍姆著，兰格编：《传统的发明》，顾杭、庞冠群译，译林出版社2004年版。

的本来面目，也湮没了传统芜杂、多元的事实。

对于传统的流动性，在时下的论著中，我们时常看到论者将文学传统比做一条河流，每个时代的作家、诗人自然汇入这条河，本身也就成了传统的一部分。这一比喻形象而又生动，达成共识也似乎很容易，不过，这也给人造成一种错觉，把传统这样进行泛化，反而失去了对事物的把握。如果说传统是一条河流，那到底是一条什么样性质的河流呢？持循环文学史观的周作人曾对中国文学流变发表了一个有趣的看法："中国的文学一向并没有一定的目标和方向，有如一条河，只要遇到阻力，其水流的方向却起变化，再遇到即再变。"① 同样以河流为譬比，这样的河流显得特别；对河流的审视因视角不同，看到的内容也是迥异的。与此类同的是，对于新文学的新诗流变，陈梦家曾说过："新诗在这十多年来，正像一支没有定向的风，在阴晦的气候中吹，谁也不知道它要往那一边走。"② 传统似乎也一直是如此，河流的形态全凭地貌与河水的流动，地心的引力在背后推动它前行，它没有目的却有目的性。没有定向的风，也是不知道自己将来又是如何一番景象。这也类似于希尔斯所说的传统之变体链。传统不会一成不变地保持原貌，也不会停留在原地，它常常是由诸多变异的形态首尾相连所构成的链式结构，在这些传统的变体之间有某种共同的主题，相近的表现方式或倾向以及共同的渊源关系，但是它的基本方面却因"人"的差异性接纳和创造而发生了不可捉摸的变异，"创造"之于传统，犹如地心引力之于河流。

不过，传统的承接这一现象自然比传统的"创造"醒目得多。不妨引录前人就这一现象留下的精辟论述。清朝学者叶燮曾勾勒出自《诗经》到明代的千年诗史之变迁轨迹："盖自有天地以来，古今世运气数，递变迁以相禅。古云：'天道十年一变。'此理也，亦势也，无事无物不然，宁独

① 周作人：《新文学的源流》，周作人著，止庵校订：《儿童文学小论；中国新文学的源流》，河北教育出版社 2001 年版，第 54 页。
② 陈梦家：《新月诗选·序言》，新月书店 1931 年版，第 1 页。

诗之一道，胶固而不变乎？"① 王国维在其专著自序中开篇就指出这一特点："凡一代有一代之文学：楚之骚，汉之赋，六代之骈语，唐之诗，宋之词，元之曲，皆所谓一代之文学，而后世莫能继焉者也。"② 沿此观念，以进化论武装自己的胡适，从文学革命入手开辟了新文学的基业："文学革命，在吾国史上非创见也。即以韵文而论：三百篇变而为骚，一大革命也。又变为五言，七言，古诗，二大革命也。赋之变为无韵之骈文，三大革命也。古诗之变为律诗，四大革命也。诗之变为词，五大革命也。词之变为曲，为剧本，六大革命也。何独于吾所持文学革命论而疑之？"③ 类似的论调甚为普遍，这里不一一赘述。前人所论述的虽然着眼于文学思潮、文体的流变，但是其内核包括文学传统的流变。——这一观念显然遮蔽了背荫一面的事物，比如，"革命"之后的新事物容易引人关注，但如何看待作为新事物基础的旧事物呢？旧事物就没有生命力而消失了吗？以胡适所论而言，不管是三百篇还是屈骚，不管是古诗还是词曲，都成为一种文学革命之"前"的艺术形式，事实上它们构成了文学艺术上的范式、经典与原型。仅以中国传统诗歌文化而言，就有学者归纳出四种带有原型意义的形态："以屈骚为代表的自由形态，以魏晋唐诗宋词为代表的自觉形态，以宋诗为代表的'反传统'形态和以《国风》、《乐府》为代表的歌谣化形态。"④ 对于庞杂的传统，自然有人还有不同的归纳与认识。不过，它至少提醒我们传统从来都不是铁板一块，是整齐划一的，也不是革命之后"革"得荡然无存的东西。笼统而又单一地强调传统的继承，并不能看清传统本身这一特质。相反，传统有一个极其庞杂的系统，由许多文化形态与亚文化形态所构成，这些传统的支系错综复杂，各有特质，各自拥有自己的历史巅峰，而且在当下生活中，都部分得到激活而拥有各自的领地。这一切，恰恰是继承传统论者所关注不到的。

---

① 叶燮：《原诗》，霍松林校注，人民文学出版社 1998 年版，第 4 页。
② 王国维：《宋元戏曲史·自序》，上海古籍出版社 1998 年版，第 1 页。
③ 胡适：《胡适学术文集·新文学运动》，姜义华主编，中华书局 1993 年版，第 2 页。
④ 李怡：《中国现代新诗与古典诗歌传统》（增订版），北京大学出版社 2008 年版，第 58 页。

唐诗宋词是传统，民间文学也是传统；古典文言作品构成系统，白话文学也自成一体，它们对当下生活都能产生影响，在不同读者视阈中复活了，翻过身来呼吸了。如果只认唐诗宋词为传统，自然是对传统本身最大的误解，虽然我们也不否定这两座艺术高峰之美与真。同时，我们也不否认不同传统之间有强弱之分，有些传统的地盘辽阔，自然容易阻碍了对其他传统的认识。在中国文学史上，曾有"诗分唐宋"这一诗学见解，辩证地看，能分出唐诗与宋诗的区别当然是有意义的，但不能因为这样一区别就无视宋诗自身形成的传统。传统是一种多元化、多层化的复杂审美存在，它的生命力在于中国文学自古以来的不断流变，因为有流变才有延传中的变异，才有不同分支在传统内部的生长共存。

三

多元并存的传统不能完全依赖继承得到，传统本身又相当繁复，那么，究竟是什么原因造成它事实上的绵延呢？要回答这一问题，我们认为可以从"创造"身上找到答案，虽然上面的论述也零星地涉及这一点。与其说"继承"传统，不如说是"创造"了传统。承此而来，以中国古典文学传统而论，它又是如何被创造出来的呢？

对于这一认识，在中外哲人或学者的视野下也是存在的。在西方哲人的视野中，"传统是具有广泛得多的意义的东西。它不是继承得到的，你如要得到它，你必须用很大的劳力"。① 解构主义大师德里达，在解构一切时，对传统与创新倒有不少真知灼见。在《书写与歧异》的一章中，他以"出走/回归"模式来阐释两者的关系，创新的过程必然是从传统出走，但也必然又对传统多次回归，这样就形成不完整的圆的轨迹运动，经过省略的传统之圆，被突破而又增添新质的圆的轨迹，有破裂、删除，有变形，因而不再是初始状态的传统。但创新的回归只是片刻的轨迹运动，很快又

---

① ［英］艾略特：《传统与个人才能》，王恩衷编译：《艾略特诗学文集》，国际文化出版公司1989年版，第2页。

有方向的河流一样朝"现代"的河床流来。在这一过程背后，是历代文人不懈"创造"的结果。但是，单纯说"创造"还不够，还要寻找背后的规律。归结为一句，传统的变迁，肯定有某种"创造机制"潜在而又持续地发生作用。这一不息的创造机制，是文学传统得以流动、承袭的幕后推手，是推动古典文学推陈出新的真正第一推动力。

这一奠基于个体"创造"之上的创造机制，让人很容易感受得到，但表述起来却显得有点言不尽意。什么是创作的"创造机制"呢？在古典文论中，为了阐释每个时代有迹可寻的传统兴衰起落，历来有不少论者将其归之于气运、气机，作出种种神秘主义的理解，这类似于西方的艺术家是神的代言者一样。诚然，这一创造机制够复杂、神奇的了，它涉及生活积累、作家心理、创作灵感、寻思、寻言，等等。神与物游的过程，最缺乏公式化了，也没有现成的答案。在当下文学理论性质的书籍中，一般都辟有专章对"文学创造"这一命题勉强地进行论述。比如，这些论述中都涉及"创造机制"的过程与意义之分析：作为特殊的精神生产，文学创造的主体是有无限创造力的作家、诗人，充满主观色彩，主观性、情感性、个人性是相当突出的三原色。又比如，创造的心灵，最需要有艺术的发现，即通过独特的感知，从习见的事物中独具慧眼地看出某种"新颖"成分与特征。像画家画竹的整个过程一样，经过了现实之竹、胸中之竹再到笔下之竹的完整过程，而创作动机的导引，艺术灵感的激发，丰富想象力的参与，都带有某种未定性，极其芜杂，难以言表。

中国文学的"创造机制"，是中国文学传统变迁的动力。艺术的金科玉律是求新，厌旧趋新没有止境，如果某种刺激一再重复，陈陈相因，其审美兴奋就会疲软、衰减。这种不断求新求变的内在压力对"创造机制"直接构成应和关系，是新的文学传统形成、流行的关键所在。当然，新旧更替未必都是今是而昨非，继起者比先行者高明，而是主要出于审美趣味刷新的需要。既有的传统给后来者是一种压力，更是一种挑战。创造有一个怪圈，有一层外壳需要突破，不然是一种循环与重复。当然，这层外壳也不是想突破就能突破的，有主体的原因，也更多客观的因素。

唯有不息地创造，才能让传统得到延续，不管是逆向的开掘，还是顺向的展开。唯有不息的创造机制，中国文学才得以不断耸起艺术的高峰，尽管传统的承接的现象比"创造"要醒目得多。

第二节　现代诗人的创造与诗歌传统的变迁

中国古代诗歌能够成为我们所称道的"传统"，在于古代诗人具有不息的创作机制，这样的机制同样会在现代中国体现出来。古典诗人"创造"了古典传统，对于现代诗人而言亦然，正是现代诗人的创造，使新诗形成自身的传统。"新诗的精神端在创造。因袭的，摹仿的，便失掉他底本色了。"① 新诗传统之于古典诗歌传统，是创造精神的接力，是不断生成的文学传统的变迁，亦是传统创造性的转化。两者有同质的成分，也更多异质的基因。

传统的生成受到时代、环境与社会的制约，与古典诗人不同的是，新的时代、生活将现代诗人带到了一个历史的关节点上：他们面临着对等性、异质性的古典传统与外来传统激烈而全面的冲突，而二者碰撞与动荡过后必然产生新的格局。艾略特在论述传统时曾用一个化学实验来打比喻，即当一根白金丝放到一个贮有氧气和二氧化硫的瓶里去的时候，本来是两个互不相干的事物，因为一个白金物的加入而化合成硫酸，新化合物中并不含有一点儿白金。诗人的心灵就是一条白金丝。由艾略特的论述可以联想的是，富有创造力的现代诗人的心灵均是闪闪发光的白金丝，正是现代诗人们心灵的智慧，创造出了与母体既有联系又有区别的新诗传统，中国文学传统的变迁也得以不断顺利进行。

---

① 康白情：《新诗底我见》，杨匡汉、刘福春编：《中国现代诗论》上编，花城出版社 1985年版，第 42 页。

一

　　一种典型的精神现象或产品，好像新生婴儿分娩一样，脱离母体的同时也是赢得新生的关键。新的文学样式、内容、风格的形成，是逐渐孕育而成的，它们见证了冲出古典传统重围的曲折历程。既然离开了母体，就意味着新的可能。在特定的历史条件下，现代诗人在传统的重重压力面前，左冲右突，或直接袭用古代的"翻新"模式，或从传统的边缘突围，以图创造性转化，但因方式、途径各异，所得的结果也是迥然不同的。当然，不同时期的这些诗派"翻新"的模式有异，多少反映出诗人们创造的能力与手腕。

　　现代诗人到底占据了什么样的历史位置，这需要通过比较才能更好地凸显出来。在晚清不得不正视世界格局这一去中心化的历史进程中，中国与世界构成新的对话关系，中国诗歌在既有的封闭性轨道运行中，不得不正视另一个陌生的异域空间，一个比自己熟悉的地盘更为辽阔的空间。被强行打开的国门，很长一段时间都在络绎不绝地迎接着异域的精神火种，文学传统内部固有的运行规则得到了根本的逆转。比较一下晚清的"宋诗运动"与受"宋诗"原型影响的白话新诗，便可略知一二。"宋诗"是中国古典诗歌传统中自我否认的"反传统"文化原型，在现代诗歌中，这一原型广泛而又深入地对各种诗潮有过潜移默化的影响。晚清的"宋诗运动"，五四初期的白话新诗，以致白话新诗之后的不同诗派都有"宋诗"原型的历史影子。下面主要通过比较不同时期诗歌里的"反传统"来展开论述。

　　"宋诗运动"是清末同治、光绪年间诗歌创作界里的一股潮流，主要诗人有陈三立、郑孝胥等人，影响甚大，曾有"同光体"之称。这一诗派没有以唐诗为摹本，而以宋诗为宗。他们作诗素有多"苦语"、"不肯作一习见语"，强调"涩硬"的诗风等特征。这是有内在原因的。鲁迅曾断言，"我以为一切好诗，到唐已被做完"这句话对后继的诗人们来说显得相当现实而又残酷：怎样接着做才能解决自身的"失语"问题？在包括语言、结构、情感、题材处于类型化的文言旧体诗歌体系中，讲究感性、推重人伦、强调格律为维度的一脉旧体诗已达到某种巅峰，它构成一种巨大的历史压力，一个直接的结果是逼着后续诗歌潮流开始了自我矫正与疏离母体的新航向，如宋人以文为诗并以词为重，元以曲为文学之正宗，明清的白话小说大行其道……在异常强大的古典传统面前，"同光体"诗人面临创新的巨大压力，其创新的途径是回溯历史虚拟"宋诗"的时代，模仿江西诗派企图化腐朽为神奇，进而寻找自己在诗史上的位置。但遗憾的是，晚清宋诗运动的诗人们，不幸为古典诗歌的殿后，无意中充当了尾巴上的一个休止符。——古人留给他们一代驰骋才华的空间已经不大，剩下的创作领地已十分狭窄。这样"翻新"式的创作，在惯性的轨道内循环，难以脱离作茧自缚的困境，因此在新传统生成的账簿上进行年终核算时，结果是成绩平平。

确实，一千多年诗歌经验的丰厚积累，已使熟练操作固有形式去写诗成为一件容易之事，也使创造翻新成为极为艰难之旅。诗的题材、思想、主题、典故都反复老套，诗人运用的意象、隐喻、语汇、句式都严重老化，导致的压力是越到后来越大。晚清宋诗运动的诗人们，出于历史的局限与对传统的理解，没有认清传统的吞噬能力，依靠笨拙的模仿怎能创新呢？因此，陈三立时常产生"吾生恨晚数千岁，不与苏黄数子游"的慨叹，这也算得上是他们整个诗派的命运之声了。形象地说，他们是回溯诗史，往历史的深处游去，这样是深不见底的，不可能有大的突破，成绩平平也就很自然的了。

与晚清宋诗运动起点类似的是胡适等人发起的白话诗运动。持诗体解放论的胡适，为了寻找历史的依据来支撑白话诗的历史合法性，"中国诗史上的趋势，由唐诗变到宋诗，无甚玄妙，只是作诗更近于作文！更近于说话。近世诗人欢喜做宋诗，其实他们不曾明白宋诗的长处在哪儿。宋朝的大诗人的绝大贡献，只在打破了六朝以来的声律的束缚，努力造成一种近于说话的诗体。我那时的主张颇受了读宋诗的影响"。① 在艺术手法上，初期白话新诗主要汲取了宋诗"以文为诗"的传统，胡适曾有描述："这个时代之中，大多数的诗人都属于'宋诗运动'。宋诗的特别性质，不在用典，不在做拗句，乃在做诗如说话"②，"最近几十年来，大家都爱谈宋诗，爱学宋诗"、"宋诗的特别性质全在他的白话化"。③ 他在对同时代人打量后认为"我所知道的'新诗人'，除了会稽周氏兄弟之外，大都是从旧式诗、词、曲里脱胎出来的。沈尹默君初作的新诗是从古乐府化出来的"。④ 如果按这一逻辑，似乎白话诗走的也是宋诗的老路子，也会难免遭遇晚清宋诗运动的厄运。不过，胡适等白话诗人最大的创新之处在于他们是从传统的边缘出发，往外走。如果把传统比喻成一个鸡蛋的话，则可见现代诗人的创新往往是从古代传统的外壳出发，最终冲破这层外壳。可以观察孵鸡的过程，每当鸡雏嫩黄的小嘴最先啄破蛋壳时，往往可以看到它们的尖嘴最为靠近蛋壳的边缘。冲出外壳后，新生命就获得了更大的选择空间。——同样受宋诗影响，为什么会不一样呢？是不是陈三立与胡适相比在创新机制上存在天壤之别呢？答案是否定的，与陈三立又一个不同的是，胡适的幸运还在于西方诗歌的样式成为他新的选择，使他心灵的白金丝有了触发的外部条件；外来传统介入本土传统的运行，成为一个新的孵化机。正是在异质性、对等化的外来传统影响下，原有的语言等级观念被有效颠覆。留学异域并深受世界性前沿诗潮影响的胡适们，其语言观念得到换代更新，白话自然成为他们突破的最佳入口。

在当时的死活之争、文白之争中，都最终落实到了白话身上。不但如此，而且还在提倡白话为写诗的工具基础上，一鼓作气地提出以白话为唯

① 胡适：《逼上梁山》，《胡适学术文集·新文学运动》，姜义华主编，中华书局1993年版，第198页。

② 胡适：《五十年来中国之文学》，《胡适学术文集·新文学运动》，姜义华主编，中华书局1993年版，第123页。

③ 胡适：《国语文学史》，安徽教育出版社1999年版，第96页。

④ 胡适：《谈新诗》，《胡适学术文集·新文学运动》，姜义华主编，中华书局1993年版，第390页。

一之利器，为唯一之正宗一说。"总而言之，今后当以'白话诗'为正体，其他古体之诗，词、曲偶一为之，固无不可，然不可以为韵文正宗也。"①这一点正是白话诗运动的最大突破。从无意的做法到有意的提倡，诗歌出现了完全不同的面貌，创新的意义也非同凡响。作诗如说话，白话正是说话最为普遍的语言载体，这样理解宋诗，是对宋诗的另类式阐释。本来，以白话作诗，在中国诗史上是毫无可疑的，杜甫、白居易、寒山、拾得、王安石、陆游的白话诗都可以举来作证，词曲里的则更多了。但这些传统，是从边缘出发，在边缘生长的，长期处于被压制状态。当陈三立当年还沉溺于以换字秘本的老法脱胎换骨、点石成金时，胡适则从边缘赶来，以独特的诗风搅乱了整个诗坛。

伴随着中国古代农业社会走向了自己繁荣的顶点，表达中国人思想感受的诗歌艺术似乎在成熟中完成了自己的使命，剩下的那点精、气、神早在自我封闭中被不断地耗尽。在这个意义上，微小、被动的调整都于事无补。相对于陈三立等诗人的宋诗运动，虽然胡适等也采取了宋诗运动的方式，但时代大环境已发生转型，诗界革命所留下的"遗产"也有利于诗歌的转变，并最终在外来传统影响下得以彻底完成，新传统的生成也有了新的基础。

二

以宋诗为原型的"反传统"，大致有一些较为稳定的特征：一是忠君报国基础上儒学的"内转"，道德观念深厚，讲究明道致用；二是受理学思想影响，重理智而轻感情，个性内敛；三是内忧外患面前强烈的民族意识与悲凉情绪，有人生的无常与沧桑之感；四是重学识、机智，强调以文为诗。这些特征是"宋诗"作为"反传统"原型最为核心的几根支柱，自然也是我们辨析类似诗潮的要点。

---

① 钱玄同：《致胡适》，沈永宝编：《钱玄同五四时期言论集》，东方出版中心 1998 年版，第55 页。

新诗的审美特征，在一定程度上符合这些要点，但也因不断的逆反而有较为显著的变异，现代诗人的创造性愈强，变异就越显著。"反传统"作为一种创新的范式，在白话新诗之后无疑如鱼得水，加快了游动的脚步，诗歌代际更迭的加快，也促成了此一现象。以李金发等为代表的象征诗派之于初期白话诗，新月诗派之于自由诗派，都可以归纳为"反传统"的个案。同样，新诗中浪漫主义、现代主义诗风的更迭，都得力于这一反叛的方式。不无夸张地说，现代新诗从诞生、发展到成熟，诗歌流派的消长、诗学主张的隐现，其背后差不多都有反传统的基因。"文学流派的发展，或互相嬗递，是循着曲折的道路进行着，向来没有走过一直的路径，或恰到好处的路径。某一派在盛时校正了前人的错失，而此派的余流又变本加厉地进行着，不知自己也走歪了道路；于是又有新的派别出来校正。这样互相更迭着，形成了一部文学史"。① 文学流派、文学史的这一变化，其实质亦源自"反传统"这第一推动力。

这只是问题的一个侧面。另一方面，不同诗歌社团与势力的"反传统"理念，都有自己的侧重点，也融入了诗人们不可重复的创造个性与才情。例如，同样是对于宋诗原型中"理性"的某种认同，九叶诗人则与初期白话诗人就有差异。初期白话诗主要采用较为简单的散文化言说方式，辅之以浅显的叙述性、议论性的语句，来强化哲理性的生活情趣，等等。如胡适的《威权》、《上山》，周作人的《小河》，以及当时流行的人力车夫诗，正可谓"说理的诗可成了风气"、"'说理'是这时期诗的一大特色"。② 相比之下，九叶诗人则在哲理化的道路上走得更远，玄思、抽象的成分更突出，诗人们通过诗歌意象化、戏剧化运动来更为内在地张扬理性精神，很多作品富有思想的冲击力；同时，理性、思想包含在情绪里头，机智、锋利，含有充分咀嚼人生之后的经验与智慧。九叶诗人像艾略特一样反对放纵感情，寻求的是会心的读者，所以更为缜密，更具张力。

---

① 孙作云：《论"现代派"》，杨匡汉、刘福春编：《中国现代诗论》上编，花城出版社 1985 年版，第 236 页。

② 朱自清：《中国新文学大系·诗集·导言》，上海良友图书印刷公司 1935 年版。

初期白话诗最初借鉴宋诗作为幌子，一方面是需要在白话新诗草创期的艰难时刻去证明白话诗的正统性，去接续白话文学史的流变；另一方面，五四时期因启蒙的客观原因，也需要此类艺术样式、手法介入现实。虽然新诗成立后的几十年里似乎没有证明合法性的必要了，但启蒙在继续深入，民族救亡图存的现实也严重制约新诗发展。更不可忽视的是，中国新诗在发展过程中，不断接受和融合外国诗的影响，接受和融合中国古典诗的影响，旧有传统的封闭性逐渐销蚀，淘空，新诗在向生命和世界的双重开放中重新激发活力，理性之光仍然在新诗中普遍存在。对于七月诗派与九叶诗派的时代来说，自抗战爆发以后，中国救亡图存的历史景观，似乎又让人联想到古代宋朝积贫积弱的历史时期，说理、议论、哲思成为新诗创作不可缺少的手段。徐志摩式的典雅、缥缈在时代的血与火面前被抛弃了，闻一多式的三美主张也不经常提及了，新诗的理性化因素又普遍地增加，指点江山式的匹夫有责意识，是贯通于所有这些反传统作品中的重要人生态度。民族存亡的主题下，战争与新诗关系的勾连，给新诗的惯性运行加入了新的元素。典型的是前一历史时期缤纷五彩的新诗流派，出现了一齐向现实主义诗风汇流的趋势。中国诗歌会虽然分化、解散了，但它所倡导、鼓吹的时代感与战斗性相结合的大众化写实诗风，成为不同流派诗人共同的信仰，象征派、新月派、现代派等流派，或是集体转型、自我蜕变，或是茫然不知所措，悄悄隐失，新诗的诗风突然变得现实、硬朗与理性化起来。

告别《二十岁人》的现代派诗人徐迟，在亲历战争之后发出了《最强音》（1941年），他曾说："也许在逃亡道上，前所未见的山水风景使你叫绝，可是这次战争的范围与程度之广大而猛烈，再三再四地逼死了我们的抒情的兴致。你总是觉得山水虽如此富于抒情意味，然而这一切是毫没有道理的；所以轰炸区炸死了许多人，又炸死了抒情，而炸不死的诗，她负的责任是要描写我们的炸不死的精神的。"[1] 战争造成抒情的放逐，也造成

---

① 徐迟：《抒情的放逐》，《顶点》第1期，1939年7月10日。

肉身的放逐。当时除了撤退到后方这一选择外,许多诗人辗转深入火线前沿和敌占区,活跃在各抗日根据地和游击区。如臧克家、韩北屏、邹荻帆在武汉战区、大别山一带辗转流亡从事战时文化工作;何其芳、卞之琳、曹葆华、柯仲平、萧三、林山等人从不同途径进入解放区,在西北军队中或长或短地进行文化工作;钟敬文、王亚平、柳倩等在第四、第九战区工作,走遍了江浙湘赣等省;又如老舍、姚蓬子、王礼锡、杨骚等人参加战地访问团一类的活动,在前线,在各战区从事文化宣传等工作……这一切,充分说明后方与前方有时呈犬牙交错状态,现代新诗人像陆游一样在战场上行走、在体验现代战争。在与来自不同地域的兵士、民众相识、攀谈过程中,在看看报纸,研究着地图,谈论着战事和各种问题过程中,无论是大后方还是前线、敌占区,无论是相对稳定的学院派诗人还是与军队流动而不断迁移的诗人,都会具体亲身体验战争带来的深刻变化,断断少不了人生的感叹。逃难中的艾青,在抗战开始前几年写出了他一生最好的作品,如"我们的曾经死了的大地,/在明朗的天空下/已复活了! /——苦难也已成为记忆"(《复活的土地》),"饥饿是可怕的/它使年老的失去仁慈/年幼的学会憎恨"(《乞丐》)等;还有穆旦的诗,如《从空虚到充实》、《蛇的诱惑》、《不幸的人们》、《赞美》……从题目上看就能感受到诗人的理性表述。

现实的挤压带来题材的开拓、深化,更具现实针对性,为理性化的美学风格的形成铺垫了某种基础。由于诗人走出书斋,接触了当时的现实与底层,广大民众、兵士的日常生活、情绪表达、情感原型等,都是审美观照的对象,除此之外,争取民主、自由、呼唤和平的诗篇;揭露社会腐败、黑暗的诗篇;反映农民遭受兵役、苛捐杂税的诗篇;反映市民不堪物价飞涨的诗篇,等等,都糅合着泥土味、烟火味。整体上看,纯粹属于个人低声哀叹、缠绵往复的诗作,倒是很少见的,也是整个社会不愿读到的作品。

随着题材的变化,在艺术手法上也有相应的变动。纯诗的写法被悬置,象征、意识流等手法越来越缩小版图,直抒胸臆、平铺直叙、呐喊宣泄的手法则普遍蔓延开来。因为要服务于战争，宣传发动广大民众投身到战争中去的问题变得异常尖锐起来，这就要求文艺战线上最具有适应性的诗，也不能不具备宣传鼓动助阵的战时特征。当时，诗歌的民族化、群众化、大众化等口号的提倡是最为有力的，加之国共两党之间因不同阶段所出现的合作或冲突现象，使得政治意识形态领域关于文学大众化、民族形式等的讨论全国化，更加使得新诗向民间、大众靠拢。民间形式如小调、山歌、大鼓词、皮黄、金钱板等传统土生土长的艺术形式充分采掘，即使是不太适用的"旧瓶"，也装上了"新酒"。诗坛不但有冯玉祥、陶行知那样的诗人，也有像小说家老舍一样的客串者。——诗人的沧桑感、苦难感、代言意识，以及流行的现实主义诗风、理性化现象，无疑都是相当典型的。

与活跃在战争烽火中的诗人相比，生活在大后方最高学府西南联大里的校园诗人，告别流亡，暂时在相对平静的大后方一隅，与现实政治保持一定的距离。"在现实与艺术间求得平衡，不让艺术逃避现实，也不让现实扼死艺术"，"诗作的极不相同的风格证明诗发展的多种可能的途径"①。他们主张诗应是一种象征、玄学、抽象综合的艺术，在诗风上有独立的品性。以穆旦为代表的校园诗人，敏锐地觉察到现实人生的种种矛盾与困惑，写出了对生命、战争、土地的不同认识。比如，穆旦在现代诗的语言探索之途上，反传统的特色就相当鲜明，他一方面坚持五四现代白话诗的传统，"他的诗歌语言最无旧诗词味道，同过去一样是当代口语而去其芜杂，是平常白话而又有形象的色彩和韵律的乐音"②，走到了现代汉语写作的最前沿；另一方面又带有不同程度的欧化倾向。在我看来，穆旦理性化、陌生化的语言是对五四白话之后口语与书面语的另一种结合，在欧化的语法指导下，强调的是意义的呈现。他充分发挥了日趋成熟的现代汉语

①　袁可嘉：《诗的新方向》，《论新诗现代化》，生活·读书·新知三联书店 1988 年版，第219页。

②　王佐良：《穆旦：由来与归宿》，杜运燮等编：《一个民族已经过来——怀念诗人、翻译家穆旦》，江苏人民出版社 1987 年版，第 7 页。

被召唤的传统——百年中国文学新传统的形成

的弹性、多义，通过词语组合的张力与句式的繁复、错落，来表达现代社会深刻的思想与诗情；同时又自觉地大量运用带有欧化意味的关联词，以揭示抽象词语、跳跃句子之间的逻辑关系。正如有人所论："语词和句子本身甚至是不重要的，重要的在于句子背后那些勇往直前的情绪之流。而这一切，都得力于那些数量众多的意义抽象的词语，得力于句子间的严密逻辑关系。"[①]请看他这样抽象的描写与议论："那里看出了变形的枉然，/开始学习着在地上走步，/一切是无边的，无边的迟缓。"（《还原作用》）"相同和相同溶为怠倦，/在差别间又凝固着陌生；/是一条多么危险的窄路里，/我制造自己在那上面旅行。"（《诗八首》）

三

　　以上从中国现代新诗"反传统"的整体追求出发，简略考察了它与宋诗的直接或间接的联系。因创作主体的不同，新诗史上的诸种"反传统"形态既有联系又有区别，胡适、沈尹默、刘半农等人首开风气的反传统、左翼革命诗人的反传统，以及七月派、九叶派等诗人的反传统都是如此，可谓名同实异。如果说宋诗之后的古典诗歌是相对单一地靠拢"宋诗"的话，那么现代新诗则在同样的概念下有更多歧异的地方。相比于古代农业文明形态高度单一、变迁缓慢，受世界性思潮影响的现代社会则是一个动的世界，变迁之快让前者望尘莫及。西方诗潮闯入中国诗坛走过一遍之后，中国诗人在意志化的路上渐行渐远。"文学作品无疑是优秀心灵的产物。文学家虽从广泛的外界环境启示，影响，但在最终作品仍旧是他们个人所辛苦创造出来的。这里我们同样有强调个人才智与创造价值的必需。"[②]在施展"个人才智与创造价值"的舞台上，诗人的"自我"意识更

---

　　①　参阅李怡《穆旦：黄昏里那道夺目的闪电》，《现代：繁复的中国旋律》，中央编译出版社2001年版，第208页。
　　②　袁可嘉：《我的文学观》，《论新诗现代化》，生活·读书·新知三联书店1988年版，第101页。

突出，"反传统"的意识也更为明显。

包括七月诗派、九叶诗派在内的三四十年代的诗人，他们发挥着创造的、想象的才能，在反传统中不断构建"个人化"的新诗传统。一方面，在"反传统"的旗帜下，他们与宋诗的关系若隐若现，保持着遥远的文化联系；另一方面，他们皆有强烈而自觉的主体意识，创造意识浓郁，把反传统不断引向深入。例如，强调理性，袁可嘉就强调："好的诗篇常常包含抽象的思想。"① 即使肯定"以文为诗"，也像西方新批评阵营的大家瑞恰慈一样，始终保持诗的语言与科学语言的区别，经过螺旋性的上升，在正题—反题—合题的辩证法中把问题引向更为深入的地步。因为，新诗语言本身强化的理性，更有利于表达理性化的诗意。

又如，同样是描写社会的沧桑与无常，描写民族的患难与创伤，描写百姓的困厄与艰辛，在 40 年代"反传统"的诗人手中，便有了很大的不同，如果我们拿他们的作品与初期白话新诗人道主义风气影响下的作品稍作比较的话。在 40 年代的此类作品中，蕴涵着深厚、坚韧的情感力量，揭露了本真的生存真相，其直面现实人生的立场，勇于承担的道义精神，都给人留下了深刻的印象。如七月诗派对民族战争灾难性现实的痛苦审察，九叶诗人对一个民族丰富的痛苦的吟诵，既与早期新诗反传统诗人诗作拉开了距离，也与宋诗的沧桑感相比有质的区别。也许是受儒释道等思想的综合影响，宋朝诗人乃至古代文人，在士大夫身份的制约下，大多没有真正的平民意识与个人意识，对民族忧患、民生疾苦缺乏一种切肤的感同身受，即使是个人经历过一些失意、不幸，也没有深入细致地思索其背后的原因，反而是借几分滑稽、旷达来逃脱来自自身的生存压抑。也就是说，他们普遍没有鲁迅式的反抗绝望，穆旦式的生命追问。"由于宋代文人所处的相对宽松和富裕的生活环境，给了他们创作的闲暇，使他们的作品常有前人所无的精致和细腻。""他们常把自己的知识与学问加上机智与用心把诗写得十分精致深奥，把意思琢磨得十分含蓄深邃。"② 正因如此，宋朝

① 袁可嘉：《诗与意义》，《论新诗现代化》，生活·读书·新知三联书店 1988 年版，第 88 页。
② 章培恒、骆玉明主编：《中国文学史》（中），复旦大学出版社 2005 年版，第 299—300 页。

被召唤的传统——百年中国文学新传统的形成

诗人不乏理趣，不乏机智，但很难找到个体生命内心撕裂的声音，很难看到深刻而宽广的生命追问，也就缺乏理性的深度。穿越历史的天空，有西方哲学作为支撑的 20 世纪 40 年代的反传统诗潮，在优秀诗人身上，我们则可以发现他们笔下的优秀诗作，不仅有对生命本体的追索，如切肤之痛的苦难感、沧桑感、无常感，如"我们有机器和制度却没有文明/我们有复杂的感情却无处归依/我们有很多的声音而没有真理/我们来一个良心却各自藏起"（穆旦《隐现》）；也有立于主体意识之上的存在论思想，如"不要觉得一切都已熟悉，/到死时抚摸自己的发肤/生了疑问：这是谁的身体？"（冯至《十四行集》）

这一切，当然有来自西方诗歌及其传统的滋养与哺育，更是带有创造性的主体直面人生的发现与洞悉。沿着西方哲学对人主体性的充分开掘之路，我们不难发现这是真正具有现代性意识的精神产品。这些诗歌既是中国的，又是现代的，既是民族的，又是世界的，是"中西艺术结婚后产生的宁馨儿"。①

四

绿原在给七月诗派的《百色花》作序时说，承认这一流派的诗人是中国自由诗的战斗传统的自觉的追随者，他们大多数人是在艾青的影响下成长起来的，但他更愿意强调："接受影响决不等于模仿和因袭；相反，他们从艾青学到的，毋宁说是诗的独创性。"② 由七月派诗人扩展到其他的现代诗人，也是如此，"诗的独创性"更为重要。这一独创性与反传统有密切的联系，现代诗人在突破古典诗歌的道路上不断前行，充分施展各自"诗的独创性"，不断反传统，新诗自身的传统才在一代代现代诗人手中不断生成、丰富并沉淀为一种审美存在。诗歌传统的变迁，在经过综合或顺

---

① 闻一多：《〈女神〉之地方色彩》，《闻一多诗全编》，浙江文艺出版社 1995 年版，第405 页。

② 绿原：《百色花·序》，人民文学出版社 2000 年版，第 2 页。

承，经过反传统的接力后，不断得以实现。

"'五·四'以来的新诗也多少形成了一个传统。它有一段悠久的经验，产生过无论内容或形式都是'新'的诗篇，既有独创的又有传统的风格，大胆进入了无韵自由体的'异域'，同时也认真开始探索过我国古典诗律和外国诗律所能提供的参考。它积累了丰富的前例：成功固然可以启发后来，失败也足引为鉴戒。无视这个传统或者拒绝加以公允的研究，对新诗的发展只能是有害无益。"① 对于习以为常的诗歌传统的现代转型，笔者愿意在承认新诗传统的背景下，以传统的变迁进行概括，本身包括新文学传统的创造在里面。新诗形成的传统，是相对于古典传统的变迁。事实上，诗歌的"现代转型"因为不断"转型"，更多难以言说的歧义，它让我们失去了等待的耐心。而诗歌传统的变迁，则见证了传统生成的流变过程，见证了现代诗人的创造性贡献，它是具体而真实的，也是有针对性和目的性的。

第三节 "以诗为文"传统与现代小说的"诗化"

中国古典文学的主体是诗词韵文，古典文学传统的主体则是诗词传统，这是一个不争的事实。从带有标志性的诗经"三百篇"一路下来，经过不同朝代的传递，抵达封建王朝的最后一站——晚清时，古典诗词都是占据绝对主流或次主流的位置，哪怕现代化进程中的整个 20 世纪，旧体诗词的园地也一直人丁兴旺、一派热闹景象。中国诗史的别名差不多算得上是中国文学史了，沉浸于诗词的王国，自然感觉到中国的诗文化最为深厚，最具有生命力，各方面受它的影响也最为深广。

文体的高度单一，对文学传统有利有弊：其"利"在于它容易给人造

---

① 卞之琳：《今日新诗面临的艺术问题》，《人与诗：忆旧说新》，生活·读书·新知三联书店 1984 年版，第 182 页。

成一种结实而具体的印象，在超稳定状态中形成某种范式、标准；其"弊"也由此而来，人们对文学传统易于发生单一的错觉，容易故步自封，看不到传统背后的弱小分支。比如，中国文学史上的唐传奇、宋话本，以及后来的元杂剧、明清小说等，都经过很长一段时间才赢得正面的评价。又如，在一般人心目中，抒情诗是古典诗词主体，文学传统的主体也是抒情诗传统，处于边缘的叙事诗，则往往视若无睹。然而，叙事诗的历史存在，以及包括非诗文体的存在，真正打破了古典文学传统的整齐划一、封闭保守，对文学传统的生成、流变、丰富是极为有利的。

我们这里不能逐一论述这些传统的传承，只拟其中的分支——"以诗为文"传统与现代小说的"诗化"的联系来进行讨论。涉及的命题有以下几点：一是"以诗为文"传统的历史形态及其形成原因；二是"以诗为文"传统对小说的影响；三是这一传统与现代小说"诗化"的联结样式。

一

"以诗为文"传统是叙事文学的一种历史现象，异常强大的"诗骚传统"不断影响着其他文学样式的生发、成熟，不断介入其生存空间。任何一种晚起的文学样式，只是想在中国文学发展史上站稳脚跟，就不得不正视诗歌的显赫存在，就不得不向诗歌靠拢，借鉴、升华"诗骚传统"的某种特征与长处来支撑并成就自己，并由此成为某种常态。

"以诗为文"传统自有其历史渊源。叙事文体夹带诗词，或沾染诗词的习气、格调、氛围，都由来已久。在漫长的古代文学历史上，因为研习诗歌的功课是读书人自"发蒙"以来的日常所习，能诗善书是读书人一种基本技能，所以有此基础并由此起跑的古典小说家一般都有诗才，在创作小说之余，不免一时技痒而掺入诗词，有些是临时加入的，有些则是把平常所作的作品添入，以此存念或加强诗化，表明自己能诗，借此获得某种象征性的文人身份。同时，小说在诗词的强大挤压下，屈居雕虫小技之列，难成大气候，作者通过融合诗词，多少也有某种自我辩诬的意图。因此，在小说中"以诗为证"的例子数不胜数，掺杂前人的诗词句子，或者通过变形、化用诗词句子的现象比比皆是。另外，历代评小说的评论家，本身也是能诗的，而且往往以诗的方式去评点，所以对此也大开绿灯，往往用溢美之词加以褒扬，这样便形成一种风习、时尚，后来者也受此影响，加以模仿。——这一循环往复，是异常强势的诗文化在或隐或现地发挥调节作用。事实上，因为举国之民沉醉于诗文化的弥漫之中，"以诗为文"容易带来作者与读者之间的相互认同，正如西方阐释学的术语"视界融合"一样，在双方一片叫好之声中达成合谋。同时，它不得不让你承认，古典小说"以诗为文"的惯例，自有其审美功效，比如，有利于小说氛围的酝酿，也有利于小说人物性格的塑造。古典小说缺乏细腻的心理描写，主要是通过白描、环境描写与人物言行来推动情节发展的，所以这一传统无意中弥补了这一缺陷。

对此，陈平原先生在他的著作《中国小说叙事模式的转变》中对此已有论述。在他看来，中国小说现代化进程体现在小说叙事模式的转变上，这一过程既有西方小说的启迪，又有传统文学的创造性转化。特别是针对后者，他主要从"新小说"家与五四作家分别接受"史传"传统与"诗骚"传统来展开论述，条分缕析，甚为详备。虽然陈著就此议题的深入讨论，为今后的研究打下了一个良好的基础，但是也有值得进一步补充、丰富乃至矫正的地方。"如果说在 20 世纪初期的中国文学形式变革中，散文基本上是继承传统，话剧基本上是学习西方，那么小说则是另一套路：接受新知与转化传统并重。不是同化，也不是背离，而是更为艰难而隐蔽的'转化'，使传统中国文学在小说叙事模式的转变中起了不容忽视的作用。"[①] 陈平原在传统的创造性转化中对"创造性"进行了大量的阐释，没有单纯强调传统的继承，这是值得肯定的。但是，这些创造性转化是否就有普适性呢？"诗骚"传统对于浸淫于古典诗词的五四作家有如此深远的

---

① 参见陈平原《中国小说叙事模式的转变》第七章"'史传'传统与'诗骚'传统"，北京大学出版社 2003 年版，第 138 页。

被召唤的传统——百年中国文学新传统的形成

38

影响，那么五四之后的许多现代小说家不用阅读古代诗歌作品，为什么又自然"诗化"了呢？从"以诗为文"传统到现代小说的"诗化"，是否有更多创造性转化的可能？后人是如何"转"、如何"化"的呢，或者需不需要"转化"呢？要想回答这些看似容易的问题，我们还是需要围绕现代小说家的独特性"创造"来展开讨论。

"'诗骚'之影响于中国小说，则主要体现在突出作家的主观情绪，于叙事中着重言志抒情"，"结构上引大量诗词入小说"。[①] 并进而引申，"引'诗骚'入小说，突出'情调'与'意境'，强调'即兴'与'抒情'，必然大大降低情节在小说布局中的作用和地位，从而突破持续上千年的以情节为结构中心的传统小说模式，为中国小说的多样化发展开辟了光辉的前景"。[②] 在这样的论述中，似乎很难看到传统本身创造性转化的内在机制与可能。既然不是叙述的技巧、手法的借鉴、模仿，也很少涉及叙事视角、叙事时间等层面的具体细节，那么现代小说家采取抒情化、淡化情节等方法进行创作，就相当普遍而又自然了，其中看不出多少"继承"传统的影子。"以诗为文"于叙事文学，更多作为一种趣味，一种眼光，是化在作家的整个文学活动中，而不是落实在某一具体表现手法的运用上。恰恰相反，它更多是作为一种"背景"的文化风格与氛围，不会是具体而直接的方法，这无须多少继承与转化。由此可见，"以诗为文"对现代作家的创作而言，仅仅是一种思维方向上的宏观概括，现代小说家不用阅读古代诗歌作品，也能自然"诗化"，没有受到"以诗为文"传统的熏陶，也不影响现代小说的"诗化"。

其次，在论述现代小说时，五四一代的作家大都否认他们的创作跟传统小说的联系，更不用说古典诗词的联系；同时对于自己创作的才华，艺术天赋的个性化方面也很少提到。这一阶段他们乐意做的事，是介绍并强调自己所受外国小说的影响，承认自己在模仿中找到自己的创作道路与艺

---

① 参见陈平原《中国小说叙事模式的转变》第七章"'史传'传统与'诗骚'传统"，北京大学出版社 2003 年版，第 212 页。

② 同上书，第 236 页。

术风格。在五四新文化风起云涌之际，对外国小说理论、思潮、作品的翻译，成为当时一个不断升温的热点。从《新青年》提出"人权、平等、自由"的启蒙思想始，标示由外国出产的民主与科学就得到了国人的认可与追捧，沿此一路，国人广泛引进和吸收目迷五色的西方文化，几乎达到了多路并进、全面开花的状态。包括西方文学在内的外来文化，几乎在一夜之间便全面登陆古老的东方大国。人道主义思想、无政府主义、纯艺术论、进化论和社会主义思潮等，一时让人在人声鼎沸中心驰意往，守旧之心连隐藏起来都来不及。时代涡流中的文学思潮，像今天所说的时尚追求一样，赶潮的心思普遍风行起来，唯新为荣，唯"西方"为是的观念也蔓延开来。正是在这一时代语境下，五四一代小说家莫不径直急取，这是很容易理解的。小说创作方面一出手就很成熟的鲁迅曾断言自己"我所取法的，大抵是外国的作家"。① 以《沉沦》引起非议的郁达夫，则主要师从 19 世纪欧洲浪漫主义以及近代日本"私小说"。最先成立的文学团体文学研究会，其成员一般倾向于 19 世纪俄国与欧洲的现实主义、自然主义思潮，他们注重揭示社会黑暗、反映灰色人生，从中挖掘被遮蔽的现代人生与社会问题方面的诸多弊端，像鲁迅所说的一样：揭出病苦，引起疗救的注意。

在没有做好思想准备当好一个优秀作家的时代，五四作家的准备并不充分。中华民族的审美思维富有民族特色，主要是思维处于混沌、交叉、虚化形态，它是浑然一体的，因此中国作者与读者对日常诗意有某种先天的敏感性，以模糊性思维见长。因此，把散文当小说读，把历史作小说读，把小说中的诗歌当诗歌读，都相当普遍。载道也好，言志也好，都是一种话语表达，大家关心的不是作家如何表达，而是表达了什么，不是关心写得怎样，而是写什么。"我写小说从来没有思考过创作方法，表现手法和技巧等等问题。"② 借镜西学以后，除莫泊桑、契诃夫式的小说外，

① 鲁迅：《书信·致董永舒》（1933 年 8 月 13 日），《鲁迅全集》第 12 卷，人民文学出版社 2005 年版，第 434 页。

② 巴金：《文学生活五十年（代序）》，《创作回忆录》，人民文学出版社 1982 年版，第 10 页。

异域小说中也有今天所说的"诗化"或"散文化"的小说存在，如屠格涅夫的《猎人笔记》、如歌德的《少年维特之烦恼》，这似乎给现代作家带来域外的理念支持。至于国内，文人以诗歌创作为正统，写诗之人去写小说，自然带有诗人的特点，因此严格区分成为一件费力的事，似乎这是科学主义者的事情，不属于审美主义者的业务范围。所以五四一代作家，可以把散文、童话、速写、笔记当小说来理解，可以用日记体、独白体来书写。不但小说这样，在其他文体中也是如此，比如，冰心当时的"繁星体"与"春水体"小诗，当时在写作时是当做思想片断的札记来记录创作的，可在《晨报副刊》发表时，与冰心有点亲戚关系的编辑自作主张，切成一小节、一小节发表刊载出来，结果遭遇"小诗"潮流，一时大受欢迎，诗人也就将错就错，成就了一个美丽的文体错误。

　　回到作家创作的原初状态，作家对文体的束缚并不在意，对文体的特征也不甚清晰。不过，他们也并不着急，反而为自己进行辩护。早在1920年，周作人就提出过"抒情诗的小说"这一概念。"小说不仅是叙事写景，还可以抒情"，"内容上必要有悲欢离合，结构上必要有葛藤、极点与收场，才得谓之小说，这种意见，正如十七世纪的戏曲的三一律，已经是过去的东西了"。[①] 周作人提出"抒情诗的小说"这一概念，明显是抱一种进化论的观点来看待的，其中夹杂个人的趣味，这样打破了小说固有的概念，丰富了小说文体家族。周氏不管是出于创造性误读，还是对符合自己文学趣味的证明，[②] 都是一种带有突破性、代表性的观念。事过十多年后，以诗化小说著称的女作家萧红，曾为自己的文体辩护："有一种小说学，小说有一定的写法，一定要具备某几种东西，一定学得像巴尔

---

　　① 周作人：《晚间的来客》，《新青年》第 7 卷第 5 号，1920 年 4 月。

　　② 周作人对小说有自己的审美趣味，他曾说过："……老实说，我是不大爱小说的，或者因为是不懂所以不爱，也未可知。我读小说大抵是当作文章去看。所以有些不大象小说的，随笔风的小说，我倒颇觉得有意思，其有结构有波澜的，仿佛是依照着美国版的小说作法而做出来的东西，反有点不耐烦看。"见周作人《明治文学之追忆》，钱理群编：《二十世纪中国小说理论资料》第 4 卷，北京大学出版社 1997 年版，第 362—363 页。

扎克或契诃夫的作品那样。我不相信这一套。有各式各样的作者，有各式各样的小说。"① 这样的类似意见有典型性，那就是透露出一样信息，人为规定小说文体特性，并不见得能听到一片叫好声。正可谓无法而法一样，那些不按正规成法去写的现代小说家，不成章法而自成章法，一般反而得到了"文体家"的美称，比如，新文学史称废名、沈从文、萧红为文体作家，便是典型的例子。

二

表面看来，现代小说的"诗化"，是小说借镜诗歌的表达技巧形成一种交叉性文体之后的特殊风格。实质上，这一"诗化"，还是基于民族审美心理之上所形成的民族风格，其根须扎得很深。"鲁迅小说对中国'抒情诗'传统的自觉继承，开辟了中国现代小说与古典小说取得联系、从而获得民族特色的一条重要途径。在鲁迅之后，出现了一大批抒情诗体小说的作者，如郁达夫、废名、艾芜、沈从文、萧红、孙犁等人，他们的作品虽然有着不同的思想倾向，艺术上也各具特点，但在对中国诗歌传统的继承这一方面，又显示出了共同的特色。"②

对于这一典型的看法，是新文学研究中的代表性意见，似乎在不少著者的论著中也不难读出这一信息。不过，这一主流性的看法，其实也是对"继承"传统一说的阐释，显得有点空洞、生硬。现代小说史上，"诗化"是个普遍的现象，现代小说家在创作这类文字时，并没有过多地想到"继承"某一经典传统，反而是在不自觉中通过自己的创造性劳动，寻找到符合个性的文学之路。现代小说家在具体创作时，为了张扬个性、宣泄自我，他们一般会强化自己的主观情绪，淡化首尾相连的曲折情节，腾出足以挥洒自己才情的地方。当然，这也需要一个条件，一般是短篇小说与中篇小说，长篇小说则不适宜，事实上也很少看到感性化的长篇小说。正是

---

① 聂绀弩：《萧红选集·序》，人民文学出版社 1981 年版，第 2—3 页。
② 王瑶：《中国现代文学与古典文学的历史联系》，《北京大学学报》1986 年第 5 期。

表达的思想主题走在前面，小说家没有来得及周密考虑小说的诸要素。从文体的角度审视，这当然是一种缺陷，但正因为这一缺失，使小说家在创作中不断找到真正的自我，寻找到笔墨文字写作的乐趣。除以上引文中提及的诗化小说家外，以诗人之名占据新文学史地位的现代诗人中，也有不少尝试过小说，如郭沫若、冯雪峰、徐志摩、冯至、卞之琳、林徽因等人，自然诗化的意味更为浓厚，诗才的呈现更为显著，如卞之琳的随笔式小说《地图在动》、《山山水水》，便不难看出这一特点。

翻看现代小说家的传记，一个大概的印象是，现代小说家靠自学成才、无师自通的居多。鲁迅在回答自己是如何写起小说来的时候，他说："大约所仰仗的全在先前看过的百来篇外国作品和一点医学上的知识，此外的准备，一点也没有。"[①] 叶圣陶则说："如果不读英文，不接触那些用英文写的文学作品，我决不会写什么小说。"[②] "我在法国学会了写小说。我忘记不了的老师是卢骚、雨果、左拉和罗曼·罗兰。"[③] 现代小说家最初并没有准备全力以赴去做一个优秀作家，但命运似乎都会与自己开一个玩笑。不过，通过暗自摸索、不断练笔，他们逐渐掌握了写作技巧。同时把自己的创造性，或负载于作品人物身上，或附在作品的思想内涵上。另外，不少现代作家都有写诗、作散文的经历，如鲁迅、郁达夫的旧体诗创作，废名、沈从文、萧红等的新诗创作，有了这一诗性积累，自然取长补短，能发挥自己的创作个性与才能，也能更为快速、顺利地进入写作状态，以便卖文为生。在诗化小说的具体写作中，现代小说家很少有通篇考虑情节、人物、环境等诸要素的，他们下笔写小说时，往往某种漂浮的情调，某个人物的侧影，一个简单的故事，几幅错落的画面，便触发自己的思绪，经过富有个性的自由创造者之手，稍作点拨渲染，便成为一篇短篇小说，如鲁迅的《故乡》，郁达夫的自叙传短篇，废名的《竹林的故事》、

---

① 鲁迅：《我怎样做起小说来》，《鲁迅全集》第 4 卷，人民文学出版社 2005 年版，第 526 页。

② 《叶圣陶选集·自序》，开明书店 1951 年版，第 7 页。

③ 巴金：《文学生活五十年（代序）》，《创作回忆录》，人民文学出版社 1982 年版，第 4 页。

《凌荡》之类，王统照的《春雨之夜》，冰心的某些小说，孙犁的《荷花淀》……现代小说史上这类抒情性，带有诗化色彩的小说实在太多了，虽然谈不上典型环境中的典型人物，也没有多少曲折的情节可供叙事学研究，但读者关注的是，小说表达的某种感伤、回忆、印象、乡愁、风情、人生哲理，更能引起自己的共鸣，寻找到"乱读"小说的感觉，并寻找到自己现实人生的感受。比如，五四新文学的读者群，时代的苦闷、伤感，离乡的思念、乡愁，都被此类主题的小说连根拔起，这正是现代作家与作者互相沟通的通道。又如四十年代解放区孙犁的诗化小说，其作品中像水生嫂之类的女主人公那种大爱、勇敢，以及热爱当下生活的精神风貌，也是读者们所欣赏与钦慕的。

"以诗为文"传统，不完全是小说对诗歌的借鉴，也不全是诗歌文体内部的迁移，过于强势的诗文化，影响小说文体的独立性，也对小说文体的含混有所助益。像宋诗之于晋唐诗歌，"以文为诗"是宋诗寻求个性的创新之举一样，同样，因为有以古典诗歌为主体的中国文学史背景，除五四作家在古典文学修养上具有深厚基础外，五四以后新起的一代又一代作家，这样的古文修养正逐渐淡化，但不妨碍他们的小说也充分的"诗化"，对这一现象的解释，显然只能说明继承本身没有多大的说服力，后起之秀们并不一定阅读古代诗歌作品，甚至对于前辈作家也并不一定研习、模仿，他们是在自己心智特征的基础上，从事创造性的生产劳动，活跃的情感、直接来自于生活的亲切感受，都培植了复现生命个体心境的条件。现代作家创造机制中潜在的、隐性的因素得到激发与释放，这样看似延续了事物的面貌，其实是沿着各自的轨道在滑翔。正因为某种相似，也因为现代作家为了正名对所受影响的揭示，所以在后来者的眼光中看来，居然能连成一片，连成线的过程，也就是我们所说的传统的流变过程，传统似乎像一条河流一样，是不曾断流的。

三

进一步来看，中国现代小说的诗化程度很高。其中又有两种诗化系列，一种是文体观念较为淡薄，作家的全部作品几乎都以诗化、散文化著称；另一种是在强化小说客观性、情节性的过程中，时常有越轨的笔致，在小说内容的局部对诗化有所靠近。这里分别进行论述。

有纯粹化倾向的诗化小说，往往具有诗的韵味，如大段大段的独白抒情，营造一个虚幻的意境，淡化情节的细节发展，语句弹性多义令人回味，等等。与传统小说相比，其结构形态都有自己独特的审美特征。它有小说的情节，但并不以曲折见长，也并不被作者看重；它有人物的活动，但面目性格并不鲜明。诗的影响在小说中呈一种内在渗透和化入的方式，使小说获得奇异的审美趣味。在新文学史上，此路小说的诗化作为一种独特的文学创作倾向，把小说引向了一条既源于传统，又反叛传统，既深受西方影响而又独具民族特色的道路。如鲁迅的《故乡》，通篇以抒情的诗笔，层层渲染童年生活的美好回忆，人物描写中虽然有少年闰土与老年闰土之比较，但也只是点到为止，叙事人称"我"，既盼望回到家乡寻梦，却又不得不惆怅地归去。整篇小说，中心人物并不鲜明，情节并不离奇。以文体特色著称的废名，给人的印象是："废名所作本来是小说，但是我看可以当小品散文读。"① 废名自己在创作时，写小说像古代陶潜、李商隐写诗一样写，他还说："从表现手法说，我分明地受了中国诗词的影响，我写小说同唐人写绝句一样，绝句 20 个字，或 28 个字，成为一首诗，我的一篇小说篇幅当然长得多，实是用绝句的方法写的，不肯浪费语言。"② 又如创造社的郑伯奇，经常在郭沫若、郁达夫的小说中发现诗化、浓郁抒情的笔墨，"凡一翻读《寒灰集》的人，总会觉得有一种清新的诗趣，从纸面扑出来。这是当然的。作者的主观的抒情的态度，当然使他的作品，带有多量的诗的情调来。我常对人讲，达夫的作品，差不多篇篇都是散文诗"。③ 对于郁达夫而言，也许是古典诗词的修养所致，他特别注重小说的

① 周作人：《中国新文学大系·散文一集·导言》，上海良友图书印刷公司 1935 年版。
② 《冯文炳选集》，人民文学出版社 1998 年版，第 394 页。
③ 郑伯奇：《〈寒灰集〉批评》，严家炎编：《二十世纪中国小说理论资料》第 2 卷，北京大学出版社 1997 年版，第 471 页。

诗化，其小说大多数没有完整的情节，也不严格围绕人物活动组织材料，情节的发展主要以感情的起伏为脉络，零散的片断或生活场景，形成自然而流动的文本结构。又如萧红，她把散文的抒情、议论，大量插入叙事、写景的文本间隙之中，使小说充分散文化、抒情化、内在化，让人觉得不像是小说，如《呼兰河传》在像与不像自传，像与不像小说之间。但正如茅盾所指出的："而在它于这'不像'之外，还有一些别的东西——一些比'像'一部小说更为'诱人'些的东西：它是一篇叙事诗，一幅多彩的风土画，一串凄婉的歌谣。"① 可见，那些比像小说更为诱人些的东西，有时更能引起评论者莫大的兴趣。

现代小说史上普遍存在诗化在小说中局部化的类型。小说文体内部也是多样化的，各种诗化的方式也不同。现代小说，虽然经常提及现实主义的创作方法，但实践上更多主情主义的创作方法。创作主体的发现与确认，使更多的小说家忍不住站到文本中去。这里似乎可以重复郁达夫的一句名言："五四文学，最主要的是个人的发现"，正因为有"个人的发现"，人的主体性得到强化，作家的个性得到张扬，自己的长处与短处，各自的音容笑貌也就鲜活在文本之中。诗化小说，因最能体现作家的创作个性，是最能挥洒自如地充满个性创造力的开放型、随意型的创新性文体，所以作家珍惜在小说某一局部地方中所留下的园地，种荷也好，插柳也罢，全凭自己做主。例如，萧红在文学修养与古典诗词方面缺乏基础，几乎完全按个人的天才和感觉在创作，正是她的优势遮蔽了她的文体弱势，如组织材料不够紧凑，像散漫的素描；缺乏中心，人物性格不够鲜明，这一点是胡风指出来的。② 如果去问现代作家本人是否继承了什么时，他们一般不承认传统的创造性转化，因为转化是在作家不自觉状态下完成的。这里，其实创造的因素更为显著。因此虽然也有反对小说诗化的声音，如穆木天认为"随笔式的小说，比严正的小说好作得多。避难就易，作随笔式的小

① 茅盾：《〈呼兰河传〉序》，《茅盾全集》第 23 卷，人民文学出版社 1996 年版，第 348 页。
② 胡风：《〈生死场〉后记》，《胡风评论集》（上），人民文学出版社 1984 年版，第 396—398 页。

说，是暴露着作家的创作态度之欠严肃与生活之欠充实"，需要进行"小说之防御"。① 但这些声音毕竟不起多大作用，现代作家估计也不太看重这些意见。

四

总而言之，从五四作家到五四之后的新起作家，乃至于新文学史上诗化作家而言，"以诗为文"传统都只能是一个笼统的思维定式，其意义不在于它们与诗化小说的联系上，而主要是作家的创造才能，使他们在自己的文学实践中得到个性化的发挥与运用。这是一个作家寻找自己风格的开始，也是他风格成熟的症结所在。"以诗为文"传统与现代小说的"诗化"，其历史联系在于一种思维方式上的宏观概括而已，个人化创造的因素倒是占据主要位置。

第四节　新文学传统与现代作家的"非个人化"

古典文学传统也好，百年中国新文学传统也好，都离不开作家生命个体的创造，传统与作家构成一种互为存在的辩证关系。一方面，生命个体离不开传统，在一个作家接触文学之前，文学传统不但已经得到认可与延传，而且力图全面影响乃至控制作家个性，仿佛如来佛祖的手掌一样是翻不过去了。另一方面，作为一种隐性的文化规范，传统需要不断生成、延伸，自然离不开生命个体的创造。新批评派代表人物艾略特在《传统与个人才能》等论文中提出了文学的"非个人化"特征，强调文学"传统"对个体作家所具有的决定性影响。不过，在我看来，这只是硬币凸起来的一

---

① 穆木天：《小说之随笔化》，吴福辉编：《二十世纪中国小说理论资料》第 3 卷，北京大学出版社 1997 年版，第 238—239 页。

面，而凹进去的一面，则是作家个体传统的彰显。作家通过"非个人化"的创造，融入异常强大的传统这一整体，自己则在传统中充分存在，成为我们把握传统的具体对象，宛如河流中凸出水面的巨石，是辨别水流方向、动静的标符。

新文学传统的生成、流变，是现代作家共同创造的结果。每个作家都有自己的艺术个性，虽然在异常强大的传统面前，他得随时不断地放弃当前的自己，归附于传统，但也正是这样，置身新文学传统之中的现代作家个体传统，相互生发，不断丰富自己，不断使文学传统得到承袭、转化与多样化。

一

文学传统与作家个性因差异的存在而总是处于紧张的对峙中。这种相持体现为征服与不驯，顺从与反叛，承续与瓦解。最终的结果是，文学传统海纳百川，不断生成，变得更为庞大、芜杂，而作家视文学传统的存在为反叛的前提，以追求自由的方式放逐传统，以文学的原创性去换取文学史上的地位。在这个意义上，文学的"非个人化"，既是对作家个性化的一种肯定，是对创作自由、原创的一种褒扬，也是站在历史的高度对不同作家的整合，是一种辩证的透视。

古往今来，一个伟大作家的扬名，往往是得到了他所接受的文学传统的助力，他是站在巨人的肩上收割种下的庄稼。艾略特曾指出："假如我们研究一个诗人，撇开了他的偏见，我们却常常会看出：他的作品中，不仅最好的部分，就是最个人的部分也是他前辈诗人最有力地表明他们的不朽的地方。我并非指易受影响的青年时期，乃指完全成熟的时期。"① 这话有些费解，也容易造成"误读"。明显的是，他从一个视角来打量传统与个人才能，得出的结论是需要用辩证的目光来审视才能看得清楚明白。纵

---

① ［英］艾略特：《传统与个人才能》，《艾略特诗学文集》，王恩衷编译，国际文化出版公司1989年版，第2页。

然文学传统的力量过于强大，个人跳不出传统的掌心，但文学传统的变体链上，仍然耸起了不同的高峰。现代作家之于新文学传统，也是一个个不断隆起的高峰。它需要现代作家全身心的、独创性的付出，进而在新文学史上寻找到应有的位置。

基于此，新文学传统在具体化、阶段化、个人化的道路上不断生成、延传，便需要更多参伍以变、革故鼎新的天才人物，或者是韦伯、希尔斯所说的"卡里斯玛"人物不断加入与创造。也许"诗人必须深刻地感觉到主要的潮流，而主要的潮流却未必都经过那些声名最著的作家"[①]，但不可否认，"声名最著"的作家，往往仍是主要潮流的推动者与集大成者。

古今中外，不同行业的共识是，真正推动行业前行的都是天才人物贡献的，就文学而言，推动文学流变的人物无疑具有天才式的心智。德国古典哲学大师康德，曾对天才进行过深入分析，得出一个经典性的判断："天才就是：一个主体在他的认识诸机能的自由运用里表现着他的天赋才能的典范式的独创性。"[②] 这一定义保持着古人对天才的神化，在摘除神化的面纱之后，不难看出在天才的诸多个人资质中，独创和典范是最为关键的元素，其中独创性又是典范的基础。作为具有天赋才能的个体，天才并不是通过袭取陈陈相因的规矩来从事自己的劳动，而是在前人的基础上，发前人之所未发，言前人之所未言，以其原创性的伟力独领一代风骚。凡人庸众小心翼翼地在规矩内亦步亦趋，而天才则大胆创造规则，标榜自由、张扬个性。此外，康德认为艺术创造尤其需要天才出现，创造是艺术家的天职。作为一个哲学家，康德认为，人的行为似乎是无目的的，但又能达到预定的目标，体现出目的性，是一种无目的的合目的性。天才开创传统、建立规则，居于实质性传统变体链的源头。

有群众存在，自然会有英雄存在。韦伯、希尔斯对英雄的称呼是"卡里斯玛"型人物。以研究"传统"著称的希尔斯认为，大凡文坛领袖人

① ［英］艾略特：《传统与个人才能》，《艾略特诗学文集》，王恩衷编译，国际文化出版公司1989年版，第3页。

② 康德：《判断力批判》上卷，商务印书馆1964年版，第164页。

物，均以其超凡绝俗，独步一时的原创性为文学传统注入了新鲜的生命力，使之得以更新、得以延续。在新旧文学传统更迭交替之际，更不可缺少扭转风气的"克里斯玛"型人物。这种人物，一方面，总是特立独行于历史的转折点上，推动新旧传统的交接与转化；另一方面，他们的权威并不是靠诸如血缘关系、世袭制度或册封之类途径获得，而是完全凭借超凡出众的个人资质，在创造的崎岖小道上长途奔驰，最终修成正果。检点一下新文学传统，这样的"卡里斯玛"型人物是实实在在存在着的，像中国古典文学中的屈原、曹操、李白、杜甫、曹雪芹等伟大作家一样，崛起于新文学史上的现代作家如鲁迅、胡适、郭沫若、茅盾、巴金、艾青、穆旦、曹禺、张爱玲等人，都不愧为开一代风气之先而又具有高度综合性力量的人物，正是他们，构成了新文学传统不断生成、不断流变、不断典范化的过程。这一过程，是可以感知、可以触摸到的，它是具体的、多层面的。

二

新文学传统由现代作家群体共同创造，不同的作家因创造力的高低而所占份额有所不同。新文学整体中实质性的传统相当一部分来自"克里斯玛"式的大作家，如果把传统比喻为一只股票的话，那么其中更大的股东，应是鲁迅传统，其次是郭沫若传统、胡适传统、茅盾传统……不同的现代作家传统，在代代相传中，因不同追随者心慕手追，既受影响又不断突破影响，因而发生了种种变异，同时保持了某些共同的主题，共同的渊源，相近的表现方式和出发点，也就是形成一条不断流变的变体链，被确认为共同的作家传统。

"鲁迅堪称现代中国的民族魂，他的精神深刻地影响着他的读者、研究者，以至一代又一代的中国现代作家、现代知识分子。鲁迅极富创造力和想象力的文学创作，则为中国现代文学的发展奠定了深厚的基础，开拓了广阔天地。几乎所有的中国现代作家都是在鲁迅开创的基础上，发展了不同方面的文学风格体式，这构成了中国现代文学的一个独特现象。"① 这是一本普通高等教育文科重点教材的论评，主要着眼于鲁迅作品与精神的影响与传承，虽然没有言及"鲁迅传统"字样，但实际上讨论的是同一事物。确实，在百年中国新文学史上，鲁迅传统是最为显著的存在，无论从哪方面看来都是首屈一指的。鲁迅传统既是个体的传统，又是后继者不断汇合的传统。"没有冲破一切传统思想和手法的闯将，中国是不会有真的新文艺的。"② 作为新文艺的缔造者之一，鲁迅不缺乏伟大的创造力与想象力。鲁迅以自己毕生的精力给我们留下了不朽的精神财富，比如，树立了现代小说新形式的小说集《呐喊》、《彷徨》，反抗绝望与虚无的散文诗集《野草》，熔历史与现实于一炉的历史小说《故事新编》，以及最能体现他创作天赋的杂文集《坟》、《三闲集》……可以说，大多数作品都是不可重复的杰作，一起构筑了难以企及而又博大精深的精神世界。具体条分缕析拆开来看，在鲁迅传统内部，既有"横眉冷对千夫指"式的特立独行、毫不妥协的现实战斗精神，又有"俯首甘为孺子牛"式的寻找同伴、发掘新生力量的智慧；既有立足现实、针砭国民性痼疾的呐喊，又有沉浸于想象，向往自由美好的憧憬；既有建设民族国家的宏大叙事，又有不断深入灵魂的独语……可以说，鲁迅作为中华民族的一面精神旗帜，是道不尽、说不完的。

正如传统的定义所规定的那样，鲁迅传统更重要的还是一个不断生成的变体链。追随鲁迅成为现代作家的必由之路。在现代作家队伍中，对鲁迅的精神传承更为明显，从胡风到巴金，从鲁迅风到不同时期杂文的勃发，都可见鲁迅传统的传承。当然，不同历史时期也存在对鲁迅的非议与贬低现象，其中恰恰可以看出鲁迅传统的强大，以及它对后来作家们的压力。另外，把目光从创作界挪移到理论圈子，也是如此。目前公认的是，研究现代文学的学者已有四代至五代的精神传递，在代际更迭之中，鲁迅研究是不同圈子、背景的学者们联系的最佳纽带。对鲁迅传统的阐释，因

---

① 钱理群等：《中国现代文学三十年》，北京大学出版社 1998 年版，第 37 页。
② 鲁迅：《论睁了眼看》，《鲁迅全集》第 1 卷，人民文学出版社 2005 年版，第 255 页。

学术立场、政治方向以及其他原因，早已形成了一些不同的派别。从文学革命到革命文学时期，便奠定了鲁迅研究的多元发展局面，如陈西滢等人的对立批评，以成仿吾为代表的青年浪漫派的鲁迅观，以傅斯年、茅盾、张定璜为代表的社会—人生派的鲁迅研究，都是互通有无，丰富了鲁迅传统。至于后来，无论是新中国成立前的马克思主义学派，人生—艺术派，英美派自由知识分子的鲁迅研究，还是毛泽东时代的鲁迅研究，新时期的鲁迅研究，都呈现出不断深入、流派并立的大好局面。[①] 从读者层面来看，鲁迅从来不乏庞大的读者群，不同年龄、学历、职业的读者，通过阅读鲁迅的作品而更加清楚地认识了现实的人生，差不多没有哪个稍通文墨的中国人，不知晓鲁迅的名字与代表性的作品，不知道鲁迅的某些思想。——正如这样的声音，因为有了鲁迅，读者才不至于孤独。鲁迅传统有了这三个方面的力量组成同盟军，源源不断地在变体链上丰富起来，繁杂起来。

　　与鲁迅传统相比，茅盾传统虽然没有前者如此庞杂、辉煌，罩上形形色色的耀眼光环，但也是不可忽视的显著存在。50 年代初冯雪峰就指出："中国现代文学的现实主义分别由鲁迅与茅盾各自开辟了一个传统。"[②] 在新文学史上，对茅盾传统的概括大致有以下诸点：气势阔大的史诗传统，积淀深厚的现实主义传统，注重社会分析的理性化叙事传统。[③] 茅盾传统由茅盾本人与其他受他影响的作家群体构成，不是凝固不动、僵死不变的，而是一路发展着的。受茅盾的"农村三部曲"与《林家铺子》等作品影响，在同时代的 30 年代就吸引了一批作家关注"丰收成灾"的社会问题，写出了一批在新文学史上有影响的小说，如叶紫的《丰收》、叶圣陶的《多收了三五斗》等；茅盾的社会剖析小说，引起了吴组缃、沙汀、艾芜等诸多同道的关注，并一起形成了一个带有鲜明创作倾向的创作思潮。

---

① 参见王富仁《中国鲁迅研究的历史与现状》，福建教育出版社 2006 年版。

② 冯雪峰：《中国文学中从古典现实主义到社会主义现实主义的发展的一个轮廓》，《文艺报》1952 年第 15 期。

③ 王嘉良：《论"茅盾传统"及其对中国新文学的范式意义》，《浙江学刊》2001 年第 5 期。

这一传统后来继续以显性或隐性的不同方式影响后来的创作。例如40年代出现的长篇小说写作潮流和史诗风格的范式追求，新中国成立后的农村题材、城市工业题材长篇小说，新时期的改革题材小说等，都可见出茅盾传统所拥有的在把握此类题材时分析现实、塑造人物、反映时代的种种痕迹。各种直接或间接的联系，由茅盾一路传递过来；茅盾小说创作时坚持的创作技巧、创作精神、创作原则，在新来者的创作过程中都有不同程度的呈现。

在现代文学史上，曾有"鲁郭茅"之说。作为三个伟大作家之一，郭沫若传统则又有不同的质地、特征。郭沫若是20世纪中国现代历史上作出过不朽贡献、争议又十分激烈的文化名人。从"时代的肖子"——《女神》伊始，郭沫若踏上文坛的第一步，便不同凡响。无论是文学范畴之内的诗歌、小说、散文、历史剧、翻译、文论，还是历史、考古、政治等不同领域，郭沫若都取得了常人难以企及的创造性成就，并被誉为"球形天才"式的人物。郭沫若在不同领域的创造性发现，其背后是他独特的创造性的思维方式，在保持着与风云变幻的时代同步时，他永远渴望站在时代的最前沿，广泛吸收人类最新的文明成果，并创造性地加以构思、熔铸、定型。仅以《女神》为例，在诗作中作者是一个具有彻底破坏和大胆创造精神的新人，以追求精神自由与个性解放为己任，表现了五四狂飙突进的时代精神。在《女神》中，有自由而疯狂地吞吐日月、在自己的脊髓脑筋上奔跑的天狗，有五百年后集香木自焚然后重生的凤凰，有提起全身的力量来把地球推倒的太平洋……这些包含想落天外的想象力的诗篇，都成为后来者吟诵、取法的对象。如果说胡适的尝试是通过白话为诗的主张与实践开一代诗风的话，紧随其后的郭沫若之《女神》则更具创造性与个体性，也更能让人感受到一种诗风推进的速度。仅从语汇来看，《女神》的语汇系统非常芜杂、丰富，与胡适的《尝试集》相比已有质的飞跃，由《尝试集》而《女神》，可以说已过渡、推进到众"语"杂生的阶段。胡适说自己诗作有"裹脚的气息"，在郭沫若的《女神》中则很难感觉得到，它呈现的是焕然一新、活力十足的新面孔。《女神》第一次实质性地强化了初期白话诗诗句容纳、汲取各类语汇的消化功能，达到无论什么语汇都可以入诗的地步，如文言词语、古语词、口语虚词、外来音译词，外文单词、方言土语词汇，这一切都被郭沫若糅合在一起，构成一个大杂烩般的语汇加工区。由于这一特点异常醒目，当时跟踪式的诗评对此多有积极的论述。

自郭沫若开创浪漫主义诗风以来，新诗史上的新诗人，不乏郭沫若的信徒，他们或者张扬自我抒情主人公形象，或强化新诗的抒情格调，或镕铸历史典籍里的意象、故事，从不同角度延续了郭沫若传统的新诗传统分支。在五四时期，《女神》就产生了巨大的轰动效应，许多后来的新诗人，都是读了《女神》才走近了新诗。① 读者群体对《女神》的阅读、消费，最明显的是带动了诗集的出版印刷，《女神》出版后多次再版、重印，成为一本畅销不衰的畅销书，在这些表象的背后，郭沫若传统则在不断延伸。

三

鲁迅传统、郭沫若传统、茅盾传统，习惯上被社会承认为新文学的主流传统。这里换一个角度，就是另外的非主流作家，也产生了不同色调的传统，比如胡适、周作人、沈从文、张爱玲等现代作家，都有类似的作家传统现象。下面拈出二三位进行论述。

在新文学作家中，周作人是一个面目模糊的作家。曾有相当一段长的时间，因周作人在抗日战争时的附逆行为，导致新文学研究界很少有人涉及周作人话题。新时期以来，周作人研究热开始出现，尽管有学者表示异议，但仍不能阻碍周作人研究走向深入、不断壮大。据资料统计，从20世纪80年代初到2000年年底，国内已出版关于周作人的研究著作11部，年

---

① 姜涛：《"新诗集"与中国新诗的发生》，北京大学出版社 2005 年版，第 57—63 页。

谱 1 部，传记七部，研究资料汇编 1 部，另有各种周氏作品的选编 50 余种；共发表有关周作人的文章约 350 篇。① 这些论著主要围绕周作人附逆事件、人生道路和思想演变、文艺思想和文化观念、散文小品的审判等几个方面展开。可以说，对于周作人这一对象，不同的研究者与他们阐释视野下错综复杂的周作人形象，也可以说是周作人传统的一部分。

周作人文学创作上的成就，也逐渐得到重视，仿周作人文风在创作界悄然呈现出蔓延之势。众所周知，在现代散文发展史中，五四时期是小品散文的鼎盛时期，以散文创作与新文学评论著称的朱自清曾指出：五四阶段散文创作的派别林立，"有种种的样式，种种的流派，表现着、批评着、解释着人生的各面，迁流曼衍，日新月异：有中国名士风，有外国绅士风，有隐士，有叛徒，在思想上是如此。或描写，或讽刺，或委屈，或缜密，或劲健，或绮丽，或洗炼，或流动，或含蓄，在表现上是如此"。② 周作人便是当时的大家，他当时身处《新青年》、《语丝》一派阵营，在"自己的园地"里频频出击，屡有建树：引进"美文"的概念，提倡"言志"的小品文，形成"浮躁凌厉"与"平和冲淡"两种风格，特别是后一种文风，影响深远。周作人创造性地将明人小品、异域随笔、日本俳句等融为一体，形成平和冲淡、崇尚性灵、舒徐自如的闲话体散文。当时受他影响最大的散文作家就有俞平伯、废名、冰心、川岛、钟敬文等，特别是前二位，后来是周氏的私淑弟子，在周作人传统的承袭方面，可谓有口皆碑。周作人传统在新中国成立后，隐失了三十余年，在新时期再度浮出历史的水面。"在当代文学里，存在着周作人的一个传统，他的审美情调越来越重地暗示着人们，以至一些颇有影响的文化人，在默默地沿着他的思路前行着……相比于鲁迅传统、胡适传统，周氏的传统更多体现在文人的书斋里。"③ 如果说俞平伯、黄裳、唐弢等人的书话、随笔在 50 年代仅是曲径

---

① 温儒敏等：《中国现当代文学学科概要》，北京大学出版社 2005 年版，第 381 页。

② 朱自清：《论现代中国的小品散文》，王永生主编：《中国现代文论选》第一册，贵州人民出版社 1982 年版，第 458 页。

③ 孙郁：《当代文学中的周作人传统》，《当代作家评论》2001 年第 4 期。

通幽的话，那么到了新时期，周作人的影响更是水落石出了。在学院派知识分子、文人杂家之中，远追周作人的品性、文风成为一股较大的潜流，诸如张中行、汪曾祺、金克木、舒芜、止庵、邓云乡、杨之水、钱理群、陈平原等人笔下，或谈论吃食、或忆旧思故，或叙谈文化掌故，无不任意而谈、无所顾忌。书斋型文人，往往在社会的边缘，对时弊、流俗、人生百态偶有所悟，于是在温柔敦厚中品咂出知识的趣味，回归一种超功利意味的艺术，在社会转型的浮躁之中，不啻是医治心灵的一服良药。周作人这样医治过，患上现代文明病更深的都市人，似乎也不可缺少。

周作人传统或明传、或暗递，都呈现出现代知识分子的某种共同命运，象征了动中取静的人生寓言。在五四时期风云际会的一代人中，周氏兄弟是两种文化的流脉，虽然两者相比之下，周作人传统显得过于保守、儒雅，同时其影响也不在同一水平线上。但不同文化传统，依附于具体文人身上，都彰显了一种文化品位、趣味，都是不可偏废的。与周作人传统类似的是，以张爱玲等为代表的海派文学传统，也经历了类似的戏剧性过程。

在20世纪40年代上海文坛上，沦陷的上海并没有阻止张爱玲一夜成名，其小说集《传奇》、散文集《流言》在当时可谓家喻户晓。评谈张爱玲，自傅雷的《论张爱玲的小说》始，便给予了相当高的评价。高起点的耀眼"明星"，遭遇新中国成立后的冷气流，一冷藏就是几十年，在这一点上似乎与周作人类似。80年代初，张爱玲如同"出土文物"得到挖掘，用力最大者莫过于海外华人学者夏志清及时而重要的重评，以及沪上学者陈子善深入故纸堆的努力。后来，从"张爱玲热"到"张学"的过渡，自然让张爱玲成了新文学阐释的最大亮点之一。精英知识分子也好，大众文化受众也好，不同阐释者对张爱玲的解读成为张爱玲传统的一部分，尽管一千个读者就有一千个哈姆雷特，尽管张爱玲在各自的阐释中变形、自我化，但都是围绕张爱玲这一母体不断衍生的变体链。与文学评论里的张爱玲平行的是，作为海派文学中坚的她，也在影响、规范着上海文坛上后继者的创作，沪上的新文学研究圈，像陈思和、王晓明、郜元宝以及海外的王德威等人，都似乎刻意关注、梳理、总结这一传统在当下创作界的影响。大致而言，海派文学传统主要体现在小说上，视19世纪末韩邦庆的《海上花列传》为渊源，演绎出了作为中外文化交流的窗口的繁华与颓废，在现代性的追寻中，见证了百十年的传奇故事。在这一链接上，有郁达夫这样的创造社作家，有茅盾这样的左翼文学领军人物，也有新感觉派小说的团体亮相，但最终合拢处却落在张爱玲身上。张爱玲在新中国成立后远离大陆，在香港与美国等地虽有创作，但基本远离文坛，但这一巨大的遗响仍在，上海文坛仍在其传统的阴影下生长。比如，当代女作家王安忆，就被誉为海派作家"传人"。[①] 在王安忆不少以上海为书写背景的小说中，市民社会、情调、价值观的再现，以及海上文化的勾勒、沪上女子的传奇，都有限恢复了我们对海派的记忆。特别是王氏的长篇小说《长恨歌》，借主人公王琦瑶在上海的浮沉与沧桑，再一次让我们重温了张爱玲式的苍凉、精致。

四

新文学传统的生成，是由无数个像鲁迅、郭沫若、茅盾以及像周作人、张爱玲式的现代作家组成的。这些"卡里斯玛"式的人物，在特定的时代、社会、环境下，汲取中外文学的养料，极具创造性地发挥自己的文学天赋，终于像一棵棵大树一样在路上撑起了一片生命的绿荫。在这片绿荫下，有前来纳凉消暑的，也有坐在树下发呆痴想的，还有以此为新的出发点寻找自己的各式人物，这一现象，形象地说明了现代作家传统的个人性与延续性。

由此再来反观艾略特的经典论文《传统与个人才能》，尽管这一文献

---

① 王德威：《海派作家，又见传人》，《当代小说二十家》，生活·读书·新知三联书店2006年版，第16—50页。

具有某种经典性，尽管国内不乏形形色色的引述与阐释，但是我们不应盲目地自我迷失，这一保守主义的观点也是一种有特定对象的典型看法而已。为玄学诗辩护的艾略特，对浪漫主义感伤滥情、崇尚个性的传统思潮进行了一次"反传统"的反动，采取了客观主义的，为情感寻找客观对应物的文学立场。由此而来，文学传统是不需要张扬个性，一个作家需"随时不断地放弃当前的自己，归附更有价值的东西，一个艺术家的前进是不断地牺牲自己，不断地消灭自己的个性"。"诗不是放纵感情，而是逃避感情，不是表现个性，而是逃避个性。"① 这些说法都显得有点似是而非。相反，作家的个性与独特的才情是联在一起的，他以何种方式释放都是一种自由而又创造性的表现，这样成就了一个作家的传统。不同个性的作家不懈地投身于创造，分支繁多的传统，才有不断生长的可能。

现代作家的创造，是巨大的存在，一个大作家，大诗人，是一种巨大的精神现象，他既置身于文学传统的历史之中，又通过其创造把自己显示为某种新的"源头"，具有开创与综合的双重意义。大作家、诗人丰富、深邃的内涵给阐释提供了无限的可能，而多种阐释及其相互参照，又与"源头"一起构成对人类精神领域的共同开拓。不断后来的作家、诗人又是在面对这一逝去的生命进行领悟，在接受影响的过程中，也以自己的独创性丰富这一客体，从中又不断产生开一代风气的伟大作家，另成一支。所以说，传统中的个体，是具体的，可以捉摸到，也可以有限还原。他们一起构成了以时间为链条的历史意识之一环，这是作家在时间中的定位，自己和当下的关系则还带有空间位置的特点。在这样的时空中，每一个作家站在一个过去、现在与未来的连接点上，也鲜活在这一连接点上。在这个意义上，创造与继承传统一说才是真正有意义的，传统的流变与延续，也才最具有说服力。

---

① ［英］艾略特：《传统与个人才能》，《艾略特诗学文集》，王恩衷编译，国际文化出版公司1989年版，第4、8页。

第五节 "逆流"与传统——以"新诗潮"为例

　　在论述文学传统的著述中，我们往往以"继承"优良传统来说明民族传统的非凡特征与生命伟力，但很少论述与此相反的"不优良"传统的继承，类似的字眼与表述似乎难觅踪迹。略微关注这一现象，悖论、荒诞之感自然不可避免。为什么我们乐意说继承优良传统，除此之外却吝啬用"继承"去进行类似的概括呢？回到我们的议题——与其说是继承传统，还不如说创造传统——我们自然也能得到一种更贴切的解释。

　　同样对新文学史上的"主流"而言，我们愿意承认继承鲁迅传统，继承反封建与反帝的传统，等等，对于与主流相对的"逆流"似乎失去了这一机会。但事实上，新文学史上的这类传承性的"逆流"文学大量存在，它们也是新文学传统的有机部分，不但有"逆流"传统的变迁，更有此类传统的创造。

一

　　文学思潮的原生态，像原始森林一样应该是各种生物的物竞天择，不管是树木也好，还是动物、昆虫也好，都各居生物链之内，以物种的天性自由生长、代代繁衍。不过这一喻体过于庞杂，人们一般以河流作比，在河流中，有主要水系，也有次要水系，在流动过程中有旋涡，也有回流。为了形象地说明两者的关系，在新文学史上流行最广的莫过于"主流"、"支流"与"逆流"的说法。

　　这一说法甚为普遍，现在很难做一番知识考古。虽然五四时期有郑振铎非议鸳鸯蝴蝶派的《思想的反流》一文，从"反流"的角度来界定论述对象；也有在抗战时期郭沫若的《新文艺的使命》一文，对"与抗战无关"思潮认定为"不免有些并不微弱的逆流的气息",但是这些与术语性质的"逆流"相似或相同的说法都没有流行开来并产生重大影响。"逆流"成为一个文学界的权威话语,大概要到新中国成立后,毛泽东在一些文章中论证社会思潮、政治倾向的"主流/非主流"、"主流与逆流"之后,经文艺界借鉴、改造并直接套用于阐释新文学历史,自此开始在20世纪50年代中期形成一个极其重要的概念。比如,邵荃麟在1958年在刚创办不久的《诗刊》上发表《门外谈诗》,便将中国新诗史描述为代表人民大众的"主流"与属于资产阶级的"逆流"两种流向相纠结的历史。① 这些还是个人化的阐释,而在当时的新文学史论性质之类的书中更是以此构建起了文学史述史框架,如丁易的《中国现代文学史略》(作家出版社1955年),刘绶松的《中国新文学史初稿》(作家出版社1956年)便是如此。由新文学史而中国古代文学史,也莫不如此,如北京大学中文系1955级编写的《中国文学史》(人民文学出版社1959年),复旦大学中文系1956级编写的《中国近代文学史稿》(中华书局1960年)便是典型的代表。王瑶在40年代末开笔写作,并于1951年、1953年分别出版的《中国新文学史稿》上册、下册没有赶上沾染于此,在1982年出版的修订重版却回过去补了此课。看来,"逆流"的存在是有目共睹的了。

像主流裹挟着时代大潮滚滚向前一样,不息的"逆流"也在流动,彰显自己的存在。仅以新文学史为例,"逆流"指的是什么呢?那就是贴上了资产阶级文学标签,或属于现代主义文艺阵营,或是依附于反动军阀以及后来的国民党政权的文学。具体如李金发为代表的象征诗派,胡适、梁实秋、徐志摩这样的英美资产阶级文学……总之,在"主流/逆流"这一模式里,褒贬自见。当然,这一模式在60年代、"文化大革命时期",还有不同语境下的逆转与变异,主流与逆流都趋于不稳定状态,50年代的"主流"在"文化大革命"中可能就变成了"逆流"。这里因论题所限,其余

---

① 原文表述是:"五四以来每个时期,都有两种不同的诗风在斗争着。一种是属于人民大众的进步的诗风,是主流;一种是属于资产阶级的反动的诗风,是逆流。"邵荃麟:《门外谈诗》,《诗刊》1958年第4期。

从略，仅以"新诗潮"为例来论述这一股小小"逆流"的传承与沿袭；同样在这一过程中，也是"继承"传统所不能包括得了的，主要也是立足于这一传统的创造。

长久的沉默带来死一般的沉寂，也悄然孕育着新的希望。当历史以不可逆转的步伐跨过最寒冷的地带，一切人为的阻挡都被汹涌的潮流所席卷。朦胧诗，也称为新诗潮，是 20 世纪 70 年代末至 80 年代中期所出现的诗歌流派。当时一群年轻的诗人带着被指责为"古怪"、"晦涩"、"逆流"的标签闯入荒芜了的诗坛，在持续将近十年之久的艰难辩驳之后，新诗潮的诗人诗作终于得到全面接纳，其基本阵营成员舒婷、北岛、顾城等民刊《今天》的中坚，以及把这一诗潮向前推进一步的江河、杨炼、徐敬亚、梁小斌等人，陆续得到认可。但是，对"崛起"所带来的不安则是长时段的。从字面上理解，为什么会有崛起，是相对于什么的崛起？为什么它是"逆流"，它又"逆"得怎样？这些问题的答案几乎都指向同一个方向，即包括象征派诗歌在内的现代派诗歌又一次成了被关注的焦点，这些现代派诗歌，早在 50 年代就被贴上了"逆流"的标签，打入了文学历史的冷宫。

二

有必要回到一个"新诗潮"艰难发生的历史现场。因为，"新诗潮"与象征诗学的关系无论是当时的论争双方，还是后来治当代文学史、新诗史的人们来说，都是不可回避的。但如果回到历史的现场，创作与评论却远非达成共识，在是否接受法国象征主义及我国已经积累的象征主义诗歌传统方面，双方的分歧也是比较严重的。下面来看一些代表性的见解。从创作者一方来看，北岛曾说"我的诗受外国影响是有限的，主要还是要求充分表达内心自由的需要，时代造成了我们这一代的苦闷和特定的情绪与思想"；[①] 顾工在谈顾城诗作时也一口否认所受西方影响，称"顾城是在文

---

① 参见王明伟《访问北岛》，《争鸣》1985 年第 9 期。

化的沙漠，文化的洪荒中生长起来的。他过去没看过，今天也极少看过什么象征主义，未来主义，表现主义，意识流，荒诞派……的作品、章句"，而认为是"心有灵犀一点通"。① 从评论一方来看，则肯定性的意见居多，有代表性的见解如研究西方现代派文学的大家袁可嘉，他总的认为"最先出现于文学地平线上引起广泛注意的是朦胧诗派。这个诗派从艺术思想到表现手法都显示出现代派的深刻影响。他们描绘现代都市紊乱无章、人的孤独感、失落感、对现实的不满和疑虑；在艺术上，广泛运用象征手法、意象叠加、时空蒙太奇等现代派技巧，强调直觉和随意性。舒婷的《礁石与灯标》写礁石对灯标的嘱咐，全诗有虚有实，肌理丰泽、结构齐整，三句嘱咐在每节中首尾呼应，颇得早期象征派的遗韵。"② 在新诗史专著中则有这样的判断："在北岛的作品中，波德莱尔的影子无所不在。"③ 面对这样矛盾的局面，我认为在如何认识国内外象征主义传统的影响上应有新的视角。这是自戴望舒等人把法国象征主义诗学中国化后的再一次综合，具有本土性、混杂性，也更加隐秘化。中法象征主义诗学的影响从单纯输入到互相对话、交流，从单线传播到多渠道融汇，悄然造成寻找外在形迹的困难和焦虑。随着时间的推移，两者进一步融合无间，注重史料和实证已变得力不从心。与此同时，从"形"的影响层面已过渡到"神"的层面，间接的、无形迹的影响，向研究者提出了新的挑战。

就象征主义诗学这一总体诗学资源来说，在新时期已有三股支流在会聚。首先，作为源头性质的法国前后期象征主义，不过时间久远，又加上朦胧诗人与李金发、戴望舒、卞之琳等人不同，几乎既缺乏法国体验又没有法文阅读能力，虽处于源头位置但影响较为微弱。其次是欧美国家等吸收借鉴了法国象征主义资源的现代诗学流派，如意象派，荒诞派，如叶芝、里尔克、艾略特，以流派的力量和国际性诗人的影响力越过有形的国界，在我国先后涌起了一股股浪潮，虽然有变异，但基因还是得到了较充

---

① 顾工：《两代人——从诗的"不懂"谈起》，《诗刊》1980 年第 10 期。
② 袁可嘉：《欧美现代派文学概论》，上海文艺出版社 1993 年版，第 100 页。
③ 程光炜：《中国当代诗歌史》，中国人民大学出版社 2003 年版，第 259 页。

分的保留，这一点似乎不用再多费口舌。再次，就是随着共时性影响和历时性影响交错杂糅，中国象征派诗学本身也不断生成着传统，虽然经过几十年的断裂，但并没有完全断流。客观地看，中国本身会聚而成的河流，影响所致是前二股浪潮所不能覆盖和抵达的。正因如此，在经过几代人的努力而辗转交到朦胧诗人们手中时，法国象征主义诗学经过无数次碰撞冲突、改变航道、迂回前进之后，又以一种新的流向发生、衍变，或隐或显地发挥结构性作用。明白了这一点，再回过头去看当年持续多年的争论，但不会被论争双方似是而非的论点所迷乱而陷入措手不及的困境。

返回当年论争现场，有如下几个问题值得关注。首先，如何认识包括象征主义在内的西方诗学资源，它是洪水猛兽、"逆流"当道呢，还是良师益友、可资借鉴？从这一点出发，就会发现一种壁垒森严的对峙。对于西方现代主义诗歌和诗潮，在当时指责朦胧诗的一群人当中，是被视为洪水猛兽的。程代熙著文反驳孙绍振《新的美学原则在崛起》时称，朦胧诗人所体现出的根本不是什么"新的美学原则"，而是"散发出非常浓烈的小资产阶级的个人主义气味的美学思想"，是步了西方现代主义文学的后尘。[①] 五六十年代一直担任《诗刊》主编的老诗人臧克家明确指出，所谓的朦胧诗，"是诗歌创作的一股不正之风，也是我们新时期的社会主义文艺发展中的一股逆流"，其原因是"外国资产阶级腐朽落后的文艺思潮和流派"在我国的重新泛滥。[②] 而同样的诗学资源，"三个崛起"论者的眼中，却成了另一番情形。[③] 由持续动乱所造成的痛苦、迷惘，所带来的人格扭曲、变态，一代青年诗人采取较为隐讳的方式，调用了西方诗学资源和受压制的新诗传统曲折表达出来，这实在无可非议。谢冕在梳理新诗史上有成就的诗人一直受到外来诗学影响这一事实时，很自然的认为"大胆吸收西方现代诗歌的某些表现方式"无可厚非，并主张给青年人以诗艺探

① 程代熙：《评〈新的美学原则在崛起〉》，《诗刊》1981年第4期。
② 臧克家：《关于"朦胧诗"》，《河北师院学报》1981年第1期。
③ 谢冕：《在新的崛起面前》；孙绍振：《新的美学原则在崛起》；徐敬亚：《崛起的诗群》。引用观点出自此三篇者，不再一一注明。

索的时间和空间。孙绍振敏锐地洞悉到青年诗人创作立场的转型，即"不屑于作时代精神的号筒，也不屑于表现自我感情世界以外的丰功伟绩"，而是"追求生活溶解在心灵中的秘密"。在拉开距离后，表现自我便成了一个重要的命题，用"外来的美学原则"和"外国现代诗歌的一些非古典的表现形式"来改造中国新诗、改变诗坛面貌便成了有效的重要手段。徐敬亚则更具叛逆性，既迎接挑战又发出挑战的信号，断定"带着强烈现代主义特色的新诗潮正式出现在中国诗坛"。一旦出现，将要发展成为我国诗歌的主流；诗歌艺术应当以象征手法为中心。可知在支持朦胧诗人的理论家心中，盲目排斥西方诗学资源是逆时代潮流而终将被潮流所湮没的，事实证明果然不出所料。其次，在认同向西方开放时又回归传统这一共识基础上，那么"西方"与"传统"的内容又是什么？结合第一点中提及的文章和其余大量参与争论的文字，我们可以发现这是在另一个层面上的分歧。① 反对朦胧诗者也有相当一部分人认为应中西融合，也明白"洋为中用，古为今用"的道理，但总体而言缺乏一种辨别能力，停留在口头表态中，呈现出狭窄的心态。如新诗史上，象征派诗，现代诗就不能算是优良传统的一部分，否认它们有精华成分。西方诗学中充满革命气质，有现实主义基础的诗歌便是唯一可借鉴的资源。诸如此类，内心的虚弱一览无余，体质的孱弱也证明消化功能的退化。再次，在笔者看来，最关键的一点便是心灵自我真实的丧失。假大空的诗风为何盛行那么多年，欺骗与隐瞒为何总是霸占着历史舞台的中心？这些问题至今都依然困扰着新诗的发展。诗歌生存空间的生态环境，显然是我们认识问题、交流思想的平台。在这个意义上，与其说是中西诗学在一定历史背景条件下的融合，不如说是人性真实不约而同的共鸣。朦胧诗既是特定历史时期的产物，又可以认为从特殊而走向了一般的普遍存在。随便翻开新诗潮的哪一页，哪一页的白纸黑字都表明一个个个体心灵在真实地歌唱。人性受到严酷压抑，假大空的作品占据主流的局面总有一天会改写。从传播方式看，它当时主要以

---

① 更多关于"朦胧诗"争论的文章，可参见姚家华编《朦胧诗论争集》，学苑出版社 1989年版。

手抄本的形式在民间流传,形成地下文学的一支,是潜在写作的一部分,虽然它们后来都摆脱了潜在写作的命运。如食指的《相信未来》、《这是四点零八分的北京》,黄翔的《野兽》、《独唱》,多多的《祝福》、《致太阳》,芒克的《天空》、《十月的献诗》,甚至到北岛的《回答》、顾城的《一代人》、《我是一个任性的孩子》,江河的《纪念碑》⋯⋯是他们在作品中保存了心灵变迁史的火种,对一个荒诞时代进行了"恶意"的破坏,对神话、悲剧说出了"不"的声音⋯⋯

三

"作为必不可少的一个历史环节,'朦胧诗'完成了对 20 世纪中国新诗现代主义诗歌传统的巨大修复和承接。"[①] "修复与承接"的表述可谓一语中的,也早已成了共识。至于怎样修复与承接,修复与承接什么,则还远远没有达成一致。下面仅从涉及的两个向度略作分析:一是纵向的,二是横向的。"今天,当人们重新抬起眼睛的时候,不再仅仅用一种纵的眼光停留在几千年的文化遗产上,而开始用一种横的眼光来环视周围的地平线了。只有这样,才能使我们真正地了解自己的价值,从而避免可笑的妄自尊大或可悲的自暴自弃。"[②] 这一段话在形象地说明事物所处的位置时,隐含着一种历史感。正因如此,历史感带来真实性,朦胧诗在"修复与承接"时便多看到一些历史的侧面和通道,看到自己脚下的位置。纵向打量就会发现新诗潮诗人在清理好家当时自觉地靠拢了五四以来的新文学传统——以疏离大众和主流文学的新诗现代主义传统。李金发领跑的早期象征诗,新月派、现代诗派、九叶诗派等,都得到了重新打量与尊重。横向审视,日新月异的世界诗歌潮流成了朦胧诗人的一种参照,虽然这一参照还非常幼稚。更重要的是,习惯于关起门来做皇帝,一旦这种虚拟权威肥皂泡沫般破灭之后,就不只是断裂,而是一种更深的倾斜。整个地平线都

---

① 　陈旭光:《中西诗学的会通》,北京大学出版社 2002 年版,第 281 页。
② 　谢冕:《20 世纪中国新诗:1978—1989》,《诗探索》1995 年第 2 辑。

倾斜后，人们开始承受发现自己无法站稳脚跟的心理落差。西方诗歌精神，西方诗学中的表现手法，在新鲜、陌生中既带来晕眩感，也带来前所未有的刺激性，余下的便只剩下补课，在补课中把无知所带来的羞耻、惶恐一点点地脱掉，再脱胎换骨。新诗潮诗人在这两方面所达到的深度与广度，便是他们所取得成就的一个标志。"作为中国象征派诗、现代派诗之后出现的'朦胧诗'，既不能完全割裂它们之间一脉相传的承继关系，也不能完全割裂它和一向崇尚朦胧美、含蓄美的中国古典诗歌之间的纵向内在关联，以及它和西方象征主义诗歌之间的横向借鉴关系。"① 正在这两点上，朦胧诗站在二条河流的交汇处，有了重造辉煌的可能。

一纵一横的借鉴观照，朦胧诗两条腿走路，路也就越走越宽阔了。融会后所带来的万象一新的面貌，成了关注的焦点；具体剖析在哪些方面取得进展，也成了富有吸引力的话题。在我看来，这一过程中"新诗潮"诗人的创造性贡献更为明显，具有借鉴这一前提更有利于主体创造性的发挥，他们在以下几个方面鲜明地张扬了此点。一是诗歌观念方面的，从外部世界向内心宇宙的开掘；强调内在生活的真实，以象征取胜，而不以客观事物的外在联系为框架构思作品。这二点一下便与解放后的诗歌道路拉开了距离。"在艺术主张、表现手法上，新倾向主张写自我，强调心理；手法上反铺陈、重暗示，具有较强的现代主义文学特色，但他们的创作主导思想从根上讲，没有超越唯物主义反映论。它们突破了传统的现实主义原则，表现了反写实、反理性的倾向，但他们反对的只是传统观念中的单纯写实，他们反对的理性只是那种对诗的生硬的政治性附加，他们的主题基调与目前整个诗坛基本是吻合的，有突出区别的只是表现方式和手法。"② 如北岛，他最鲜明的是瓦雷里式的哲学思维方式，同时多以正义、人性、自由、责任来建构他的象征体系。其代表作《回答》，强化"我"的存在，通过反叛习俗来揭示荒谬与呼唤理想，占据了一代人在叛逆、牺

① 《朦胧诗笔谈（代序）》，徐荣街等主编：《古今中外朦胧诗鉴赏辞典》，中州古籍出版社 1990 年版，第 14 页。

② 王干：《历史·瞬间·人》，《文学评论》1986 年第 3 期。

被召唤的传统——百年中国文学新传统的形成

性精神维度上的最高点；《触电》则在貌似荒诞，实则有内在真实的现实中，捕捉人与人之间偶然的握手从手被烫伤到心灵被烫伤的瞬间，象征性地折射出民众普遍受伤的深层心理。舒婷、江河、杨炼、梁小斌等诗人作品，或摒弃事物的外在逻辑，重新竖立起在诗与散文之间应有的界标；或昙花一现般呈现出内心的秘密，私语的倾向不断加强，主体的力量也在强化。此外，潜意识、梦幻感也大量在他们的诗中反复出现。与此相对的是，对现实（政治）的淡化和疏离化，追求超验性，在"新诗潮"诗人身上均比较典型。

从题材内容取向上看，生命个体尊严、人格的捍卫，爱情、温情的渴求，丑恶现实带来的沉沦、创伤的揭示，都是朦胧诗人比较集中的主题，无论是以"做一个人"的名义而怀疑、批判现实的北岛，还是以女性特有的温柔与细腻来呼唤人性复归的舒婷；无论取童年视角以天真幼稚抵达人生伤痕迷惘的顾城，还是返回远古寻找自我情感象征的杨炼、江河们，新诗潮诗人群都表现出一个共同的主题，即从大我回归到小我，从现实通道到达非现实抑或超验的领域进行个性化抒写，从而完成了新诗自我主体性的确立，表现自我对诗歌题材取向进行了制约。仅以顾城为例略作陈述，诗人牢守个人化写作的领地，在漂浮朦胧的情思里沉湎、依恋、低回：如"太阳是我的纤夫/它拉着我/用强光的绳索……我到哪里去呵/宇宙是这样的无边？"（《生命幻想曲》）；"你/一会看我/一会看云//我觉得/你看我时很远/你看云时很近"（《远和近》）；"葡萄藤因幻想/而延伸的触丝//海浪因退缩/而耸起的背脊"（《弧线》）。这些诗，从题材上看都无关宏旨，但反映了个体生命一时一地的真实体验，有琐屑、精细、内在化的特点。诗人创造性地捕获住灵感，并陌生化似的定型下来。

在艺术手法上，大量运用象征、暗示、通感等手法，将扭曲的生活与心灵呈现出来。从作品来看，如舒婷的《四月的黄昏》、《墙》，北岛的《迷途》、《诱惑》，梁小斌的《雪白的墙》、《中国，我的钥匙丢了》，顾城的《弧线》、《一代人》、《昨天，象黑色的蛇》、《风偷去了我们的桨》，江河的《星》、《我听到一种声音》，杨炼的《诺日朗》等颇具代表性。从具体手法在诗人手中的熟练程度与偏受性来看，有对音乐性的重新发现与肯定，如舒婷，她的经典性诗句如"我必须是你近旁的一株木棉，/作为树的形象和你站在一起"（《致橡树》）；"与其在悬崖上展览千年/不如在爱人肩头痛哭一晚"（《神女峰》）。北岛，大量运用象征、错觉、梦幻等方式，有意地与生活表象拉开"距离"；象征成为他展开诗思的中心手段，通感、视角变换、变形、立体空间结构及蒙太奇等艺术手法也屡见不鲜，均强化了他叛逆与思辨的力量。此外，顾城则偏受暗示、隐喻，重新理解了"诗应是谜"这一名言。

总而言之，"朦胧诗与传统诗歌最大的区别是，它以现代主义诗歌特有的体验—感觉模式代替了以往诗歌的感情—想象模式"。[①] 这一诗学资源明显有中法象征诗学复兴后所造成的冲击。虽然这种影响的踪迹朦胧难辨，但不能消除它存在这一事实。同时，学术界多年来在这方面进行过或多或少的探索，在很多相通点和据点中得到证实，但直接和有形迹的研究成果居多，而间接和隐性影响正有待更多的人去完成。毫无疑问，这种隐性影响的意义更大，像冰山一样，浮在水面与深藏水底的部分是不可同日而语的。隐性的扩大，诗人的创造性努力便不证自明。由此可见，在20世纪中国新诗的进程中，法国象征主义诗歌与传统诗学从冲突走向融合的历程一直在延伸。从李金发为肇端的最初的"移植"，后期创造社三诗人穆木天、王独清、冯乃超及戴望舒等人的不无"中国化"色彩的理论译介和创作实践，象征主义自始至终在中国新诗中的现代主义潮流中占据重要位置。"如果将80年代朦胧诗及追随者的诗歌来与上半个世纪已经产生的新诗各派大师的力作对比，就可以看出朦胧诗实是40年代中国新诗库存的种子在新的历史阶段的重播与收获。"[②] 值得补充的是，耕种的土地与耕种的农夫都不相同，长出的庄稼有新的姿态与基因。

重播带来收获，也带来期待。这一重播与收获的过程，是"新诗潮"

---

① 唐正序等主编：《20世纪中国文学与西方现代主义诗潮》，四川人民出版社1992年版，第518页。

② 郑敏：《新诗百年探索与后新诗潮》，《文学评论》1998年第4期。

诗人根植于现实的心灵颤动，是在接受不同诗学资源之后的再创造。我们可以理解"新诗潮"诗人对独自在黑暗中创作的复述，也可以接受很少阅读象征诗学作品就自然的象征化，因为正如前面几节所述，这一另类"传统"的形成，在于诗人们不息的"创造机制"，没有具体而直接的方法，只有被蹂躏的心灵在隔着历史的河岸在无意中完成了一次对话，一次对接。所以表面来看，"新诗潮"以朦胧的名义，承接、整合并张扬了隐失过久的中法象征诗学资源，它又是一次薪火相传的演出，给后来者保持勇气、锐气、才气继续探索前行，拉开了历史的大帷幕。但实质上看，更是"新诗潮"个人化的"创造"，在幕后促成了这一过程。

正像"新诗潮"刊物《今天》一样，预言抓住今天这个新的时代，诗人们在自由精神、寻找自我的感召下反抗与创造，突破了思想的禁区，突破了思想制度化、类同化的窠臼，实现凤凰涅槃；也正像"崛起"派谢冕所言，这样才能再现中国诗歌五四时期那种自由的、充满创造精神的繁荣。思想与语言的反叛，说教与颂歌模式的弃绝，都源自诗人的创造力。唯有创造，才能领一时之风骚，曾为"逆流"但已正名的"新诗潮"，再次有力地证明了这一点。

第二章

外来文化资源与中国新文学
"传统"的塑形

中国古典文学的"传统"是新文学发展的不容回避的艺术资源，但在另外一方面，我们也必须承认：中国新文学的独立价值恰恰又在于它能够从坚实凝固的"传统"中突围而出，建立起自己新的艺术形态。那么，这样的一个突围过程，其动力何在呢？笔者觉得应该特别分析外来文化资源在其中扮演的特殊角色。

第一节 外来资源与中国新文学的"二元"思维

考察外来资源对于中国新文学的意义，首先是被纳入到中国新文学的动力问题中来加以理解的。在今天看来，这应当为我们反思的起点。

一

外来资源对于中国新文学的重要意义已经为众多的引述所一再重复

着，诸如：

鲁迅说："我所取法的，大抵是外国的作家。"① "所仰仗的全在先前看过的百来篇外国作品"，"此外的准备，一点也没有"。②

在唐诗中启蒙的郭沫若表示："据我自己的经验，读外国作品对于自己所产生的影响，比起本国的古典作品来要大得多。"③

茅盾说："我觉得我开始写小说时的凭借还是以前读过的一些外国小说。"④

这都不外是要证明外来文学资源之于中国新文学创作的重要的推动意义。在 20 世纪 80 年代的当时，承认外来资源的推动意义就意味着看待改革开放的正确态度问题，因而往往具有超越于文学阐释的更大的作用。

封闭已久的中国人急于走向世界，故步自封的中国文学也急于走向世界。"走向世界"代表的是刚刚结束十年内乱的中国急欲融入世界，追赶西方"先进"潮流的渴望。在中国现当代文学研究界乃至中国学术界"走向世界"呼吁的背后，是整个中国社会对冲出自我封闭、迈进当代世界文明的诉求。在全中国"走向世界"的合奏声中，走向"世界文学"成了新时期中国现代文学研究的"第一推动力"。在历经数十年的文化封闭与唯阶级斗争化的理论封锁之后，是"走向世界"的激情实现了我们宝贵的思想"突围"，在"世界文学"宏大背景的比照下，中国现代文学研究获得了空前开阔的视野。

但是，这样的阐释在当时却也不得不用相当的篇幅证明另外一个现实，那就是我们中国本身的资源是何等的匮乏！于是，在寻找中国新文学"动力"系统的过程中，一种"二元对立"的景观也在无形中被凸显了

---

① 鲁迅：《书信·致董永舒》，《鲁迅全集》第 12 卷，人民文学出版社 1981 年版，第 212 页。

② 鲁迅：《南腔北调集·我怎么做起小说来》，《鲁迅全集》第 4 卷，人民文学出版社 1981 年版，第 512 页。

③ 郭沫若：《沸羹集·如何研究诗歌与文艺》，《郭沫若全集·文学编》第 19 卷，人民文学出版社 1992 年版，第 428 页。

④ 茅盾：《谈我的创作》，《茅盾论创作》，上海文艺出版社 1980 年版，第 26 页。

出来。

　急于摆脱旧传统束缚的20世纪80年代的确是在"拥护/反对"的对照性表述中肯定外来资源的，那个时候并没有所谓"二元对立"的反思问题。真正开始反思"二元对立"是在90年代，然而，就是这个时候的反思却又给我们正确理解中国新文学的历史造成了很大的困扰，现实就是这么的错位！

二

　进入20世纪90年代以后，随着西方20世纪一系列哲学思想特别是解构主义思潮在中国的流行，中国现代文学研究出现了对所谓"二元对立"思维的猛烈批判：现代/传统，进步/保守，新/旧，革命/反革命，新民主主义文学/封建主义文学，无产阶级文学/资产阶级文学，白话/文言，雅文学/俗文学，在过去，这些两两对立的关系一直被视作中国现代文学发展的内在矛盾，前一项是我们神圣的目标，而后一项则是我们前进的障碍，而"走向现代"、"追求进步"、"响应革命"的文学也就是不断地用前一项的目标克服着、超越着后一项的阻碍；在90年代以后，这些在过去人们眼中的理所当然的评价体系都遭遇到了空前的质疑，乃至如此两两分类的思维方式本身也似乎是大可怀疑的。

　应当说，对既往学术思维方式的任何一种质疑和挑战都是有意义的，它至少可以促使我们对业已存在的立场的反省和警惕。对于"二元对立"的批判也是这样，应当说，中国现代文学自发生以来就始终处于多重文化现象相交织的复杂语境当中，面对纷繁复杂的艺术创作，我们的学术研究的确应当不断寻找一种能够充分包容研究对象丰富性的阐释形式。正是在这个意义上，我们可以明显地意识到，过去那种将复杂的历史现象认定为两种因素此消彼长的阐释方式存在着太多的简化，已经不足以说明文学史事实的多样性：鲁迅历来就被作为是"现代"、"进步"与"革命"的代表，但恰恰是这样一个鲁迅，对于当时人们所不断炫耀的"现代"、"进步"与"革命"保持了相当的警惕性，20 年代中后期，当"先锋"的"革命文学"理论声名鹊起的时候，鲁迅却满怀着疑虑："所怕的只是成仿吾们真像符拉特弥尔·伊力支一般，居然'获得大众'；那么，他们大约更要飞跃又飞跃，连我也会升到贵族或皇帝阶级里，至少也总得充军到北极圈内去了。译著的书都禁止，自然不待言。"①关于"进步"，鲁迅也说过："像今天发表这个主张，明天发表那个意见的人，思想似乎天天在进步；只是真的知识阶级的进步，决不能如此快的。"②同样，对于信服白璧德新人文主义的学衡派、新月派作家而言，"古典"也决不意味着保守，它照样属于"在今世为最精无上"之学说③，所谓"欲窥西方文明之真际及享用今日西方最高理性者，不可不了解新人文主义"。④如果说中国现代文学的发展过程中存在着一系列的"二元对立"的话，那么这样的"二元"却又很可能是彼此交织在一起的，它们之间有对立，却也存在着交融与结合，或者说，各种各样的交融与结合又最终说明单单的"二"并不足以概括"元"的真正形态。

对于"二元对立"加以反思、批判的合理性也许正在于此。

三

不过，值得注意的是，如果说，传统"二元对立"的文学史研究失之于历史事实的笼统概括，失之于对于文学现象的过于"整体"的把握，那么，20 世纪 90 年代以后中国学人对于"二元对立"的批判似乎也没有根本摆脱这样的"笼统"与"整体"。

在当今学人关于"二元对立"的质疑主要基于两个方面的因素：一是

---

① 鲁迅：《"醉眼"中的朦胧》，原载 1928 年 3 月 12 日《语丝》第 4 卷第 11 期。
② 鲁迅：《集外集拾遗补编·关于知识阶级》，《鲁迅全集》第 8 卷，人民文学出版社 1981 年版，第 190、191 页。
③ 吴宓：《白璧德论民治与领袖》，《学衡》第 32 期。
④ 吴宓：《〈穆尔论现今美国之新文学〉译序》，《学衡》第 63 期。

对于五四以降的连续不断的文学与文化"斗争"的不满；二是西方现代思潮特别是解构主义思潮的鼓励。而在笔者看来，就是这样两个方面思维资源导致了"二元对立"批判的某种困窘。

前者将中国现代文学的发展认定为一系列"非此即彼"的社会文化"斗争"，进而引发出了对"二元对立"思维的猛烈抨击："二元对立发展成为'非此即彼'、'你死我活'的一种极端化的斗争哲学，并逐渐内化为思维的深度模式和思维无意识，严重左右并制箍着人们对复杂世界的认知方向和认识深度。文学史家同样无法逃避这种二元对立的思维无意识。二元对立的思维模式对文学史的影响是整体性的。""这一'整体叙事'的元话语性质和由此所形成的叙述模式在王瑶先生的《中国新文学史稿》中得到了最初的体现，经过后来许多研究者的不断强化，到唐弢、严家炎二位先生主编的《中国现代文学史》而成为一种固定的形式。"①作为对于文学史观念的一种反思和批判，这自然没有多大的问题，但要紧的却是我们今天的批判又往往"越过"了对一般文学史叙述的考察，将批判的锋芒直接对准了文学创作的现象本身，人们要一直挖掘出存在于现代中国文学运动中的"二元对立"思维，这便难免陷入笼统的"整体"判断的弊端了，中国现代文学史诸多现象的复杂的分歧同样在这样的"整体"判断中被掩盖了起来。郑敏先生这样批评五四新文学以降的文学："我们一直沿着这样的一个思维方式推动历史：拥护—打倒的二元对抗逻辑。""至于这种简单化的二元对抗逻辑是否能反映客观世界、社会、人际等关系的复杂情况，就很难说了。"②如果说中国现代文学的历史真正是被推动了，那么其动力应该还在中国作家的创作能力，而不是这样简单的对抗口号，近年来，已经有学者结合大量的历史事实充分证明，

---

① 温奉桥：《走出"二元对立"的思维定势——关于当前文学史观念的一种思考》，《齐鲁学刊》2003年第1期。

② 郑敏：《世纪末的回顾：汉语语言变革与中国新诗创作》，《文学评论》1993年第3期。

在五四新文学倡导者的对抗性口号与文学实践之间，本来就存在着深刻的区别，中国现代文学的实际创作活动远比几个简单的对抗性口号要复杂。①

总之，将对"二元对立"思维的警惕简化为以对复杂文学史现象"二元对立"的判定，这既不符合历史的事实，又依然没有摆脱它所批判的对象的那种简单笼统的思维方式。

在西方思想的发展历史上，"主客二分"一直可以追溯到古希腊时代，经过中世纪的"神人二分"到近代哲学则完善为认识论上的"主客二分"，它与本体论上的存在与思维的"二分"共同奠定了近代哲学一系列"二元对立"观念的基础，其"哲学思维方式的基本特点是从主客、心物、灵肉、无有等二元分立出发运用理性来构建形而上学的体系"②。到了 20 世纪，情况发生了变化，"20 世纪西方哲学的现代性标志之一，是不断寻求对传统形而上学二元对立思维方式的超越"。③经过胡塞尔对"生活世界"与"交互主体性"的阐释，伽达默尔"效果历史"原则对"历史客观主义"的批判，到德里达彻底"解构"传统形而上学的一系列"二元对立"命题，可谓是将批判、颠覆的力量发挥到了极致。西方思想的动向直接鼓励了 90 年代以后中国学者的批判的热情，如郑敏先生的"世纪末的回顾"，便自始至终高举着德里达的大旗。然而，究竟应当如何来理解这样的对于"二元对立"的解构和超越，这对于已经习惯于追踪西方"结论"的中国人来说，却不是一件容易的事情。这里存在着一个问题，即批判"二元对立"的本质在于质疑思想的绝对性，那么，当我们继续将解构主义、后现代主义作为一种新近出现的"先进"思想来加以膜拜的时候，这里是不是也属于一种"绝对"的迷信？

---

① 刘纳：《二元对抗与矛盾绞缠》，《中国现代文学研究丛刊》2003 年第 4 期。
② 刘放桐：《新编现代西方哲学》，人民出版社 2000 年版，第 11 页。
③ 朱立元：《超越二元对立的思维方式》，《文艺理论研究》2002 年第 2 期。

　　阅读 20 世纪 90 年代以后中国学界以现代文学为中心所形成的"二元对立"的批判声浪，我们还会发现一个有趣的事实：即所谓对于"二元对立"的批判其实就还是主要集中在对于其中一组"对立"的批判，这就是西方与中国的对立（由这样的对立而派生出了传统与现代的对立），以对五四新文学运动"非此即彼"主张的批判为突破口，人们不断证明其实"中国性"之必不可少，其古代传统的阻碍性力量并不那么的巨大和可怕，那些抛弃了"中国性"的"现代"追求总会被证明是营养不良的。这样的表述看似在努力弥合"中国"与"西方"的距离，其实，它不过是立足于中国固有立场对于取法西方的规范，它断定离开了"中国固有文化"的规范就会出现一个自我的贫血，在这里，"中国"与"西方"其实就还是"二元对立"的，于是，当人们在主观上批判现代/传统"二元对立"的同时，却空前明显地强化着西方/中国的对立。请阅读下列文字，注意其中的语言逻辑：

　　　　从理论上看，胡、陈的白话文立论，问题出在对语言本质没有认真的研究，可以说他们的语言观是陈旧而肤浅的。当然其中有其所生活的时代的局限性，譬如他们并没有能像现代语言学家那样深入到语言的产生过程的心理生理学的研究中去⋯⋯

　　　　20 世纪以来西方文学着眼于探讨心理状态，对口语的使用有了很大的发展。但这不是因为口语明白易懂，如五四大众化语言倡导者所以为的那样⋯⋯①

　　在这样的表述中，胡适、陈独秀的根本错误似乎就是未能掌握西方最

---

①　郑敏：《世纪末的回顾：汉语语言变革与中国新诗创作》，《文学评论》1993 年第 3 期。

新的语言学理论，也落后于"20世纪以来西方文学"的进程。于是，我们对"二元对立"的批判也就不是出于它更能反映事实的丰富与复杂，而是因为这样的批判本身"代表"了西方最先进的文化追求，这种以西方新近思潮"对抗"中国"落后"思想的意图不正是近代以来对我们影响深远的一组"二元对立"模式吗？王富仁先生指出："从鸦片战争至今的中国文化，没有一次有实质意义的转变不是在吸收西方文化的前提下实现的，没有一次不把西方文化的原则作为自己变革的原则。不难发现，这种研究模式的基本特征是在中国文化与外国文化（主要是西方文化）的二元对立中考察中国近、现、当代文化暨文学的发展。"①有意思的还包括另外一些中国的"后现代"论者，他们高举着来自西方的"解构"的大旗，完成着对"西方中心"的反抗，最终又在论证"东方文明"主导世界的可能，畅想着"中国文化"成为"中心"的前景，如此看来，所谓的"二元对立"思维可真是铭心刻骨的了！

作为一种学术的反思与思维的调整，"二元对立"式的判断当然可以在中国现代文学研究中继续加以重估和批评，但这样的学术反思必须首先是有利于对于中国文学现象的更切实的说明，它最终展示的也是中国文学的丰富的景观，而不是为了证明什么样的"先进"理论，更不是为了向世人表明我们并不"落伍"于世界思潮或者"与国际接轨"的强烈愿望。

如何描述外来文学资源对于中国新文学发生发展的重大意义。这样的描述既发掘出了新文学的真正的"动力系统"，又不再陷入"二元对立思维"的陷阱之中，我们需要新的阐释模式。

第二节 西方文化"中国化"的可能与局限

另外一些中国新文学的研究者注意到了文学发展中一条持续不断的追

---

① 王富仁：《对一种研究模式的置疑》，《佛山大学学报》1996年第1期。

求，那就是努力在引进西方文学资源与融合中国古典传统相互结合，但是，作为一种理论的阐述，如此认定西方文学资源的"中国化"方向是否就是可行的呢？

一

在我们看来，所谓"中国化"的这个"化"字就值得警惕，它既不能完全概括现代优秀的新文学创作的实际，更与我们一些作茧自缚的思潮纠缠不清，比如"文化民族主义"。

中国的文化民族主义产生自近代以后中华民族与西方强势民族的严重对抗——从器物的碰撞到制度的较量，我们一路下来，获得了太多失败，以致"文化"便成为我们民族尊严的最后一块"国家级保护区"，我们需要通过对民族文化的维护来捍卫最后的自尊。诗人闻一多在《复古的空气》中，有过形象的描绘："自从与外人接触，在物质生活方面，发现事事不如人，这种发现所给予民族精神生活的担负，实在太重了。少数先天脆弱的心灵确乎给它压瘪了，压死了。多数人在这时，自卫机能便发生了作用。""中国人现实方面的痛苦，这时正好利用它们（指中国古老的文学与文化——引者注）来补偿。一想到至少在这些方面我们不弱于人，于是便有了安慰。"①闻一多用一个"自卫机能"道破了文化民族主义的实质，"自卫"既是我们的本能，也是我们的局限。这也就是说，文化民族主义有它千万条存在的理由，但也同样存在着千万条作茧自缚的后果。

在中外文化交流碰撞一个多世纪以后的今天，我们再来谈论西方文学的中国化问题，笔者以为就必须从单纯文化民族主义的心理阴影中脱身而出，在超越了退避性的"自卫"以后，我们的思考将更加的理性和睿智。

---

① 闻一多：《复古的空气》，《闻一多全集》第 2 卷，湖北人民出版社 1993 年版，第 351 页。

"中国化"的问题绝不是一个文化民族主义式的"自卫"问题。也就是说，我们究竟能够"化"多少的西方文学，能否都"化"得顺利，"化"得成功，这并不关涉我们的民族自尊心，并不说明中国文化的伟大与否。

这里不妨举一个翻译史的例子。据钱钟书先生考证，中国近代第一首英诗汉译出自外交官董恂[①]，而董恂翻译此诗的目的却不是为了展示英诗的高妙而是力图证明汉语的能力，所谓"诸侯用夷礼则夷之，夷而进于中国则中国之"。可见，在那个失败连连的近代，中国文人是多么的脆弱，他们甚至不惜用这样扭曲的思维来"自卫"我们的文化。另外一个翻译家侠人一方面翻译西洋小说，另一方面却在《小说丛话》中断言："西洋之所长一，中国之所长三"，"吾祖国之文学，在五洲万国中真可以自豪也。"以华化夷，"同文远被"，这可以说就是当时并不愿"面向世界"的中国人的基本愿望，"夷而进于中国则中国之"，这可谓是西方文化"中国化"的最早版本。

然而，历史的发展既证明了汉语能力，也同时证伪了"以华化夷"幻想。中国文化的能力并不需要通过能否"化夷"来加以证明，中国文学家的自信更不必通过顺利"消化"其他民族的文学与文论才得以巩固。到了新世纪的今天，我们应该清醒地意识到：真正的文化与文学交流应该是基于平等立场上的精神的"共享"，而"共享"并不取消各自文化的独立性。换句话说，虽然中华民族的生存发展依然是一个重要的问题，但西方文学与西方其他文明成果的"中国化"却并不应当成为我们自身发展的一个沉重的精神包袱，外来的文学在多大程度上可以实现本土转化，这主要取决于双方文艺思想的契合程度、认同程度，它决不是用以衡量中国文化、中国文论自我能力的"试金石"。

"全球化"的今天，一方面是西方强势文化的扩张，另一方面却又出现了其他文化反抗扩张、努力崛起的趋势，精神价值的多元并存，精神成

---

① 　钱钟书：《汉译第一首英语诗〈人生颂〉及有关二三事》，《七缀集》，上海古籍出版社1985年版，第117页。

果多样性生成，这也是历史的事实。在这个意义上，我们认为并非所有的西方文学资源都一定要"中国化"，有的西方文学，从提出问题的立场到展开问题的方式都可能与我们当今的精神需要相当隔膜，而且也许在一个相当长的时间之内都会如此，对于它们，便丧失了"化"的意义，这是一件十分正常的事情。正如无论我们怎样预言 21 世纪将是中国文化的世纪，如何努力于从"拿来主义"转而为"送去主义"，但中国文化在事实上并不可能为西方世界一致理解和认同一样。

二

与此同时，我们以为也没有必要单纯地夸大西方文学中国化的独立意义，归根到底，它不过是中国文学自我建设这一更为宏大工程的组成部分。作为中国文学自我建设这一宏大工程的有机组成，任何外来文化的转化都必须服从主体的需要，中国文化人的主体地位绝对是一切转化和建设的前提。

西方文学之所以需要"中国化"，归根到底还是为了中国自己的文学建设。这就是说，西方的文学进入中国以及为我们所"化"的前提并不在西方而恰恰在我们自己，是西方文学对于人生的阐述方式有助于解决我们自己的困惑才促使我们产生了"化"的欲望。中国文化人之所以能够产生对西方文学的兴趣，根本原因也在现代社会中所产生的新的艺术表述的需要。也就是说，现代中国对西方文学的"需要"主要还来自于自己的生存的表达，它与西方文化本身的强势地位并无本质的联系。换句话说，西方文化在整体上的强势特征并不能成为西方文学"出身高贵"的理由，而中国文化在当今世界的暂时的弱势处境也并不能成为中国文学"人穷志短"的根据。中国新文学家引入西方文学并不是为了替自己"低微"的出身寻找到一个"堂皇"的装饰，不是为中国自己的文艺现象更符合"世界先进思潮"寻找证明，甚至也不存在"与国际接轨"的问题，文艺思想的多样性与人类文明的多样性一样恰恰是精神成果的正常现象。

而正视和承认这种"多样性"也就首先必须正视和承认人作为文化创造者的不可抹杀的主体性。

在这个问题上，笔者认为有必要从 20 世纪 80 年代中国文学批评界简单运用比较文学"影响研究"的事实中吸取教训。在当时，为了急于证明中国文学"走向世界"的形象，为了描述现代中国作家如何及时有力地呼应了"世界文学"的主流，我们大规模"调用"了一系列的西方思潮术语，用作对中国文艺现象的"新潮"的解释。仿佛中国文学就是因为重复了这些世界性的文学追求才获得了"先进性"与"合法性"，仿佛中国作家的价值就在于他"介绍"和"搬运"了许多别人的文化与文学成果，又仿佛这样一些中国作家总是将自己主要的精力都投放到他人成果的"学习"、"领会"与"搬运"当中。在这种思维方式当中，被最大程度漠视的恰恰是作为文学活动的最重要的东西——人的主体性与创造性。正如王富仁先生在《对一种研究模式的置疑》中指出的那样：

> 在这个研究模式当中，似乎在文化发展中起作用的只有中国的和外国的固有文化，而作为接受这两种文化的人自身是没有任何作用的，他们只是这两种文化的运输器械，有的把西方文化运到中国，有的把中国古代的文化从古代运到现在，有的则既运中国的也运外国的，他们争论的只是要到哪里去装运。但是，人，却不是这样一部装载机，文化经过中国近、现、当代知识分子的头脑之后不是像经过传送带传送过来的一堆煤一样没有发生任何变化。他们也不是装配工，只是把中国文化和西方文化的不同部件装配成了一架新型的机器，零件全是固有的。人是有创造性的，任何文化都是一种人的创造物。①

---

① 王富仁：《对一种研究模式的置疑》，《佛山大学学报》1996 年第 1 期。

要紧的是，这样的阐释并不能真正说明中国文学现象的内在本质。以鲁迅为例，在我们一致高扬"现实主义"大旗的时候，鲁迅就被阐释为现实主义的艺术大师，他在文论中对"杭育杭育"派的提及自然也就是切合了"文学起源于劳动"的经典思想；到后来，随着西方现代主义思潮开始在中国流行，鲁迅又成为重要的象征主义作家，《野草》身价倍增，而鲁迅之于日本厨川白村"苦闷的象征"的关注便成了我们重要的话题；再后来，则又有存在主义，鲁迅的诸多思想又似乎包含了重要的"存在之思"……或许这样的阐述都有他们各自的理由，然而却无法从本质上摆脱"比附"性思维的嫌疑：难道鲁迅的意义只能在与西方思想的比附之中才得以确立吗？我们不禁要问：鲁迅，作为中国现代文艺史上一位重要的思想家，究竟他独立的贡献在什么地方？

三

在中国现代文学建设的意义上讨论西方文学的中国化，便应该竭力从这样的比附式的思维形式中解脱出来：不是我们必须要用西方文论来"提升"、"装点"自己，而是在我们各自的独立创造活动中"偶然"与某一西方文论的思想"相遇"了，作为人类际遇的共同性与选择的相似性，我们不妨"就便"借用了西方文论的某些思想成果，而一旦借用，这一来自西方文学的思想也就不再属于它先前的体系，它实际上已经被纳入了中国文学的范畴，属于中国作家创造过程的一个有机组成部分。

在中国现代文学建设的意义上讨论西方文学的中国化，我们还必须清晰地与两种思维方式划清界线，一是西方文学的"优越论"，二是西方文学的"进化论"。

前者将西方文学视做一个理所当然的"高于"我们的存在，而我们只有臣服、学习与模仿的机会，这是从根本上剥夺了中国作家的主体性；后者将西方文学的发展视做一个不断"进步"的过程，而越到现代、当代，也就越是体现了其最高的水准，于是中国作家也需要不断地"求新逐异"，不断追踪西方的"新潮"，似乎只有将西方的"最新""化"了过来，中国的文学才有了存在的勇气，这同样是漠视了中国文艺发展自身的需要。

"中国化"，这本身并不是一个完全独立的活动，它永远应当是中国现代文学建设的自然组成部分，或者说是处于这一建设程序中的中国作家自主而自由的行为之一，等待中国作家"转化"的西方文学具有很大的随机性，一切西方文学的思想都有可能在某一时刻为中国文论家所"调用"，从本质上说，这与"时代"没有必然的联系，与"主流"没有必然的联系，甚至其原有"流派"的分歧在我们这里也未必就那么的重要；同时，对于中国作家的个体创造活动而言，所谓西方文学的中国化，与中国古典文学资源的现代使用完全也可能是彼此交叉和互补的行为，并没有什么必然的区别。

在这个逻辑上，我们还可以得出这样的结论，即衡量这些"中国化"最终成果的也不是这些西方文学在其固有体系中的"本义"的保存与再现，我们完全有资格进行符合自己需要的文化"误读"，只要这样的"误读"最后有利于现代中国的文学建设。

这实际上就把问题引到了一个至关紧要的方面：中国现代作家的创造性。也就是说，西方文学资源引进中国新文学的最重要的意义便在于调动了新文学作家的创造性。

是这样的引进给新文学作家全新的人生和艺术启示。

是这样的启示暗示出突破中国古典文学模式的道路。

是这样的突破最终创造了中国新文学，形成了新文学所特有的"新传统"。

第三节　异域体验与异域文化资源的互动

首先完成这一番突破的是留学异域的中国学人。观察这些新文学的先驱，我们不仅要留心他们所承受的外来文学资源，更要注意这些资源如何最终调动其内在创造性的全过程，这也就是异域的人生体验与异域的文学资源相互动的过程。

一

在陆耀东、孙党伯、唐达晖主编的《中国现代文学大辞典》收录的693位作家中，没有留学经历的本土作家有488位，留学生作家为205位。在唐弢的《中国现代文学史》中，列入专章的作家有6位，其中有过留学经历的占5位（曹禺盛名之后游历海外当不计入），列入专节的作家有18位，有过留学经历的占6位。在钱理群、温儒敏、吴福辉等人的《中国现代文学三十年》修订版中，列入专章的作家是9位，留学生出身或创作早期有过游学经历的有6位，列入专节的作家是17位，有过留学经历的竟占15位。在司马长风《中国新文学史》列入章节小标题的91位作家中，本土作家有34位，留学生则达57位。统计表明，留学生出身的作家在我们中国现代文学发展中，占据了至关重要的地位，这一情况，尤其当我们以"入史"的价值标准为衡定之时，便更是如此。关注这些留学生作家的文学创造过程，就是要将他们各自的人生感受作为基础，认真研讨其中的"日本体验"、"英美体验"、"法国体验"、"德国体验"与"苏俄体验"，等等。

首先进入我们视野的是留日中国知识分子的"日本体验"。最早出现的留学生作家群体是在日本，留学作家人数最多的也是日本。用郭沫若不无夸张的话来说就是："中国文坛大半是日本留学生建筑成的。"[1]

从历史史实来看，中国近现代作家因为日本而改变中国文学的发展道路，这在一开始就主要不是异域文学资源输入的结果，而是这些中国作家自身生存实感的重要变化所致。以中国诗歌近代嬗变的第一

<hr />

[1] 郭沫若：《桌子的跳舞》，《郭沫若全集》第16卷，人民文学出版社1989年版，第53页。

人黄遵宪为例，在出使日本的过程中，黄遵宪主要不是一位向日本文学虚心求教的"学生"；相反，倒是不断登门拜望的日本知识分子给了他国学大师般的自我满足。黄遵宪新派诗的"新"来自"中华以外天"的异域风情，来自他对日本的新奇的直感。在中国这样一个缺少本质性变动的农业社会里，当诗材因大规模的创作而不断耗尽，正是黄遵宪在日本的新鲜见闻——医院、博物馆、学校、报纸、博览会、警察乃至假名文字等诗歌的"新题"开拓了中国诗歌的新可能。同为近代诗歌的"新"，黄遵宪鲜活的"新题"显然要比梁启超、夏曾佑、谭嗣同等人在国内搜肠刮肚的名词之"新"要成功，在文学史上留下的意义也更大，到后来梁启超提出了"诗界革命"主张之时，便是反思了当年自己仅仅着眼于新名词的弊端，他更加重视的是黄遵宪式的以异域新体验为基础的"新派诗"："时彦中能为诗人之诗而锐意欲造新国者，莫如黄公度。""夏穗卿、谭复生，皆善选新语句，其语句则经子生涩语、佛典语、欧洲语杂用，颇错落可喜，然已不备诗家之资格。"[1]在梁启超这里，出国以前的他主要是从"知识"上接受日本文化与其他西方文化，但变法失败、流亡日本却使之从对异域文化的"旁观"转为了在日本文化"中"的实际生存。只有在这个时候，当先前的理性观照与如今感同身受的亲身体验相结合起来的时候，才真正出现了"若行山阴道上，应接不暇"的兴奋，也才有了后来影响中国近代文学嬗变的文学诸界"革命"的具体主张。这里当然充满了他们对于日本文学实际动向的密切关注，但应当看到，这并不是与文学本身的简单联系，在文学吸取的背后，更有着整个生命直觉的存在，"盖吾之于日本，真所谓有密切之关系，有许多之习惯印于脑中，欲忘而不能忘者在也"。[2]到了鲁迅、周作人以及更年轻的创造社同人一代留学生，则是立足日本，对整个西方文学的发现和接受，其中像鲁迅这样的作家已不再将主要的目光专注于日本文坛，以致在周作人看来，他"对于日本文学当时殊不

---

[1] 梁启超：《夏威夷游记》，《梁启超全集》第 2 册，第 1219 页。

[2] 同上书，第 1217 页。

注意"。① 也就是说，随着中国作家文学视野的扩大，日本作为世界文学"集散地"的意义明显要大于它作为直接的文学"输出"国的意义。强调日本为一代中国青年提供了生存发展的特殊环境，这并不是在一般的意义上降低了日本的价值，而是说我们恰恰应该在一个更深的层次上来认清它的价值，作为中国作家第一次大规模的异域体验的所在，日本对于一代代中国学人的情感、思维与人生态度的影响无疑是极其关键的。

二

来自日本的体验怎样与文学的资源相互结合、最终导致中国作家实现自我"突围"的呢？

概括起来，我们大体上可以这样来理解这一过程：

1. 中国文学新突破的"动机"是自我的需要。今天还有人误认中国新文学在"输入"西方文学之后断裂了自身的"传统"，其实，在大规模的中外文学交流之前，中国文学已经置身于衰弱不振的境地了。"吾生恨晚数千岁，不与苏黄数子游。"② "吾辈生于古人后，事事皆落古人之窠臼。"③ 这就是当时中国文学家的普遍痛苦。当他们沿着中国古典文学的故辙继续前行的时候，已经体味到了灵感淤塞的尴尬。在这个前提下，如何激活文学的灵性，重现创造的灵光，便成了内在的迫切要求。

2. 日本异域体验的根本意义就在于"激活"。这些新异的社会人生见闻击碎了我们业已封闭的文学思维，在我们原有的令人窒闷的写作惯性之外另开一重天地。这里所揭示出来的第一层意义就是自我，就是自

---

① 周作人：《关于鲁迅之二》，《鲁迅的青年时代》，河北教育出版社 2002 年版，第 130 页。

② 陈三立：《肯堂为我录其甲午客天津中秋玩月之作诵之叹绝苏黄之下无此奇矣，用前韵奉报》。

③ 易顺鼎：《癸丑三月三日修禊万生园赋呈任公》，《庸言》第 1 卷第 10 号。

我的精神世界，自我的需要也就意味着借助"异域体验"来恢复自我的感知能力。这就是郁达夫所说的"觉悟"："是在日本，我开始看清了我们中国在世界竞争场里所处的地位；是在日本，我开始明白了近代科学——不问是形而上或形而下——的伟大与湛深；是在日本，我早就觉悟到了今后中国的命运，与四万五千万同胞不得不受的炼狱的历程。"在郁达夫这样的青年学生而言，日本体验的强烈冲击有时候简直难以招架："伊孛生的问题剧，爱伦凯的恋爱与结婚，自然主义派文人的丑恶暴露论，富于刺激性的社会主义两性观，凡这些问题，一时竟如潮水似地杀到了东京，而我这一个灵魂坦白，生性孤傲，感情脆弱，主意不坚的异乡游子，便成了这洪潮上的泡沫，两重三重地受到了推挤，涡旋，淹没，与消沉。"① 但另一方面，自我精神的生长却往往就在这"如潮水似的"异域体验之中，鲁迅说得好："国民精神之发扬，与世界识见之广博有所属。"②

3. 在无数中国学子的觉悟过程中，异域的文学资源发挥了作用，因为异域的人生感受也借助于文学这一集中的样式加以呈现，文学的资源在这里并不是单纯的文字，不是理性的学习和模仿的对象，更重要的意义依然是直接指向着现实人生，在人生体验的混沌和浑然境界里，什么西方/中国、什么传统/现代等"二元对立"，其实是不存在的。

4. 日本异域体验的最终成效又还得作家自己的现实感受来加以"验证"。这里的现实感受就是"体验中国人生"的需要。获得了"日本体验"的中国作家并不是以书写日本见闻为自己天职的，对于当下人生的重新发现才是他作为"中国"作家的目的，日本或其他任何一种西方文学的"现代性"本身并不是衡量中国文学现代成就的标准，中国作家在当下所表现出来的创造能力才是文学的财富。也就是说，通过异域又返回自我的现实，并使自己的灵感为之"复活"，这恐怕比什么都要重要。在这一方面，鲁迅可能是最自觉的一位，从他最早年介绍西方自然科学

---

① 郁达夫：《雪夜——自传之一章》，《郁达夫文集》第4卷，第93、94页。
② 鲁迅：《摩罗诗力说》，《鲁迅全集》第1卷，第65页。

知识开始，就总是将异域的见识"拉回"到"中国"的现实，体验"日本"与体验、反思"中国"几乎是同步的，日本的国民性问题启迪的是鲁迅眼中的中国国民性问题。鲁迅后来甚至很少整篇"畅谈"日本的事物，但这并不表示他缺乏对日本的体验，恰恰相反，他是将在日本体验中获得的人生感悟投放回了中国自己，或者由眼前的日本的现象不断联想到中国，或者是在体验中国事物的过程中不时插入关于日本比较。1918年，在介绍日本作家武者小路的人道主义思想时，鲁迅道出的却是他对中国人的忧虑："全剧的宗旨，自序已经表明，是在反对战争，不必译者再说了。但我虑到几位读者，或以为日本是好战的国度，那国民才该熟读这书，中国又何须有此呢？我的私见，却很不然。"① "我想如果中国有战前的德意志一半强，不知国民性是怎么一种颜色。"② 1934年，因为给海婴照相的经历，他又联想起了中日两国在教育孩子方面的差别，"温文尔雅，不大言笑，不大动弹的，是中国孩子；健壮活泼，不怕生人，大叫大跳的，是日本孩子。" "驯良之类并不是恶德。但发展开去，对一切事无不驯良，却决不是美德。"③ 在《鲁迅全集》中，到处"散落"着这样的日本体验，到处都是鲁迅从日本"反观"中国的精辟之论。"欲扬宗邦之真大，首在审己，亦必知人，比较既周，爰生自觉。"今天，我们常常引述鲁迅《文化偏至论》中的这段话来说明文化与文学的"比较意识"，或者证明中国人在开放中"走向世界"的必要性，但文化"比较"与文化"交流"的根本目的却可能被忽略：作为一位中国作家，我们最重要的应当是感悟自己的人生而非在"比较文学"的时代"变"得与西方一样，或者说是首先必须"直面"和解决的是中国自己的问题，这才叫"首在审己"。鲁迅的最大意义就在于他的"审己"，在于他比照先前的日本体验，为我们重新描绘了中国人生的"惨淡"与"鲜血"，这些人生的"惨淡"与"鲜血"又正是那些囿于传统视野的作家所未曾发

① 鲁迅：《〈一个青年的梦〉译者序二》，《鲁迅全集》第10卷，第195页。
② 鲁迅：《〈一个青年的梦〉译者序》，《鲁迅全集》第10卷，第192页。
③ 鲁迅：《从孩子的照相说起》，《鲁迅全集》第6卷，第81页。

被召唤的传统——百年中国文学新传统的形成

现的。

这就是中国作家从自我需要出发经由异域体验的激发又返回到当下体验的全过程，也是中国现代文学发生史上日本体验的特殊作用之所在。

三

中国现代文学的发生发展都受哺于这样的异域体验与异域文学资源，其基本表现便是中国作家的一系列异域体验如"日本体验"、"英美体验"、"法国体验"、"德国体验"、"苏俄体验"的种种作用。

在所有的这些"体验"当中，我们以为是"日本体验"与"英美体验"更起着某种结构性的作用。从某种意义上说，五四新文学运动便是中国作家"日本体验"与"英美体验"共同作用的结果：日本体验为中国作家造成的生存压力激发了他们生命的内在活力，日本体验中所感知的西方现代文明景象则成了他们的理想目标；英美体验给了中国留学生比较完整的学科专业训练，英美文学发展中的具体文学策略也往往成为中国作家直接取法的对象（如胡适对意象派语言主张的摄取）。然而，自五四以后，由于归来的中国留学生社会地位与文化取向上的明显差距，他们各自所倚重的异域资源也更加显露出了彼此的分歧。充满社会改造热情但学科教育不够完整的留日知识分子常常只能在社会的中下层艰难求生，这在某种程度上拉近了他们与普通民众的距离，决定了他们的文学思想与文学追求带有更加明显的社会性、大众性与政治革命色彩，其中一些作家倾向于进一步切入本土的人生体验，视文学创作为现实人生的"苦闷的象征"，以异域弱小民族的反抗意志当做现实批判的动力，鲁迅、胡风就是这样；另外一些作家则试图在日本或经由日本继续获取对抗现实压力的"先进武器"，于是他们从日本找到了苏联，找到了激进的无产阶级革命理论，创造社作家就是这样。而英美留学生呢，因为一般都完成了令人羡慕的高等专门教育，在国内获得了较高的社会地位，所以便与社会的普通民众保持了相当的距离，同时倒是与国家的管理层达成了某种微妙的默契，在这种情况下，西方文化中原本存在的批判性资源被他们作了某些有意无意的淡化，而所谓理性、节制的新人文主义倾向与充满实用精神的经验主义倾向都得到了一定的强化，学衡派、新月派都是如此。当然，现代中国的留学生作家并不就来自于日本与英美两地，但是，从反映中国现代作家的异域教育状况与后来长期的社会生活状况以及相应的文学态度方面，留日派中国作家与英美派中国作家却无疑构成了相当典型的两极。正是在这个意义上，我以为一个潜在的日本/英美的体验结构对于中国现代文学发生发展的总体面貌有着重要的影响。[①]

中国现代文学追求一系列重要的分歧都与日本/英美的体验差异有关。有的论争就直接来自留学生作家的两种体验的对峙，如五四新文学运动期间的"问题与主义"之争，1923年的"整理国故"之争，1924—1926年间语丝派与现代评论派的论争，1927—1930年间鲁迅与梁实秋的论争，创造社诸人与新月派的论争，20世纪30年代鲁迅与林语堂的论争，等等。有的论争虽然不是直接发生于这两种体验的对峙间，但参与其中的留学生作家却依托了自己特有的异域经验，如学衡派与新文学倡导者的论争，学衡派主要的理论根据就是他们理解中的美国白璧德新人文主义。在学衡派同人看来，他们的美国文化体验才是代表了西方文化的方向，甚至比胡适早先的体验都更加的"正确"。自然，这两种"体验"的异质对应关系也不是固定不变的，随着作家主体的个性特征的不同与人生经历的发展变化，它们实际上也存在着某种相互转化的可能。比如，40年代的战火击碎了许多中国知识分子的"精英意识"，他们也在"着陆"底层人生的过程中重新提炼了自己先前的异域体验，于是倒是理解了留日作家的某些姿态，闻一多就是这样。在历经了人生世事的变幻之后，他"忏悔"道："从前我们住在北平，我们有一些自称'京派'的学

①　中国现代文学史家也对这一留学生作家的结构关系多有注意，如夏志清就在他著名的《中国现代小说史》中阐述了"留美、留英学生与留日学生的纷争"。只是，夏志清以"自由"与"激进"的分歧来概括这一"纷争"倒是值得商榷［参见《中国现代小说史》，（台北）传记文学社1979年版，第52页］。

者先生，看不起鲁迅，说他是'海派'……现在我向鲁迅忏悔：鲁迅对，我们错了！"[1] 他甚至说："我们过去受的美国教育实在太坏了，教我们和人民脱离，几乎害了我一辈子。做了教授，做了校长，有了地位，就显得不同，但是这些有什么了不起？"[2]

在两种体验的异质对应及其复杂演变中，当能更加清晰地辨认和理解日本体验之于中国现代文学的特殊意义。

---

① 闻一多：《在鲁迅逝世八周年纪念会上的讲话》，《闻一多全集》第 2 卷，湖北人民出版社 1993 年版，第 392 页。

② 转引自季镇淮《闻一多先生年谱》，《闻一多全集》第 12 卷，第 519 页。

第三章

现代体验与中国文学新传统的形成

第一节 "个人"：中国文学新传统的起点

在传统文学史视野中，中国"现代"文学的起点被追溯到"中"、"西"文化两大源头；中国"现代"文学传统的形成被毋庸置疑地认为是中西文化"碰撞"、"交流"或"交融"的产物，尽管"重写文学史"的讨论自 20 世纪 80 年代以来从未停歇，但现有的大部分文学史著作还是未能摆脱这种阐述模式。不可否认，"中西文化阐述模式"对于展示中国"现代"文学的整体特征有着强大的解释功能和整合功能，但随着时代的发展，这种研究范式自身存在的问题也逐渐暴露了出来，它造成的研究困境不亚于其产生的积极影响。因此，如何突破"中西文化阐述模式"对中国现代文学研究造成的困境，在更加合理的角度上重新认识和理解中国现代文学传统就成为当前学界必须面对的任务。

一

作为一种研究范式，"中西文化阐述模式"对中国现代文学的影响可谓源远流长。早在 20 世纪 30 年代，周作人在讲述"中国新文学的源流"课时，就将中国新文学与中国古典文学中的"言志"文学相提并论，认为中国新文学的"新"不过是"言志"文学的崭新表现而已。虽然这种看法并没有触及西方文化，但其认识模式却是从"中"、"西"文化碰撞的大格局出发。总体而言，中国现代文学研究的"中西文化阐释模式"形成于新时期 80 年代，对中国现代文学研究产生重大影响的思潮便是"走向世界"，这一时期，研究中国文学与世界文学的联系成为学界重点课题；中国现代文学作为与世界文学关系最近的学科，自然充当了"走向世界"的急先锋。在"走向世界"的目标指导下，中国现代文学中重要作家、作品、现象与世界文学的联系得到了充分的清理。今天，文学史之所以能够将中国现代文学作家、流派及思潮与它们外国"影响源"清楚明了的展示出来，并用许多西方文学概念来命名这些文学现象，与这一时期文学研究的成就是分不开的。90 年代初期，中国文化的转型使"走向世界"受到了批判，中国现代文学与中国传统文化的关系研究成为学科内学者重点关注的话题。表面上看来，90 年代的中国现代文学研究与 80 年代发生了质的转变，但是其认知的出发点依旧是将中国现代文学附着在中西文化之上，只是侧重点发生了变化而已，所以在研究范式上还是属于"中西文化阐述模式"。可以说，自中国现代文学学科建立以来，"中西文化阐述模式"就始终支撑着它的发展，中国现代文学研究在今天取得的成就与它是分不开的。但是，"中西文化阐述模式"作为一种文学研究范式存在着天然的缺陷：它用文化互补模式来认识一种文学形态，在无形中就会抹杀和消解这种文学形态的创造性和独特性，最终这种文学形态存在的合法性也会被否定和抹杀。中国现代文学学科在今天遭遇的合法性危机，正是与这种长期存在的阐述模式有关。

在理论上来说，"中西文化阐述模式"存在的主要缺陷是对文学自身规律的漠视。"中西文化阐述模式"包含着一种潜在的逻辑：文学不过是一种文化推导的产物，中西文化的碰撞必然会产生出"中国现代文学"这样的产物。但是，如果我们从文学在社会生活中存在常态来看，这种看法并没有那么绝对。任何文学，如果要在人类文化史上获得存在的合法性，首先必须具有创造性。刘勰在《文心雕龙·通变》中说："夫设文之体有常，变文之数无方，何以明其然耶？凡诗赋书记，名理相因，此有常之体也；文辞气力，通变则久，此无方之数也。名理有常，体必资于故实；通变无方，数必酌于新声：故能驰无穷之路，饮不竭之源。"① 刘勰的意思是：在文学创作中，虽然必须继承传统，但如果想"驰无穷之路，饮不竭之源"，就必须"酌于新声"，体现出作家的创造性。刘勰在《变骚》中更用屈原的具体例子说明了文学创造的重要性："自《九怀》以下，遽蹑其迹，而屈宋逸步，莫之能追……是以枚、贾追风以入丽，马、杨沿波而得奇，其衣披词人，非一代也。故才高者菀其鸿裁，中巧者猎其艳辞，吟咏者衔其山川，童蒙者拾其香草。"② 刘勰在这里高度颂扬了屈原的创造精神，而对于后世那些鹦鹉学舌者表现出不屑。在刘勰看来，《离骚》达到的艺术成就关键在于屈原的求"变"的精神，而那些刻意模仿楚辞的人之所以顾此失彼，难以达到《离骚》这样的艺术成就，就在于他们只能模仿到楚辞的"形"，而没有学习到楚辞的"神"。用这种观点来审视中国古典文学就会发现，无论强调"性灵"、还是强调"复古"的作家，如果他们能够得到文坛的认可，必然有他们各自的创新之处。如崇尚"古文"运动的"唐宋八大家"，虽然他们要求学习两汉文章，但在具体内容上却与他们的前辈各不相同，各自创造出自己的新境界。相反，在那些文风靡靡的时代，虽然作家们也热衷模仿，但因为言之无物，依然被历史的长河所洗涤。

在西方文学中，文学的创造性被置于更高的地位。诗人艾略特曾经明确表示："我们称赞一个诗人的时候，我们的倾向往往专注于他在作品中和别人最不相同的地方。我们自以为在他作品中的这些或那些部分看出了什么是他个人的，什么是他的特质。我们很满意地谈论诗人和他前辈的异点，尤其是和他前一辈的异点。"③ 美国著名社会学家希尔斯在《论传统》

① 刘勰：《文心雕龙·通变》，周振甫：《文心雕龙今译》，中华书局 1986 年版，第 271 页。
② 刘勰：《文心雕龙·辨骚》，周振甫：《文心雕龙今译》，中华书局 1986 年版，第 46 页。
③ ［美］艾略特：《艾略特诗学文集》，国际文化出版公司 1989 年版，第 51 页。

中也表示了同样的观点：自从作家开始把文学作品视为个人产物，并将其与他们的姓名相连起来，自从读者（在他们之前则是听众）也这样做时，这一传统就一定存在了。这一传统形成了一种压力，它不断地迫使作家与包容在前人作品中的成就以及包容在他自己以前的作品中的成就分道扬镳。每一部新作都必须与它之前的作品有所区别。① 希尔斯的观点说明，在西方文学中（特别是文学作品被视为个人产物的近代之后），文学存在的根本就在于创造性，如果一部作品不能表现出与此前文学作品的差别，这部文学作品就难以获得自己存在的合法性。如果我们将这种观点投射到西方文学史中，从古希腊文学到现代主义文学、后现代主义文学，西方文学的文章体式和美学精神都不断发生着变化。而在各个时期中，最讲究传统的"新古典主义"时期，文学成就恰恰是最不尽如人意的时期，这正体现了文学创作的基本精神在于创造性。

文学存在的这种特点决定了文学研究的任务在于检验或发掘文学作品对于前辈文人的创造性。如果一部文学作品没有体现出超越前人的创造性，作为研究对象，它就失去了研究的价值；如果文学研究不能挖掘出文学作品的创造性，那么这种文学研究也就失去了价值。"中西文化阐释模式"存在的问题就在于：它只能体现出研究对象的继承性，而不能体现出研究对象的创造性和独特性。最早发现这个问题的学者是研究鲁迅的王富仁先生。在他的博士论文《中国反封建思想革命的一面镜子：〈呐喊〉、〈彷徨〉综论》中，他提出了"回到鲁迅"的口号。所谓"回到鲁迅"，也就是在鲁迅自身的精神世界和文化体验中理解鲁迅，发现鲁迅与中外文学史上其他作家不同的独特性和创造性。他之所以有这样的呼吁，主要针对的问题便是"中西文化阐述模式"存在的误区。在王富仁看来："研究一个艺术品，只知道它里面有些什么。描写了什么还是远远不够的，只知道它其中各个部件自身所可能包含的意义也是不够的，我们必须注意它们各自在整个艺术品中的特定地位和作用。而要了解它们各个部件的特殊地位

---

① ［美］E. 希尔斯著，傅铿、吕乐译：《论传统》，上海人民出版社 1991 年版，第 201 页。

和作用，我们便要首先发现这件艺术品思想和艺术的凝聚点，发现它们的各个部件的意义各向一个什么中心靠拢，并在这个中心被连接了起来。"①"中西文化阐述模式"恰恰与之相反，在这种研究范式下，我们可能会发现一个作家（或一件艺术品）很多局部的特征，但这个作家（艺术品）思想和艺术的"凝聚点"恰恰被忽略。比如，在"中西文化阐述模式"下研究鲁迅，在中国传统文化中，我们可以首先发现鲁迅对魏晋文化的继承，进而发现鲁迅与儒家文化、道家文化、墨家文化、法家文化、释家文化，以及与民间文化的联系；而且随着研究的进展，研究者还可能发现鲁迅与其他传统文化的联系。在西方文化视阈中，大的方面可以看到鲁迅与俄罗斯文学、日本文学、第三世界文学、现实主义、存在主义、马克思主义等的联系；在微观上，还可以探索到鲁迅与更多文学家、思想家的联系，如赫胥黎、达尔文、厨川白村、果戈理、显克微支、陀思妥耶夫斯基、尼采、克尔凯郭尔、海德格尔，等等。通过对这些思想家和艺术家的了解，我们可以丰富对鲁迅的认识。但是，这种认识方式只能了解到鲁迅的许多局部特征，对于鲁迅思想和艺术的整体，我们并没有建立理性的认识。首先是鲁迅的继承与创造的关系问题。当鲁迅的丰富性被其继承的广博性来定义，鲁迅的"创造性"在什么地方呢？当然，我们可以认为鲁迅没有独创性，但在这种研究模式下，任何作家都不会存在独创性。其次是鲁迅的统一性问题。在文化继承的角度上来理解鲁迅，很容易出现鲁迅"不统一"的现象。很多学者已经发现，在鲁迅继承的诸多思想中，有很多思想之间并不协调，甚至相互对立，如鲁迅接受启蒙思想家中的"个人"与尼采的"个人"之间就有着本质的差别；再如鲁迅接受的先秦文化思想内部，也不完全协调；更何况，在鲁迅继承的"中学"与"西学"之间，更有着天然的鸿沟。这些问题都是"中西文化阐述模式"不能解决的难题。

对于一个具体作家和文学作品，"中西文化阐述模式"存在的缺陷是不能揭示出它们的创造性和独特性，而对于整个中国现代文学而言，这种

---

① 王富仁：《中国反封建思想革命的一面镜子：〈呐喊〉、〈彷徨〉综论》，北京师范大学出版社 1986 年版，第 12 页。

研究模式则可能整体消解了整个学科的独立性和合法性。如果我们回顾一下中国现代文学的学科史，就会发现：在"中西文化阐述模式"下，中国现代文学的存在价值并没有与中国现代文学本身的创造性与独特性建立必然的联系。在中国现代文学学科获得崇高地位的 20 世纪 80 年代，正是中国社会普遍追求"走向世界"与建设"四个现代化"的热潮期，其被肯定的因素并不是来自中国现代文学自身，而是其与"世界"文学亲密的关系；而在 19 世纪末，西方殖民主义文化理论传播到中国后，中国现代文学存在的合法性受到普遍的质疑，其被质疑的因素同样不是来自中国现代文学自身，而是其与中国传统文学的差异。所以，"中西文化阐述模式"下的中国现代文学研究，因为研究对象自身的创造性和独特性不能获得有效的开掘并获得普遍的认可，其存在的合法性很容易受到外在文化因素的影响，并受到本不该有的过度重视和否定。

二

文学研究的任务不仅仅是对文学历史进行清理，还应该对文学的当前发展作出理性的指导。因此，检验一种研究范式是否有效，不仅要看到它是否能增进对文学历史的认识，还要看它能否有效地协调当前文学发展中的种种争议和矛盾。中国"现代"文学作为当下中国文学的直接源头，其研究成果不仅是对历史经验的总结，还应该为当代文学发展中的种种问题提供参照。"中西文化阐述模式"存在的问题还表现在它对于当代文学发展产生的消极影响。

中国"现代"文学的发展在当前遇到了前所未有的挑战：作为一个后发现代性国家，文学的"现代性"一直是中国文学发展中不懈的追求，而随着"全球化"时代的到来，文学创作如何体现出"民族性"、"本土性"又成为作家的新追求。因此，如何在文学发展中同时兼顾这两种追求成为中国文学研究界普遍关心的问题。按道理讲，文学的"民族性"和"现代性"并不矛盾，文学作为"人学"，只要它表达了中国现代人的人生体验和精神感受，就应该同时具有"民族性"和"现代性"，但是在"中国文化阐述模式"的持续影响下，这两种文学追求却成为非此即彼、不可兼得的两种文学走向。

由于忽略了中国现代文学的独立性和创造性，"中西文化阐述模式"使"中国现代文学"分裂成"二元对立"的两个部分："中国"和"现代"。所谓"中国"，即中国古典文学特征，中国现代文学是否具有"民族性"，就看其是否包含了中国古典文学传统的因素。所谓"现代"，即西方文学传统，中国现代文学的"现代性"就在于继承和学习西方文化经验。这种特征在中国现代文学研究发展中表现十分明显。

20世纪80年代，中国现代文学研究总体理念发生了转型，具体说来是以"现代化"取代了新民主主义的"革命论"。80年代文学研究者将"现代化"理解为"走向世界"，更确切地讲即"走向西方"。20世纪80年代具有标志性意义的陈平原、黄子平与钱理群关于"二十世纪中国文学"的三人谈中，他们这样理解"文学的现代化"：

> 所谓"二十世纪中国文学"，就是由上世纪末本世纪初开始的至今仍在继续的一个文学进程，一个由古代中国文学向现代中国文学转变、过渡并最终完成的进程，一个中国文学走向并汇入'世界文学'总体格局的进程，一个在东西方文化的大碰撞、大交流中从文学方面（与政治、道德等诸多方面一道）形成现代民族意识（包括审美意识）的进程，一个通过语言的艺术来折射并表现古老的中华民族及其灵魂在新旧嬗替的大时代中获得新生并崛起的进程。①

在他们的理解中，中国文学的"现代化"就成了汇入"世界文学"总体格局的过程，其本质特征即学习和吸收西方文学的传统。

将中国文学的"现代化"理解为"走向世界"（走向"西方"），在80

---

① 黄子平、陈平原、钱理群：《论"二十世纪中国文学"》，《文学评论》1985年第5期。

年代中国现代文学研究中表现得十分明显。"新时期伊始，首先活跃的是以鲁迅研究为中心的中国现代文学研究，而这时作为新潮出现的则是中国现代文学与外国文学的比较研究。"① 的确，新时期以来，中国现代文学研究除了"拨乱反正"的重评，最引人的著名研究成果则是关于中外文化关系的比较研究。出现在这一时期的新锐研究，如李万钧《论外国短篇小说对鲁迅的影响》，王瑶《论鲁迅作品与外国文学的关系》，温儒敏《鲁迅前期美学思想与厨川白村》，戈宝权《鲁迅在世界文学上的地位》，王富仁《鲁迅前期小说与俄罗斯文学》，张华《鲁迅与外国作家》，曾小逸《走向世界文学》，等等，研究者都急迫地希望证明中国现代文学与西方文学之间存在的"血缘"关系。无疑，这样做的目的在于说明中国"现代"文学当中有着古典文学中所不具有的"世界性因素"，而这恰恰又是"现代化"的典型证据。

然而，20 世纪 80 年代所追求的"现代化"并没有在 90 年代被认可。随着"全球化"文化理论的传入和全世界普遍对"民族身份"的关注，90 年代出现的文化保守主义思潮批判了 80 年代文学研究对"走向世界"的热衷，认为这种研究走向是对西方中心主义的臣服，不仅如此，他们将这种批判还推广到整个中国现代文学，认为中国文学的现代变革本身也是一个被西方文化"他者化"的过程：

> 中国承认了西方描述的以等级制和线性历史为特征的世界图景，这样，西方他者的范围在中国重建中心的变革运动之中，无意识地移位为中国自己的规范，成为中国定义自身的根据。在这里，他性"无意识的渗入我性"之中。这就不可避免地导致了如下的事实：中国"他者化"竟成为中国的现代性的基本特色所在，也就是说，中国现代变革的过程往往同时又呈现为一种"他者化"的过程。②

---

① 王富仁：《说说我自己》，福建人民出版社 2000 年版，第 125 页。
② 张法、张颐武、王一川：《从"现代性"到"中华性"——新知识型的探寻》，《文艺争鸣》1994 年第 2 期。

在这种思路之上，文化保守主义祭出了"民族性"的大旗，认为对抗西方中心主义的最佳办法莫过于坚持自己的文化传统。由此可见，90 年代文化保守主义所提倡的民族性，在表面上是批判了"走向世界"的缺陷，但在总体思路上与"走向世界"如出一辙，都是在"中西文化阐述模式"下理解中国现代文学，将"现代性"理解为"西方化"，将"民族性"理解为"回到传统"。因此，文化保守主义的"民族性"在出现之初就显得不够理直气壮，当有学者站在中国国情之上，质问中国文化是否还需要现代化，又怎样现代化时，他们就无言以对。

但是，在"中西文化阐述模式"的强大磁场下，很少有学者能及时对文化保守主义的"民族性"神话提出质疑。尽管有学者意识到，中国文学的现代性追求依然是当前必须面对的任务，但他们的质疑方式却是将中国现代文学本质属性理解为"近代性"，并由此得出"现代性"追求的急迫性和必要性[1]。虽然这种看法可以有效抵制文化保守主义，但其整体思路依然将"现代性"理解为"西方化"，因为在这种论者看来，中国现代文学的发展现状还没有达到西方"现代性"文学的水平，只能算是"前现代的世界近代文学的范围"，"所以，它只具有前现代性或近代性，而不具有现代性"。[2]

在"中西文化阐述模式"下，中国现代文学研究对"现代性"和"民族性"的误解，使当代中国文化和文学的发展呈现出两难的选择。这种境况，需要我们必须走出"中西文化阐述模式"的阴影，在新的角度里重新理解中国现代文学。

三

"中西文化阐述模式"的根本失误在什么地方呢？王富仁先生曾经对这一问题有精辟的论述：

---

[1]　杨春时、宋剑华：《论 20 世纪中国文学的近代性》，《学术月刊》1996 年第 12 期。
[2]　同上。

这个我们过去常用的研究模式（中西文化阐述模式。——引者注）有一个最不可原谅的缺点，就是对文化主体——人——的严重漠视。在这个研究模式当中，似乎在文化发展中起作用的只有中国的和外国的固有文化，而作为接受这两种文化的人自身是没有任何作用的，他们只是这两种文化的运输器械，有的把西方文化运到中国，有的把中国古代的文化从古代运到现在，有的则既运中国的也运外国的，他们争论的只是要到哪里去装运。但是，人，却不是这样一部装载机，文化经过中国近、现、当代知识分子的头脑之后不是像经过传送带传送过来的一堆煤一样没有发生任何变化。他们也不是装配工，只是把中国文化和西方文化的不同部件装配成了一架新型的机器，零件全是固有的。人是有创造性的，任何文化都是一种人的创造物，中国近、现、当代文化的性质和作用不能仅仅从它的来源上予以确定，因而只在中国固有的文化传统和西方文化的二元对立的模式中无法对它自身的独立性做出卓有成效的研究。与此同时，这个模式在文化与人的关系上表现为文化目的论，似乎中国近、现、当代的知识分子的存在只是为文化服务的，有的是为了中国固有文化传统的继承和发扬，有的是为了西方文化在中国的传播和蔓延，有的是为了中国老祖宗服务的，有的是为洋鬼子服务的。实际上，在文化与人的关系上，文化永远是服务于人的，是中国近、现、当代知识分子为了自己的生存和发展吸取了中国古代的文化或西方的文化，而不是相反，因而他们在人类全部的文化成果面前是完全自由的，我们不能漠视他们的这种自由性。[①]

的确，如果我们认识到中国现代文学是建立在"人"的基础之上，"中西文化阐述模式"存在的缺陷就不言自明，因为无论是中国传统文化还是西方文化，都只是中国现代文化建设中的资源（而非主体）；它

---

① 王富仁：《对一种研究模式的质疑》，《佛山大学学报》1996 年第 2 期。

们的内在冲突，也都会整合在中国现代人的认知"主体"当中。在这种认识论下，中国现代文学是一个自主的整体，其"民族性"和"现代性"都包含在其"主体性"当中；中国现代文学的发展是其主体精神的成长，而不是对哪种文化的选择。而实际上，五四新文化和新文学之所以与此前文化、文学存在着差异，就因为它建立在"个人"被发现的基础之上。

不可否认，中国现代文化和文学是在中西文化"碰撞"的格局中发生的，但是"中西文化碰撞"并不是中国现代文化和文学发生的充分条件。自鸦片战争开始，中西文化碰撞的格局就已经出现，但中国现代新文化和新文学产生却是在20世纪初期出现，这期间有半个多世纪的漫长岁月，所以用中西文化视野来审视和规定中国现代文化和文学的特质并不具有现实的针对性。在中西文化的格局内，五四新文化和文学与之前文化和文学的差别就在于，它是建立在中国人发现了"自我"和"个人"的基础之上。五四时期，新文化运动展开的一系列的文化活动，也输入了一系列的文化理念，但最终将周作人的"人的文学"作为五四新文学的旗帜并不是偶然的，因为"人的文学"道出了五四新文化和新文学所有文化批判和文化建设的本质——在"人"的基础上建设新文化。如果我们再回头看周作人著名的《人的文学》，会发现这篇核心在"文学"的论文全篇几乎没有怎么论述文学，而是在孜孜不倦地向读者介绍什么是"人"。"我们所说的人，不是世间所谓'天地之性最贵'，或'圆颅方趾'的人。乃是说，'从动物进化的人类'。其中有两个要点，（一）'从动物'进化的，（二）从动物'进化'的。"[1] 接着，周作人又对个人和人类的关系进行了界定："第一，人的人类中，正如森林中的一株树木。森林盛了，各树也都茂盛。但要森林盛，却仍非靠各树各自茂盛不可。第二，个人爱人类，就只为人类中有了我，与我相关的缘故。"[2] 如果我们设身处地地回到五四时期，周作人对人的论述无疑具有双重的文化效果：首先，他让当时的读者更全面地理解

---

① 周作人：《人的文学》，《周作人文类编·本色》，湖南文艺出版社1998年版，第31页。
② 同上。

了"人"的本质属性。从学理上讲，周作人的看法不过是在传统社会对人的认识之上加入了人的自然属性，但这种补充无疑改变了中国人认识世界和现实的整体视野。其次，他通过对"个人"与"人类"的辩证关系的展示，让读者意识到"个人"的价值和意义。也就是说，有了这层认识，五四新文化建设者和后继者可以通过个人体验来进行文化批判和文化建设，"个人"在他们的文化活动中充当了标尺的作用。无疑，正是周作人对"人"的内涵的清晰概括道出五四新文化同人普遍坚持的"个人"立场，因此他的文章才会得到广泛的认可。

  五四新文化运动的思想内容十分复杂，以至于到目前为止还没有学者能在学理上对运动的文化性质给出正面的判断，研究五四新文化运动的学者都发现，这场文化运动的思想内容存在着太多的自相矛盾的地方。著名学者张灏曾经对五四思想的"双歧性"进行分析，发现在五四思想的内部，理性主义与浪漫主义；怀疑精神与新宗教；个人主义与群体意识；民族主义与世界主义同时并存。[①] 无独有偶，研究中国现代思想史的学者汪晖在对比西方启蒙运动与五四启蒙运动后也无奈地宣布："试图在'五四'启蒙运动中寻找某种一以贯之的方法论特征几乎是不可能的。这不仅因为中国启蒙思想缺乏欧洲启蒙哲学的那种深刻的思想传统和知识背景，更重要的是，中国启蒙思想所依据的各种复杂的思想材料来自各个异质的文化传统，对这些新思想的合理性论证并不能构成对中国社会的制度、习俗及各种文化传统的分析和重建，而只能在价值上作出否定性判断。"[②] 他发现，五四启蒙运动在发轫之初就存在着"意识危机"：个体主义与民族主义；人的发现与人的分裂；个人的自由与阶级的解放相互交织在一起，让这场思想运动注定了在中国现代社会难以持续地发展下去。五四新文化运动的内在复杂性，让我们贸然用具有争议的"个人"概念来作为五四新文

---

  ① 张灏：《重访五四——论"五四"思想的两歧性》，《二十世纪中国思想史论》，东方出版中心 2000 年版。

  ② 汪晖：《中国现代历史中的"五四"启蒙运动》，《汪晖自选集》，广西师范大学出版社 1997 年版，第 309 页。

化运动的基础时必然遭受种种非议。但是，不能否认的是，五四新文化运动是一场具有整体性的文化运动，并且，它与之前的洋务运动、维新运动有本质的差别，那么怎么认识这种整体性与差别性呢？

胡适曾说："据我个人的观察，新思潮的根本意义只是一种新态度。这种新态度可以叫做'评判的态度'……'重新估定一切价值'八个字，便是评判的态度的最好解释。"[1] 汪晖受胡适这句话的影响，将五四启蒙运动的统一性概括为"态度的统一性"，即重估一切价值的态度。[2] 尽管，胡、汪二人的概括在某种程度上都具有模糊性，但还是非常贴切地概括出五四新文化运动相较于之前思想文化运动整体特点。在五四新文化运动之前，中国人对西方文化的理解和吸收建立在民族国家的立场之上，因此"中"、"西"文化被泾渭分明地分割成对立互补的两个整体，不管是洋务运动还是维新变法，都企图在超越"人"的立场上进行文化革新运动，所谓"师夷长技以制夷"、"中学为体、西学为用"都具有这样的特征。然而，在五四新文化运动中，中西文化之间决然的对抗性实际不存在了，"重新估定一切价值"使中西文化泾渭分明的局面被打破，它们都成为"人"可以选择和利用的文化资源。虽然在总体格局上，五四新文化运动中的种种思想都来自西方，并且新文化运动的倡导者对中国传统文化进行了激烈的批判，但这一切并不是要进行"全盘西化"，大多数新文化主将坚定的民族主义立场以及新文化运动过程中的"整理国故"运动，都能够说明这一点。那么，是什么因素使五四新文化运动超越此前的种种思想运动，能够以超然的态度"重新估定一切价值"呢？答案只有一个，那就是"个人"和"自我"的出现：因为有了"自我"，人就可以超越文化的壁垒，通过理性"重新估定一切价值"；因为有了自我，五四新文化运动既建立在中西文化的基础之上又超越了这两种文化，开始了一段崭新的文化

① 胡适：《新思潮的意义》，《告别中世纪：五四文献选粹与解读》，广东人民出版社 2004 年版，第 103 页。

② 汪晖：《中国现代历史中的"五四"启蒙运动》，《汪晖自选集》，广西师范大学出版社 1997 年版，第 309 页。

之旅。

　　但是，为什么在"个人"的立场上，五四新文化运动呈现出个体主义与群体意识、个人主义与民族主义并举的局面呢？这需要我们对"个人"和"个人主义"的关系作进一步分析。作为一个思想体系，"个人主义"是资本主义文化发展过程中衍生的产物，它既包含了诸如启蒙思想、自由经济理论、资本主义民主政治理论等思想学说，又包含着西方资本主义社会的价值理念，还包括一整套资本主义的政治制度、社会风俗、伦理观念等制度体系。与"个人主义"不同，"个人"观念是现代性发生的标志，如康德对启蒙的定义一样，"个人"是人能够独立运用理智的能力。因此，"个人"可以说是"个人主义"的基础，"个人主义"也可以被认为是"个人"观念出现后的典型标志，但"个人"出现并不代表一定会出现"个人主义"文化。五四新文化运动建立在"个人"被发现的基础之上，它之所以会出现个人主义与群体意识、个人主义与民族主义并举的局面，是因为五四新文化运动发生之际资本主义革命的条件并不成熟，还不足以产生具有资本主义文化性质的稳定的个人主义思想体系。而且，作为一个后发现代性国家，五四新文化运动发生的时候，恰逢西方资本主义世界对"个人主义"文化进行反思和质疑，而此时苏俄"十月革命"的成功与社会主义思潮的兴起，也改变了这一时期中国思想界的文化走向。正是这些原因，五四新文化运动出现了"双歧性"的特征。但值得注意的是，尽管五四新文化运动的思想内容保罗万象（甚至自相矛盾），但所有的文化活动都是一批知识分子在"个人"立场上独立选择的结果。

　　"个人"作为五四新文化运动的起点，在文学的世界里表现更为明显。与近代维新文学、革命文学不同的是，五四新文学的开端不是宣扬某种思想和道理，也不是为了输入某种文学技巧，而是探讨与"个人"息息相关的人生"问题"。如果在广义的立场上理解文学，五四新文学的开端是《青年杂志》（《新青年》）上的"随感"。这些"随感"包罗万象，上至世界潮流、古今中西文化辩论、国家大势、民主改革、自由思想、科学方法、妇女解放、文化变革，下至家庭教育、青年修养、爱情婚姻、个人苦闷，等等，范围之广，令人咂舌。但值得注意的是，虽然这些杂谈包罗万象，但"五四新青年"并不是为了炫耀知识，而是表现出独立的探索意识和评判态度；同时，它们的评判和探索与他们个人体验的现实生命牢牢地结合在一起。在狭义的立场上，五四新文学的开始则是众所周知的"问题小说"。周作人说："问题小说，是近代平民文学的出产物，这种著作，照名目所表示，都是论及人生诸问题的小说。所以在形式内容上，必须具备两个条件，才可当得这个名称。一、必备小说体裁。二、必涉及或一问题。中国从来对于人生问题，不大关心，又素以小说为闲书，这种小说，自然难以发生。但也不能说全然没有，不过种类不多，意见不甚高明罢了。"① 他的话对于我们理解五四新文学很有启示。

在中国传统社会，"人"被封建宗法制度的伦理纲常所束缚，所有"人生"问题的探究其实都是对封建伦理的肯定，所以传统社会只有"教训小说"而没有"问题小说"②。中国古典文学里，《儒林外史》可算最具有"问题小说"特征的小说了，其中《范进中举》对封建科举的辛辣讽刺，与鲁迅的《孔乙己》、《白光》在主题上有很大的相似性。但是，即使在《范进中举》这样带有古代文人深刻人生体验的作品里，我们依旧看到的是经验教训，而不是人生问题的探讨。如果将《范进中举》与鲁迅的《孔乙己》、《白光》进行比较，我们会发现，吴敬梓对于范进的描写始终站在"局外人"的立场上，科举制度对范进的折磨在他看来不过是一场游戏，一个经验教训，显然没有像鲁迅一样在人道主义立场上对这些饱受折磨的"科举鬼"给予同情，也没有从"人生"自由发展的角度对这种制度本身进行深刻的思考。近代以后，封建制度的瓦解和现代民族国家观念的兴起，使一部分中国人开始从封建宗法的束缚中摆脱出来，"国民"意识

---

① 周作人：《中国小说中的男女问题》，《周作人文类编·上下身》，湖南文艺出版社1998年版，第433页。
② 同上。

开始出现。流传在近代时期的许多进步文艺作品，表现出中国知识分子对于"人生"的崭新理解："神州赤县生悲风，生不自由毋宁死。"①"我爱自由如爱命，铸金愿事此先锋。"②"我想人生在世，就是这个自由要紧。若不能自由，便偷生在世有什么好处？若为自由而死，九泉之下也觉得值得。"③"明明明，二十世纪，大汉女国民。激昂慷慨赴前程，觥觥自由魂。"④但是，"这一时期文学作品的'国民'意识中感受到的，不是作为国民的自由的权利，而是责任"。"腾身于历史潮头的人们，被强烈的政治激情灼烤着，其他一切作为人类个体的需求，即使正当的需求，都受到抑制。"⑤所以，近代文学中也没有关于人生问题的小说，即使出现了人生的困惑和思考，也可以在国家、民族责任中找到答案：在本质上，它们与古典"教训小说"没有区别。如《东欧女豪侠》中，"最爱讲求那怀疑哲学"的主人公，迅速在国家和责任中找到了人生的真谛："我们生在这个世界，总要尽个做人的义务，万不能呆在家里学那小家子的过活。兄弟早已拿定这个主意，要在天地间干一件轰轰烈烈的事情，难道昂昂大丈夫还要爱惜这几十斤腐肉不成？""佛家说，我不入地狱谁入地狱，这就是把地狱当了天堂，他说的极乐世界也正在那监狱里头了。——所以我在这里，心里头天空海阔，连一点苦处也不觉得。"⑥正是如此，刘纳说，"高度的政治使命感掺和着大彻大悟的佛家意识，那时代进步的人们轻而易举地找到了人生的确定答案，解答了'生与死'这个人生的最高课题"。⑦

只有在五四时期，"个人"和"自我"的独立价值得到确立之后，对于人生自由的追求使五四新文学作家发现了诸多的人生问题和社会问题。

① 饶国梁：《别家》，转引自刘纳《论"五四"新文学》，浙江文艺出版社1987年版，第241页。
② 中央：《挽殷次伊》，《国民日报汇编》第三集。
③ 高旭：《读〈俄罗斯大风潮〉》，转引自刘纳《论"五四"新文学》，浙江文艺出版社1987年版，第241页。
④ 《女国民歌》，载《复报》《新唱歌集》，转引自刘纳《论"五四"新文学》，浙江文艺出版社1987年版，第242页。
⑤ 刘纳：《论"五四"新文学》，浙江文艺出版社1987年版，第242、243页。
⑥ 《东欧女豪侠》，转引自刘纳《论"五四"新文学》，浙江文艺出版社1987年版，第237页。
⑦ 刘纳：《论"五四"新文学》，浙江文艺出版社1987年版，第237页。

在出现的"问题小说"中，我们看到诸如家庭问题、女性问题、封建专制问题、爱情婚姻问题等，这些问题在"个人"价值没有确立之前，都不成为问题，只有在个性解放、"个人"追求自由发展的前提下，它们才可能成为文学写作的对象。如果说五四问题小说对种种限制个人自由发展的社会问题的揭示还存在概念化的嫌疑，那么他（她）们对于人生意义的独立探寻，则更表现出"个人"意识最初出现时的青涩和活力。冰心在《超人》塑造的"新人"何彬，"个人"觉醒后的孤独感让他变得冷漠，这也让他开始思考人生的真谛是"爱"还是"恨"："他的脑子累极了，极力的想摈绝这些思想，无奈这些事只管奔凑了来，直到天明，才微微的合一合眼。"① 在现在看来，主人公的这种思考多少有些幼稚可笑，但他却是中国人就人生问题进行独立探寻的开始。在其他的问题小说中，我们同样可以看到作者和主人公对于人生的痛苦思考："她越想越玄，后来弄得不得主意，吃饭也不正经吃，有时只端着饭碗拿着筷子出神，睡觉也不正经睡，半夜三更坐起来发症，甚至于痛哭了。"② "一直在追寻，不止的寻求；竟死在路上，永远寻不到你们的底！"③ "人生是一个谜，诗里表现的人生，尤其是谜中之谜。我自己还猜不透人生之谜，却把谜中之谜给大家猜。"④ "人生之谜"当然不可能轻易参透，但对它的探寻却让中国"现代"文学作家开始了各自不同的思想"旅行"，这使他（她）们不再是一个简单的西方思想译介者，而是一个有着独立思想的个体。

其实，如果我们不将"问题小说"作为文学史专有名词来理解，五四时期的小说都可以叫做"问题小说"。比如在鲁迅的作品中，《狂人日记》展示了"狂人"的自由发展如何被现实所扼杀的问题；《故乡》、《祥林嫂》、《孔乙己》则反映出封建礼教如何对一个人的灵魂和肉体进行双重的扼杀。再如叶圣陶的《潘先生在难中》，通过潘先生这一"灰色人生"的

① 冰心：《超人》，《冰心全集》，海峡文艺出版社 1994 年版，第 186 页。
② 庐隐：《海滨故人》，《庐隐选集》，百花文艺出版社 1983 年版，第 74 页。
③ 徐玉诺：《黑色斑点》，《诗》第 1 卷第 2 号。
④ 刘大白：《旧梦付印自记》，陈绍伟编：《中国新诗集序跋选》（1918—1949），湖南文艺出版社 1986 年版，第 104 页。

形象，反映出传统社会关系网对人性的压抑。除此之外，文艺研究会中的"人生派"小说、"乡土小说"都可以说是在"问题小说"的范畴之内，所以茅盾说："文学应该反映社会的现象，表现并且讨论一些有关人生一般的问题"，"是文艺研究会集团名下有关系的人们的共通的基本的态度。"①实际上，茅盾的说法完全可以放得更广一些，创造社小说虽然标榜"为艺术而艺术"，但又何尝没有讨论人生的问题？比如，郁达夫的《沉沦》，"自叙传"的故事讲述了主人公极大的人生痛苦：性苦闷、民族歧视、孤独症等，但如果我们细想，这些痛苦其实是历史过渡期，中国"人"正面对的现实问题，所以作者说："里面也带叙着现代人的苦闷，——便是性的要求与灵肉的冲突。"②除了小说，这一时期的戏剧、散文、诗歌都包含着对人生问题的探究，可以说，正是"人"的发现使五四时期成为文学的"春天"。

在"个人"基础上对人生问题的反映和探寻，不仅仅形成了"五四"时期"问题小说"写作的热潮，也为中国现代文学整体格局的形成埋下了伏笔，在某种程度上，它还成为20世纪中国文学不断向前发展的动力。在"个人"立场上反映和思考人生问题，个人经历和个性气质的差异，使个人遭遇的问题以及对待这些问题的态度必然各不相同，这反映在文学中就形成了五四新文学作家不同的个性和风格，使五四新文学呈现出"多元化"的态势。相对于同时代作家，鲁迅在对待自己人生问题时，表现出深刻的自省意识和不妥协的战斗精神，这使他成为一个独立的思想者和顽强的战士，坚守着"黑暗的闸门"，用匕首和标枪批判社会时永远保持着最深沉的来自生命的"痛感"："过去的生命已经死亡。我对于这死亡有大欢喜，因为我借此知道它曾经存活。死亡的生命已经朽腐。我对于这朽腐有大欢喜，因为我借此知道它还非空虚。"③相对于鲁迅的坚韧，周作人在自

---

① 茅盾：《中国新文学大系·小说一集·导言》，上海良友图书公司1935年版，第4页。
② 郁达夫：《沉沦自序》，《郁达夫文集》第7卷，花城出版社三联书店香港分店1982年版，第149页。
③ 鲁迅：《野草题辞》，《鲁迅全集》第2卷，人民文学出版社1981年版，第159页。

己的"人生问题"思考中发现了"自己的园地",在这片园地里,没有"个人为艺术的工匠",也没有"艺术为人生的仆役",只有"个人为主人"的"人生的艺术"。① 而相对于周氏兄弟的深沉,具有青春型人格的郭沫若则在文学中表现为追求生命的"快感","我即是神,一切自然都是自我的表现"②,正是这种个性让他成为中国现代文学中的一只"天狗",没有顾忌地展露自己的个性,形成自己独特的审美境界。同为创造社作家,不同于郭沫若的积极好动,郁达夫在种种人生问题拖累下表现出"颓废"的气质,在文学中毫无顾忌地表现自己的苦闷、病态和自暴自弃,也使他在五四时期的文学殿堂里占据了一席之地。正是对于"人生"的探索,五四新文学呈现出"多元"并举的局面,他们对于后继者的影响以及后继者与他们个性气质的趋同性,使五四新文学的多元性成为中国现代文学错综格局的源头,当我们看到鲁迅、胡风、七月派作家的联系;周作人、废名、沈从文、汪曾祺的一脉相承;郭沫若与后期创造社、太阳社,与崔健、莽汉、达达、下半身诗派的潜在关联;看到郁达夫与新感觉派作家、张爱玲的相似性,就会意识到,正是个人对人生问题的探寻构成了中国现代文学的基本格局。

五四新文学所表现出的在"个人"立场上对人生问题的探索,并没有随五四新文化运动的落潮而中止,由于"个人"观念的出现,时代的发展会产生出越来越多也越来越复杂的人生问题,它成为20世纪中国文学向前发展的动力,也形成中国"现代"文学的新传统。在过去的文学史叙述中,从"文学革命"到"革命文学"要么被描述为中国"革命"发展的结果,要么被认为是"救亡压倒启蒙"的现实表现,但是,不管哪一种描述,都不能解释在30年代文学中既出现了"革命文学"的浪潮,也出现了《家》、《雷雨》这样具有启蒙特征作品的事实。唯一能解释这一现象的,是30年代"个人"面临人生问题的复杂性。在这一时期,各路军阀和国民

---

① 周作人:《自己的园地》,《周作人文类编·本色》,湖南文艺出版社1998年版,第62页。

② 郭沫若:《少年维特之烦恼·序言》,《郭沫若全集·文学卷》第15卷,人民文学出版社1990年版,第311页。

党独裁统治使个人的自由发展必须建立在阶级解放的基础上，所以反抗和革命成为人生问题的主要方面。但是，在阶级解放的大背景下，家庭问题、封建礼教依然对人产生了束缚作用，对于部分作家而言，它们还有着更强的现实性。正是在这样的背景下，人生问题表现出复杂性和多元性。如果我们进入这一时期作家的内心世界，左翼作家对于阶级压迫显得非常敏感，因为它们直接感受到了阶级的压迫。比如茅盾，在他开始文学创作的时候，正被国民党独裁政府通缉，对于个人前途和知识分子前途的关心成为其关心的主要问题。在"蚀"三部曲中，那些单纯热情的主人公，受过高等教育，有着远大抱负，但在为国家为人民的奔走呐喊中却陷入一次次的"幻灭"之中，中国知识分子的前途在哪里？茅盾自己也无法预知，但这却成为他走向"革命文学"创作的动力。不同于左翼作家，巴金和曹禺在此时感受到的不仅仅是政治压迫，家庭压迫对他们来说有着更深的体验，这让他们将目光投向了家庭对个人的压迫。而在这两种之外，一些性格内敛含蓄的作家，在感受到自我之后，如何突破情感表达的障碍，表达出内心丰富的情愫成为如戴望舒、何其芳、卞之琳等人的主要人生问题，这让他们开始了象征主义诗歌的试验。种种人生问题，性质不同，文学表象也不相同，但它们都是在"个人"被发现的基础上。同样的例子出现在40年代，这一时期虽然民族解放成为"个人"必须面对的重要人生问题，但沈从文在"乡下人"的立场上，对人性的探索；巴金在《憩园》和《寒夜》里，对中国文化和现实生存的关注；张爱玲在《传奇》里对沦陷区和现代都市文化下"人"的病态内心的揭示；赵树理在解放区对农民参与革命中"问题"的描写；丁玲在《我在霞村的日子》、《在医院中》对革命与个人矛盾问题的困惑，同样是这一时期"个人"对人生问题的探索。对人生问题的探索在解放后的文学也一直得到了延续，它成为中国"现代"文学的传统，推动着20世纪中国文学的发展。

在"个人"的基础上对人生问题的探索，使中国"现代"文学与文化虽然在"中"、"西"文化碰撞的总体格局中产生，但并没有遭遇到中西文化之间天然壁垒所造成的文化压力，因为对五四新文化运动的倡导者和推动者而言，他（她）们并不企图在中西文化之间作出某种选择而为中国创造出某种新的文化格局，而是以"人"为标尺进行文化批判和文化建设，他们的文化活动所开创的新文化和文学格局，只是他们在争取"个人"自由发展的过程中遗留下来的。所以，在五四时期，新文化运动人士的文化批判与文学接受之间并没有必然的对应关系：鲁迅对"国民性"的批判、对传统文化的批判并不是受到某种西方学说的影响，而是自身深刻的感知，否则他也不可能创作出阿Q、闰土、祥林嫂、爱姑这样的艺术形象；而且，在鲁迅进行文化批判的同时，他也没有试图从西方文化中接受某种文化模式来取代中国传统文化。同样，胡适在进行"文学改良"的时候，也不是因为认为西方文学优于中国文学，而是强烈地感受到中国文学与现代人生之间的隔膜，否则胡适也不会专门写作一本"白话文学史"，对传统文学进行重新评价。正是如此，用"中西文化阐述模式"来理解中国现代文学不仅不能进入到这种新生文学传统的自身逻辑，而且还会误解那些文学大师们的文化意图。

四

这里引出了一个相关的具体问题：晚清文学为什么不是中国现代文学的组成部分？

20世纪90年代，王德威《被压抑的现代性——晚清小说新论》在大陆出版传播之后，对大陆学界的中国"现代"文学研究产生了强烈的冲击。在这部著作中，五四新文学作为中国现代文学起点——这一大陆学术界颠扑不破的"公理"——首次被质疑，这也引起了大陆学界关于晚清文学的性质争论。其实，如果我们认识到中国现代文学发生在"个人"被发现的基础之上，关于晚清文学现代性的争论就不再那么扑朔迷离。

王德威之所以得出晚清文学"被压抑的现代性"的判断，关键在于他对于"现代性"进行了重新定义，并对大陆学界的"现代性"认知进行了批判：

文学现代性是否必须按照特定历史时间表依序进场候教？现代性是否可能有一种品牌、来源及出路？现代性的"意识"甚至意识形态是否有如神谕，只能由图腾式的作家或作品（或国家领导人或西方理论大师）说了算？还有文学的（形式）现代性是否需要社会、历史的（实践）现代性来决定？我们学界的一支一方面高谈"一切历史化"，一方面将文学史神话化，已是一种奇观。①

　　根据作者的意思，大陆学界将五四新文学作为中国"现代"文学的起点是出于一种观念（图腾式的作家作品或国家领导人或西方理论大师），是用"社会、历史现代性"来支配"文学现代性"的结果；如果学界能丰富对现代性的认识，中国"文学现代化"将是另外一副图景：

　　　　对我而言，中国作家对文学现代化的努力，未尝较西方为迟。这股跃跃欲试的冲动不始自五四，而发端于晚清。倘若晚清小说今天仍值得我们研读，那是因为它显示了彼时作者求新、求变的努力，是如何曾被自命现代、实则传统的读者所忽略……当晚清作者面对欧洲传统的同时，它们已然从事对中国多重传统的重塑。即便在欧洲，跻身"现代"的方式也是多重多样的，而当这些方式被引入中国时，它们与华夏本土的丰富传统杂糅对抗，注定会产生出更为"多重的现代性"。但这多重的现代性在五四期间反被压抑下来，以遵从某种单一的现代性。其原因自西方的文化垄断到中国的激烈的反传统主义，不一而足。②

　　王德威对晚清文学"被压抑的现代性"的发现，不仅是对晚清文学的价值重估，更是对整个中国"现代性"文学的再认识。思考现代以来中国文学的"新传统"，我们必须对晚清文学的"现代性"进行准确的定位：

---

① 王德威：《被压抑的现代性——晚清小说新论》，北京大学出版社 2005 年版，第 2 页。
② 同上书，第 9—10 页。

认识这种"现代性"认知的学理根据；对其"现代性"意义进行事实重估。只有如此，我们才可能够对现代中国文学新传统的形成有比较理性的认识。

王德威对晚清文学"被压抑的现代性"的认识，学理依据何在呢？笔者觉得有两个方面：首先是其对中国"文学现代化"发生场景的重新"想象"。在王德威看来："现代一词，众说纷纭。如果我们追根究底，以现代为一种自觉的求新求变意识，一种贵今薄古的创造策略"①；"现代性的生成不能化约为单一进化论，也无从预示其终极结果"②；而且，"即便在欧洲，跻身'现代'的方式也是多重多样的"。在这种文学史观念下，中国"文学现代化"的方式必然是多样的；文学史家也可以按照自己的方式"想象"中国"现代"文学史。从王德威理论的过程可以看出，他对中国"文学现代化"在认识不过是"新历史主义"与其丰富的"文学史想象"结合的产物。新历史主义在理论界的贡献在于否定了传统历史研究将历史本质化的缺陷，认为一切历史都不过是"叙述"，是当代人的"想象"。新历史主义改变了历史苛刻的面孔，让很多艺术家可以更自由地驰骋于历史的想象当中。王德威对"文学现代化"的想象的基础是"中西阐述模式"，在他看来，西方多元的现代性与中国接触之后，必然会在中国产生"多重"的现代性，然而事实真的如此吗？我们有必要进一步认识其对晚清文学的具体分析。

王德威对晚清文学"现代性"的分析，是用西方"现代性"和"后现代性"的文学范畴在中国文学上"演练"的结果。在王德威看来，晚清文学处处就激荡着"现代性"的火花：狎亵小说超越了古典情色小说的情色/感伤成规，开启了现代的颓废美学；狭义公案小说重塑了传统对法律正义与诗学正义的论述，表现出民间"狂欢化"的特质；谴责小说以文人游戏的精神开启了中国现代的"涕泪交零"；科幻小说则以无穷的想象开启了传统与西方科学思维的对话。然而，晚清文学在本质上具有这些西方

---

① 王德威：《被压抑的现代性——晚清小说新论》，北京大学出版社 2005 年版，第 5 页。
② 同上书，第 8 页。

范畴的精神内涵吗？笔者觉得不说是大打折扣，但也不可评头论足。

比如"戏谑"，在西方文学当中，它是一种现代主义文学成熟之后出现的文学技巧，如"荒诞派"文学、"黑色幽默"文学都不乏戏谑的描写，它表现了西方人对于"逻各斯"中心主义的反抗和背叛，具有深刻的思想内涵。但在中国文学传统中，戏谑却并不具有西方文学中的意义，它只是中国传统社会"文人游戏"中一种常用的游戏手段，中国传统叙事文学，基本每一部作品都被许多文人所续写。在清代，续写小说已经蔚然成风，出现了两种续写的方式，一种是仿造，作者刻意仿照原书，用原书的主要人物或者他们的后身，演绎出与原书相类似的故事情节，成为一部相类似的小说。比如，清初天花才子评的《后西游记》、清莲室主人的《后水浒传》，便是这类续书。另一种续书是作者假借原书的一些人物，另行结撰故事情节，内容、意蕴都与原书大为不同。清初丁耀亢的《续金瓶梅》，晚清小说中我佛山人的《新石头记》、俞万春的《荡寇志》，都属于这一类的续写。两种续写都具有"戏谑"的特征，而且它们中的优秀之作也对封建宗法思想进行了嘲讽和解构，如《后西游记》就嘲讽了封建社会的愚昧佞佛现象；《新石头记》就力图改变古典小说"才子佳人"的模式，但更多的"续写"则陷入诲淫诲盗的迷途，一部分作品，如《荡寇志》则直接站在封建正统思想之上，仇视《水浒传》中农民的反抗精神。所以，如果将"戏谑"作为晚清小说的"现代性"的证据，缺乏足够的说服力。再比如"启蒙"，作为五四新文学的典型特征之一，它代表了五四时期"人"的觉醒，但在晚清文学中，"启蒙"并不具有这样的特征。比如晚清新小说的代表作梁启超的《新中国未来记》，因为传达了维新思想，被认为"此篇论题，虽仅在革命论、非革命论两大端，但所征引者皆属政治上、生计上、历史上最新最确之学理。若潜心理会得透，又岂徒有益于争论而已。吾愿爱国志士，书万本、读万遍也"。[①] 但是，如果我们把《新中国未来记》与五四时期的小说如《呐喊》、《彷徨》比较，就会发现《新中国未

---

① 平等阁主人：《新小说》1902 年第 2 号，转引自陈平原、夏晓虹编《二十世纪中国小说理论资料》，北京大学出版社 1989 年版，第 39 页。

来记》虽然披着小说的外衣，但本质却是一篇自说自演的政论著作，"拿着一个问题，引出一条直线，驳来驳去，彼此往复到四十四次，合成一万六千言，文章能事，至是而极"。① 它虽然具有自觉的启蒙的特征，但丧失了文学必要的美感。归根结底，梁启超没有产生出现代性的人生体验，当然无法创作出新的现代性文学。

所以，王德威所感受到的"被压抑的现代性"只能说是"被阐释的现代性"，它的基础不是来自中国人真实的精神记录，而只是一件附加的理论外衣。但值得注意的是，王德威对晚清文学"现代性"的把握虽然有"过度阐释"的问题，但这一时期文学出现了"现代性"的因子也是不争的事实。为什么晚清文学不能作为中国"现代"文学的起点呢？这必须要回到"人"的立场上来回答。

相较于五四新文学，晚清文学的基础不是"个人"，而是"国民"和"市民"。"国民"是相对于传统"臣民"而言的概念。在封建社会，"天下"观念使能够进行文学创作的读书人天然将自己设定在"臣民"的位置上，他们自觉遵守封建社会为臣民设定的伦理纲常，因此即使有"个人痛苦"、"个人体验"，也都可以归类在"臣民"的集体体验中。在微观上来说，屈原、陶渊明、李白、杜甫、苏东坡等古典文学大师的文学风格、文学情感和个人遭遇各不相同，但在宏观上，他们的文学都可以整合在"臣民体验"的整体框架中，所集中的矛盾只不过在"入世"与"出世"、"儒"与"道"（释）、"忧患"与"淡泊"等人生体验中打转而已。"国民"的出现，打破了"臣民体验"的整体框架，近代知识分子可以在"国家"与"个人"、"权利"与"义务"等新的框架中思考人生，表达自己的人生体验。但是，没有"人"的发现，"国民"是一个机械而片面的概念，因为民族忧患，"国家"压倒"个人"、"义务"压倒"权利"，这最终使晚清文学的出发点是民族、国家、革命的需要，而不是个人的需要。所以，建立在"国民"基础上的晚清文学，感情慷慨激越但内涵过于单调，充满理

---

① 平等阁主人：《新小说》1902 年第 2 号，转引自陈平原、夏晓虹编《二十世纪中国小说理论资料》，北京大学出版社 1989 年版，第 38 页。

性精神但缺少个人体验，这样的文学创作当政治的热情消退之后，也就销声匿迹了。所以无怪乎，尽管有梁启超的文界革命，但桐城派散文、同光体诗歌反而牢牢占据了晚清文学的主流。

在"国民"意识之外，晚清时期城市文化的兴起，也助长了"市民"意识的成长。作为一个现代概念，"市民"对应的是农耕文化之上的"乡绅"（士）。"乡绅"的典型特征是对封建伦理纲常的坚决维护，比如《红楼梦》中的贾母、贾政；《家》中的高老太爷；《子夜》中吴老爷子，等等，都是乡绅的典型代表。"市民"作为现代都市出现后诞生的新型社会阶层，其生存基础已不是传统社会里的农耕经济，而是与现代都市同时出现的商品经济。在这种新型的生存方式下，市民阶层与封建伦理保持着一种暧昧的关系：一方面，商品经济催生的个人意识，使他们不自觉成为封建社会伦理的破坏者；另一方面，商品经济追求物质利益的特点，又使他们极力与现有社会制度和社会伦理达成妥协。因此，"市民"基础上的晚清通俗小说，打破了传统市民小说重教训不重娱乐的不足，表现出强烈的"世纪末的颓废"。对个人物质需要的满足，自然包含着对封建文化的叛离，晚清公案小说、狎亵小说、科幻小说的现代性意义也即在此。但是，没有"个人"的"市民"只会走向传统的残余，狎亵、黑幕和游戏，肉欲滚滚，低俗不堪，并没有西方文化中"颓废"所表现出的"多余人"、"在路上"的思考。所以，在五四新文化运动之后，中国人获得崭新的人生观，这种仅仅是肉欲上的颓废也就走向了消失。五四之后的"颓废"，如郁达夫小说、新感觉派小说、苏童的小说，等等，与晚清通俗小说不可同日而语。

第二节 突破"民族性"、"本土性"的神话

在"全球化"的浪潮下，"民族性"和"本土性"成为一个地区、国

家、族群必须面对的问题。也是在这样的背景下，中国"现代"文学相对于传统文学的变革性受到了空前的诘难，更有甚者以"民族性"为武器否定了中国"现代"文学的合法性。究竟应当如何面对"民族性"与中国新文学传统之间的矛盾呢？我想，首先我们必须认识到什么是"民族性"，"民族性"的本质是什么？在表面看来，"民族性"即民族文化之间的差异性。与其他民族的文化相比，中国文化的"民族性"很容易被理解为中国传统文化的种种特征，如古代汉语、传统价值观、传统哲学，传统艺术，等等，因为在整体上与外国文化进行比较，中国传统文化无疑更具有区别的清晰性。如果将这种"民族性"认知运用到中国"现代"文学当中，五四新文化运动开创的中国新文学传统无疑不具有民族性（至少民族性表现比较淡薄）。但是，单纯用文化比较方式得出的"民族性"并不具有充分的说服力：在宏观上进行文化比较，一个民族的文化往往被预设为一个静止的整体，由此得出的"民族性"特征并不能揭示出一个民族文化存在的变动性。在现实世界里，任何民族、地区的文化虽然在短期内虽然呈现出静态的稳定性，但只要这个民族和地区还充满活力，那么文化也必然会在不断创造中向前发展，因此一种民族文化的"民族性"也必然会有所变化。今天，我们把儒家文化理所当然地作为中国文化民族性的标志之一，但在"汉代"以前（包括在董仲舒刚刚实行"罢黜百家、独尊儒术"的时候），儒家文化能算是中国文化的民族性典型特征吗？显然不是。所以，单纯用文化比较方式得出的"民族性"，其实是并没有涉及"民族性"的本质，用它来指导"全球化"时代的文化发展只会让一个民族故步自封。

　　"民族性"的本质是文化的创造性，或者说是人的创造性。如果说"民族性"主要表现在文化差别上，那么文化差别的本质则是不同民族和地区的人进行文化创造的差异性。在先民时代，人类共同面临着生存问题，但不同的地理环境、气候特征使一个民族应对生存问题的具体方式并不相同，这也成为不同民族文化、民族性格和民族心理的基础。在今天的跨文化比较研究中，我们经常将古代文明分为海洋型文化、大陆型文化等，并把它作为揭示不同地域、种族文化差异的原因，正说明"民族性"

并非天然存在的客观现实，而是不同地区、民族的人在寻求生存发展中所面临问题的差异性造成的。所以，"民族性"的生成逻辑，应归结为以下序列：

　　地域差异 — 人生问题差异 — 文化创造差异 — 民族性的起源

　　当一个民族的民族文化、民族性格和民族心理开始出现之后，不同民族之间"人"的差异性就客观体现了出来。如果我们进入到文学的世界中，哈姆雷特关于"生存还是毁灭"的问题，浮士德关于个人幸福的探寻在中国传统文学中并不存在；同样，屈原关于"世人皆醉而吾独醒"的痛苦，范仲淹对于"先天下之忧而忧，后天下之乐而乐"的忧患在西方文学中也难以出现。这种文化的差异，不是因为地域造成的，而是因为民族文化、民族性格和民族心理出现之后，人所面临的人生问题、解决同一人生问题的方式的天然差异使然。这样，不同民族之间的文化创造的差异性就越来越明显，"民族性"也逐渐从模糊开始变得明朗。在这个过程中，"民族性"的出现逻辑又可以作如下概括：

　　民族文化基础的差异 — 人生问题的差异 — 文化创造的差异 — 民族性

　　在"民族性"出现过程中可以看出，民族性的本质是文化的创造性，而其根本是不同民族的人遭遇人生问题的差异。这也就说明：一个民族的"民族性"是民族内部成员在解决自身人生问题的过程中自然彰显出来的，只要这个民族的文化创造真实地建立在个体体验之上，他们所创造的文化就不可避免地打上了民族性的烙印。任何民族的"民族性"并不是静态不变的某些特征和准则，而是伴随着民族的发展不但丰富和变化的过程，因为一个民族在发展过程中，内部成员所面临的人生问题也会发生变化，因此他们所进行的文化创造不仅是独特的，而且是变化的。所以，虽然在"全球化"时代，"民族性"成为全球范围内共同关心的话题，但只要世界还需要发展，那么"民族性"就必然会建立在"创造性"之上。

　　由此来认识中国"现代"文化与文学，我认为"民族性"不应该也不能成为其发展的压力。在本质上讲，中国传统文化中所形成的"民族性"是古代中国人在解决自己面临的人生问题时创造出来的具有世代相传价值的文化结晶，比如汉字、文言、礼仪、价值观、表达习惯等。它们之所以能成为中国"民族性"的特征，一方面是因为它们是中国文化的基石（比如汉字，是中国文化在任何时代都不可能脱离的基础）；另一方面也与古代中国人的人生际遇有关。在古代中国，由于"个人"的独立价值观没有形成，"人"不能脱离传统而存在，因此古代人解决人生问题的最佳途径就是建构传统、丰富传统和优化传统，这使得传统在古代社会有着颠扑不破的位置，大多数的文化创造只会在传统之内进行缝缝补补，很难有人能够对传统进行大刀阔斧的改革。因此，在古代社会，传统与民族性是等同的。但是到了现代以后，"人"从传统中脱离了出来，个人面对的人生问题仅仅依靠传统已经很难解决，因此他们必须寻求新的解决人生问题的方式和办法。在这个过程中，也就创造了新的文化和文学。此时，这种新的文化和文学的民族性就不能用"传统文化"来衡量，而需要从新的角度进行梳理。同样，我们不能武断地否定这种文化的"民族性"，因为只要他们是建立在现实人生问题的基础上，就不可避免打上了民族的烙印，只是这种新的"民族性"还不太明显而已。

就"文学"而言，中国古典文学所形成的传统是古代中国人在表达自己人生体验时表现出来的文化共同性，但到了现代，"个人"观念的出现，使中国现代人感受到的人生体验与古代社会有了很大的差别，因此文学的形式和内容也就发生了剧变。下面，笔者通过中国现代文学的语言变革、文体形式变革和审美精神变革为例，说明个人体验的变化如何使中国古典文学传统在现代发生剧变，也说明用古典文学的民族性来约束和批判中国现代文学其实违背了文学发展的规律。

一

五四之际，中国文学最明显的变化是语言：现代白话文取代了文言文成为中国文学的载体，并始终不渝地被后世作家所坚持。如果以此来认识中国文学的新传统，它可以成为最显著、最本质的特色。而在很多现代语言学家看来，正是五四新文化倡导者歪打正着的一次举措，中国现代文化的转型才成为可能，因为"语言是文学的深层构成基础。文学转型最终可以归结为语言的转型"①。现代汉语的"现代性是构成新文学现代性的深层基础，正是新概念、新术语、新范畴、新话语方式包括新的文学概念、术语、范畴和话语方式，一句话，新的语言体系改变了文学的内容并从根本上改变了文学的艺术精神"②。也就是说，对五四新文学来说，语言改变是文学"新传统"能够建立的根本。

不能否认，语言改变对于文化转变有着本质的决定作用。在西方哲学发生"语言学转变"之后，语言在世界中的地位发生了天翻地覆的变化，"语言是存在之家"，"唯语言才使人能够成为那样一个作为人而存在的生命体。作为说话者，人才是人"。③ 在现代哲学家的眼里，人的本质（包括世界的本质）就是语言，"语言不只是人在世上的一种拥有物，而且人正是通过语言而拥有世界"④，语言与人的思维紧密地结合在一起，没有语言的裂变，也就不可能产生思维的裂变，更不可能出现文化的转型。这种情况，当代诗人任洪渊有着强烈的感受：

当王维把一轮　　落日

升到最圆的时候

长河再也长不出这个圆

黎明再也高不过这个圆

我的太阳能撞破这个圆吗

---

① 高玉：《现代汉语与中国现代文学》，中国社会科学出版社 2003 年版，第 53 页。

② 同上书，第 73 页。

③《海德格尔选集》，上海三联书店 1996 年版，第 314、981 页。

④ 涂纪亮：《伽达默尔》，《当代西方著名哲学家评传》（语言哲学），山东人民出版社 1996 年版，第 423 页。

我的黄河能涌过这个圆吗

文字　一个接一个

灿烂成智慧的黑洞

好比

恐

龙

庞大到吃掉世纪

也吃掉了自己

空洞为一个无物的

名词　活着的死亡

最虚无的存在

恐龙死绝后诞生的

名词　惊恐

害怕突然跌进它

吃着明天的口中①

的确，当人掉入语言的"黑洞"，就很难从中脱身而出；而一个正常人，从他（她）开始独立地认知世界，就不可避免地掉入到语言的"黑洞"当中。这是一个人间的悖论，因此也引发出一个新的问题：是什么因素推动了语言的变革？在我看来是"个人体验"。

至五四时期，文言文已经成为一种非常成熟的语言体系，其标志在于：它拥有的词汇、术语、概念不仅可以有效地指称现实物质世界，而且还可以充分地表现和描述传统中国人的精神体验和思维活动；并且，文言文的表达习惯和语法系统也与中国人的思维特征和逻辑习惯保持着天然的一致性，掌握了这种语言，也就掌握了传统文化的精髓，也就学会了传统

---

① 任洪渊：《文字一个接一个灿烂成智慧的黑洞》，《女娲的语言》，中国友谊出版社 1993 年版，第 5 页。

知识分子的思维方式。文言文的成熟标志着中华传统文明的成熟，但过于成熟的语言造成了文化发展的负担，由于文化的积累，文言文中的词汇包容了太多的文化内涵，比如"气"、"礼"、"仁"、"孝"、"道"，等等，以致很难再承担起表达新思想、新思维的重任；而且，即使这些词语被用来传达了新思想、新感受，受这些词语自身丰富内涵的制约，表达者的表达与接受者的接受都会受到严重的损害。近代时期，著名翻译家严复就遭遇到这个问题。

　　严复翻译的作品多数为今天所说的社科类图书，如《天演论》、《群己权界论》、《社会通诠》、《政治讲义》、《支那教案论》、《原富》、《穆勒名学》和《名学浅论》等。翻译社科类著作，译者面临最大的一个困难即跨文化间的语言文化差异，翻译时差之毫厘，其意义就谬之千里。严复本人对此也有深刻的感受："新理踵出，明目纷繁，索之中文，渺不可得，即有牵合，终嫌参差"[①]；"步步如上水船，用尽力气，不离旧处，遇理解奥衍之处，非三易稿，殆不可读。"[②] 在近代翻译家当中，严复属于出类拔萃的顶尖人物，他尚且如此，就可见语言差异造成表达困难的严重性。而在我看来，严复的痛苦在很大程度上也源于他是个优秀的翻译家，对于西方文化的烂熟，使他可以深切地体验到异域新思想的内涵，因此也就出现了用文言词难以表述的痛苦。而即便严复如此小心翼翼，他在翻译过程中因语言文化内涵差异而造成译文整体意义改变的例子仍比比皆是。

　　有研究者就严复译《社会通诠》与甄克思原文比较，发现因为语言文化内涵的差异，同一概念而造成理解的差异，实在不容小觑。以"国家"为例，在甄克思的原文中，"国家并非为了某个或某些小团体而设的，而是为全体而设的；其次，国家是自然生长出来的，不是人为制造的；再次，国家形式无好坏之分，只要是适合环境的，都是好的；最后，所有现代国家，不论其政体如何，其共同点是每个国家都

---

① 严复：《天演论·译例言》，《严复集》第五册，中华书局 1986 年版，第 1322 页。
② 严复：《与张元济书（二）》，《严复集》第三册，中华书局 1986 年版，第 527 页。

拥有主权。"① 甄克思的认识反映了西方国家思想在19世纪的成果。严复在翻译的过程中，因为受中国"天下"思想的影响，"（国家）已不是西方那种充满暴力的国家观念，所看到的更多是中国传统的'天下'国家的观念，在这种观念下，国家更多地承担了一份'人道'的使命，国家直接关系到'吾生'，关系到'养生送死之宁顺，身心品地之高卑'"。② 这与中国古代的天下国家思想传统是一致的。最终的结果，《社会通诠》把"近代西方国家观念中的'主权'观念与'领土'观念传达给中国读者，同时，在翻译过程中，严复又自觉或不自觉地把中国传统的'天下国家'巧妙地加入到译文之中，使得两种思想体系中最为精华的内容融合为一体"。③ 严复翻译的例子说明，在中西文化频繁交流、中国人已经开始接受西方新思想、新观念并产生出许多新思想、新体验的近代，文言文已经出现了内在的危机，这种危机对于认同传统文化的知识分子来说并不明显，但对于许多不满于传统文化、立志改造旧文化的人来说，必然是欲除之而后快的事情。胡适等掀起的白话文运动便是如此。

其实，在胡适等新文化运动倡导者掀起白话文运动之前，已经有知识分子开始意识到语言变革与中国社会和文学进化的紧密联系，并开始了文字变革的实践。早在1887年，黄遵宪就提出"言文合一"的主张："盖语言与文字离，则通文者少；语言与文字合，则通文者多：其势然也。"④ 之后，梁启超、裘廷梁等维新派人士从"开启民智"的角度出发，援引了黄遵宪的观点，认为"愚天下之具，莫文言若"；"智天下之具，莫白话若"⑤，并且将白话文运动从理论推向实践。维新运动前后，中国白话报刊如雨后春笋，竞相诞生，出现了如《演义白话报》、《无锡

---

① 王宪明：《语言、翻译与政治——严复译〈社会通诠〉研究》，北京大学出版社2005年版，第92—93页。
② 同上书，第93页。
③ 同上书，第100页。
④ 黄遵宪：《日本国志》卷三十三《学术志二》，广州：富文斋1890年（实际刊成约在1895年）。转引自夏晓虹、王风等《文学语言与文章体式——从晚清到"五四"》，安徽教育出版社2006年版，第8页。
⑤ 《中国官音白话报》（初名《无锡白话报》）第19、20合期，1898年8月。

白话报》、《杭州白话报》、《扬州白话报》、《苏州白话报》、《绍兴白话报》、《宁波白话报》、《上海新中国白话报》、《安徽俗话报》、《潮州白话报》、《江西新白话报》等，在 1897—1911 年间共计出现有 130 种。[①] 与白话报刊蓬勃发展相呼应，以近代白话文学实验也如火如荼，"三界"革命之后，出现了用白话创作的新小说、新散文、新派诗、新体诗。近代白话文运动虽然推动了近代中国的语言变革，但有着天然的缺陷，因为提倡者不是从生命感受的角度进行语言变革，所以不免留下许多问题：首先，他们提倡白话文，但并不完全否定文言文，特别是并不想全部用白话代替文言。当然，并非用白话完全取代文言就是绝对真理，但在近代的语言环境下，文言作为思想性的书面语，白话作为口头交流的工具性语言，如果不废止文言，白话就很难获得作为思想性文字的可能性。其次，他们把文学分成"雅"、"俗"两种，脱离口语的文言文是"雅"，用白话写成的白话文是"俗"；白话文的作用在于开启民智，宣传维新变法。这种做法在文学的领域内，使白话文仅仅作为文言文之外的补充，不可能独立地成为一种文学语言。再次，提倡白话文学的人也并不完全用白话进行创作，比如黄遵宪、梁启超等人都是如此。

概括起来，近代白话文运动的根本的缺陷有两点：第一，近代知识分子根深蒂固的"士大夫"意识。胡适曾经检讨近代国语运动时说："以前皆以国语为他们小老百姓的方便法门，但我们士大夫用不着的，至此始倡以国语作文学，打破他们与我们的区别。以前尚无人正式攻击古文，至此始明白宣言推翻古文。"[②] 这种传统文化心理决定了他们的语言选择，他们不可能抛弃文言优越地位，与普通老百姓共同使用一种语言，用一种方式思考和说话。第二，近代知识分子仅仅从工具的角度理解语言，没有认识到文字与生命的紧密联系。正是这个原因，他们无法意识到文言文的腐朽，也无法为白话文投注进自己的生命，最终使白话文学

[①] 据史和、姚福申、叶翠娣《中国近代报刊目录》（福建人民出版社 1991 年版）统计。

[②] 胡适：《国语运动与国语教育》，姜义华主编：《胡适学术文集·语言文字研究》，中华书局 1993 年版，第 306 页。

难以成长起来。

　　胡适等五四知识分子提倡的白话文运动，与近代白话文运动有本质的差别，最根本的表现在于胡适等五四知识分子对"个人"和"自我"的发现。首先，在胡适等知识分子的眼里，自己是一个普通的"个人"，与达官显贵、下里巴人没有本质差别，因此说话的方式、使用的语言应该是共通的。其次，胡适将语言与生命结合起来认识语言，饱含生命感受的文字就是"活文字"，没有生命感受的文字就是"死文字"。这种认识语言的角度，是此前所没有的。胡适在现代语言变革中的丰富思想，都可以在"死"、"活"二字当中发现秘密。

　　对于胡适的语言观，很多学者认为他依旧是在"语言工具论"角度上提倡白话文运动，这实在是对其莫大的误解。在笔者看来，当胡适提出文言是"死文字"，白话是"活文字"的时候，已经标志着其语言观与之前发生了本质的改变。胡适曾经专门撰文分析为什么文言是"死文字"而白话是"活文字"。他认为文言之所以退化，主要有四点原因：（1）文言达意表情的功用已减少至很低的程度了。禅门的语录，宋明理学家的语录，宋元以来的小说，——这种白话文学的发生便是文言久已不能达情表意的铁证。（2）至于记载过去的经验，文言更不够用。文言史书传记只能记一点极简略不完备的大概……我们若要知道某个时代社会生活的详细记录，只好向《红楼梦》和《儒林外史》一类的书中寻去。（3）至于教育这一层，这二十年的教育经验更可以证明文言的绝对不够用。（4）作为社会共同生活的媒介物，文言就更不中用了。[①] 从表面上看来，胡适仿佛都是从"语言工具论"的角度看待语言的生死问题，但如果完整理解胡适的意图，其实并不尽然。在这四个方面之中，胡适认为"文言已死"最常见的证据是第一点。胡适认为的"达意表情"包含了"达意"和"传情"两个方面，失去了任何一方面文字都没有生命：

---

　　① 　胡适：《国语文法概论》，姜义华主编：《胡适学术文集·语言文字研究》，第11—12页。

一切语言文字的作用在于达意表情；达意达得妙，表情表得好，便是文学。那些用死文言的人，有了意思，却须把这意思翻成几千年前的典故；有了感情，却把这感情译为几千年前的文言。明明是客子思家，他们须说"王粲登楼"、"仲宣作赋"；明明是送别，他们却须说"阳关三叠"，"一曲渭城"……更可笑的：明明是乡下老太婆说话，他们却要她打起唐宋八家的古文腔儿；明明是极下流的妓女说话，他们却要她打起胡天游洪亮吉的骈文调子！……请问这样做文章如何能达意表情呢？既不能达意，既不能表情，哪里还有文学呢？[①]

笔者个人认为，胡适的"达意"表现为"语言工具论"，也就是文字传递说话者意图的作用。而这方面，文言似乎并不具有必死的理由：文言用典虽然诘屈聱牙，但意图还是能够完整地表达出来，只是为一般大众所不能接受。也正是如此，维新派白话文运动不可能作出废除文言的选择。所以，胡适认为"文言必死"的真实依据是"传情"，不过，这里的传情并不简单是传递情感，而是赋予文字以生命，让说话者的生命感受字里行间的渗透到文字当中。我们可以对胡适的举例进行分析。单就"传情"而言，用"王粲登楼"、"仲宣作赋"表"客子之思"；用"阳关三叠"，"一曲渭城"表送别之情；用"唐宋八家的古文腔儿"代言乡下老太婆；用"胡天游洪亮吉的骈文调子"为妓女传情，也无不妥之处。只不过，在这个过程中知识分子用自己的语言代替了别人的语言，用自己的情感转化了别人的情感。胡适的不满就在这里，当"文言"成为"士大夫"的专利之后，就变成一种固定的腔调，让人的生命感受无法融入语言当中，妓女说话不像妓女，老太婆说话不像老太婆，这就是文字僵死的证据。所以胡适的语言观是将语言和生命捆绑在一起：在语言中透视生命，在生命中创造语言。胡适曾经举了一个例子说明白话文的"活"，从中更可以看出胡适

---

① 胡适：《建设的文学革命论》，姜义华主编：《胡适学术文集·新文学运动》，第43页。

的语言观：

> 赵老头回过身来，爬在街上，扑通扑通的磕了三个头。①

　　胡适认为这句话的美在于"达意"，其实，"达意"的内部又透着"传情"，体现出了说话者的"活"的生命："回过身来"、"爬在街上"、"扑通扑通"、"磕了三个头"，这每个细节都包含着多重可能性，编织在一起，就将阅读者带入了一个神秘的生命体内部，让读者的生命与说者的生命进行直观的对话。

　　所以，按照胡适对文字"死"、"活"的论述，胡适的语言观其实包含了工具、思想和诗性三个层面，其根本是将文字与生命合二为一，文字蕴含着使用者的生命，就是"活文字"，文字不能蕴涵使用者的生命，就是死文字。文言就是在这个意义上，被胡适判处了死刑。

　　那么什么是活文字呢？按照胡适自己的说法是"白话文"；现代学者高玉则认为白话文的概括不够准确，应该是"现代汉语"。我认为，这两种看法都不准确。在高玉看来，"现代汉语在形式上是白话，但它和古汉语中的白话有本质区别的，古代白话主要在工具层面上，而现代白话作为现代汉语的主体，具有强烈的现代思想性。这一点，胡适并没有把他们区别开来"。② 因此，高玉认为：在名目上看来，同样是"白话文运动"，晚清白话文运动因为在古代汉语的范畴之内，因此没有促成文化转型的发生；现代白话文运动因为有现代汉语作为基础，所以创建了现代文化传统。③ 这种看法从语言学的角度来说具有启发意义，但不太符合历史的实际。尽管，站在事后的立场上，"五四之后所形成的白话语言体系即现代汉语，本质上是一种欧化的语言"。④ "用白话文替代文言文的'正宗'地

---

① 胡适：《白话文言之优劣比较》，姜义华主编：《胡适学术文集·新文学运动》，第6页。
② 高玉：《现代汉语与中国现代文学》，中国社会科学出版社2003年版，第82页。
③ 参见高玉《现代汉语与中国现代文学》中重要观点。
④ 高玉：《现代汉语与中国现代文学》，中国社会科学出版社2003年版，第59页。

位，不仅是一个语言形式的革命，而且是一个创造新的语义系统的过程，其目的在于适应变迁了的现代社会心态以及与外部世界交流的需要。"① 而事实上，五四时期现代汉语并没有走向成熟，更难以说形成了欧化的语言体系。所以用现代汉语的思想性来解释胡适的"活文字"，尽管在现在看来精确无误，但在当时未必如此。

在我看来，胡适的"活文字"其实是以白话文为主体，以生命为依托，可以自主创造的一种语言。胡适对国语的论述，非常灵活，尽管他声称这种"活的文字"是白话文，但在《建设的文学革命论》中他又说："有了国语的文学，方才可有文学的国语。有了文学的国语，我们的国语才可算是真正国语。国语没有文学，便没有生命，便没有价值，便不能成立，便不能发达。""若要造国语，先须造国语的文学，有了国语的文学，自然有国语……真正有功效有势力的国语教科书便是国语的文学，便是国语的小说诗文戏本。国语小说诗文戏本通行之日，便是中国国语成立之时……中国将来的新文学用的白话，就是中国国语成立之时……中国将来的新文学用的白话，就是将来中国的标准国语。造将来白话文学的人，就是制定标准国语文学的人。"② 也就是说，"国语文学"和"文学国语"就如同鸡生蛋、蛋生鸡一样，不存在哪一样先创造出来，而是同时创造、同时成功、相辅相成、相互促进。这样，对现代文学的创造者而言，语言可谓"法无定法"，自己立法，自己遵守，唯一可以依据的便是生命，是体验，是自我。

胡适的"活文字"给了中国现代作家广阔的创造空间，文学大师们都以生命为底色，构筑起自己的语言世界，创造出个性十足的新语汇。桀骜不驯的鲁迅，语言文白相间、简洁冷峻，他创造出的新词汇如"死火"、"过客"、"无物之阵"、"黄金世界"……饱含哲理、意味深长；热情奔放的郭沫若，语言如排山倒海、波澜壮阔，经常使用的语汇，如"天狗"、

① 许纪霖、陈达凯主编：《中国现代化史》第1卷，上海三联书店1995年版，第311页。
② 胡适：《建设的文学革命论》，姜义华主编：《胡适学术文集·新文学运动》，中华书局1993年版，第41、44页。

"涅槃"、"女神"、"匪徒"，超越生死、天马行空，引人无限玄思；理性如周作人，语言娓娓道来、亲切质朴，他创造的"自己的园地"、"小河"、"梦"，如品茶清谈，品位高雅，余味无穷；孤僻的李金发，在语言上大量使用文言，将象征诗派的朦胧与文言词语的古奥相结合，拒人于千里之外，神秘如"弃妇"、"鸦羽"；清新的徐志摩，语言通透精致、飘摇舒缓，如翩翩君子，在漫天的雪花中飞扬、飞扬……应该说，正是现代汉语的不成熟，给予了中国现代作家自我走向成熟的机会，当他们的文学走向成熟，中国现代汉语也开始走向成熟，之后的作家再也难有将文学、语言、生命直接统一起来的机会。

理解了胡适"活文字"的意义，我们就能明白晚清白话文运动为什么不能创造出新文学的原因。问题的关键不是因为晚清白话文是纯工具性语言，不能给予作家进行文学变革的机遇和空间，而是因为文言的存在，白话文与作者的生命之间建立直接的联系。没有生命的文字当然无法建立起有生命的"活文学"，当然无法激活这种语言的诗性和美感，因此也就不具有创造"文学的国语和国语的文学"的机会。

在"文学的国语和国语的文学"出现之后，文言文就逐渐退出了历史的舞台，尽管在现代作家中，如李金发、废名、俞平伯等在行文上习惯吸收文言词汇，但这只是为了装饰自己的语言特色；再如鲁迅、钱博基、钱钟书等学者习惯用文言著书，但这只是为了古典文化整理的需要。[①] 文言与现代生命已经完全脱离了联系，无论我们如何怀旧，但它已经不可能代表民族性，更不可能代表现代性。

---

① 陈平原在《分裂的趣味和抵抗的立场——鲁迅的述学文体及其接受》（文学评论 2005 年第 5 期）中，专门讨论了鲁迅用文言作古典学术著作的深层原因，认为："倘若正文（白话）的质朴清新与引语（文言）之靡丽奇崛之间落差太大，作者与读者都会感觉不舒服。也许是耳濡目染，古书读多了，落笔为文必定趋于'雅健'；但也不排除作者意识到此中隔阂，借调整文体来填平鸿沟。因而，研究传统中国的文史学者，大都养成半文半白的述学文体。至于像鲁迅那样，干脆用白话文写小说、杂文，而用文言撰学术著作，并非绝无仅有。"其举例即钱钟书。又说："或许，在鲁迅看来，一个民族、一个时代的文学或学术精神，与其使用的文体血肉相连。换句话说，文学乃至学术的精微之处，不是借助，而是内在于文体。"在我看来，这或许是文言在现代的最大意义吧！

二

从理论上讲，语言之变必然导致文体之变，因为任何一种民族文学的文体特征都是建立在这个民族的语言特征之上。但对于现代汉语与现代文学而言，因为如胡适所说"文学的国语、国语的文学"，文学与语言呈相辅相成的推进之势，所以单纯从语言的角度理解中国现代文学文体建设史，就显得过于单薄。而在语言之外，中国人现代生命体验也是审视现代文学问题之变不可忽略的视角，正是中国人"自我"和"个人"意识的出现，他们不仅改变了语言，也改变了文章体式。为了更清晰地说明这个问题，下面的论述将以诗歌为中心，以小见大，说明这个问题。

"文体"是一个复杂的范畴，什么是文体？文体应该包含哪些局部的成分？中、西理论界都没有给出完全令人信服的说法。也正是这个原因，对文体变迁的描述和分析，不可能求全责备，只能根据不同文体的美学特点，归纳概括出具体的形式要素。中国古典诗歌在经历数千年发展历程后，在近代已形成了成熟的文体特征，概括起来包括三个方面：文言（语言）、用典（修辞）、格律（外形）。由于格律的差别，古典诗歌也分为绝句和律诗，五言、七言和杂言等不同的形式。古典诗歌形式的成熟，使其形式已经占据了"文学性"的重要部分：整齐的格律雍容典雅；深奥的典故含蓄朦胧；凝练的语言高贵精致，对创作者而言，只要他（她）能够掌握这种形式的特点，能够自如地控制格律、用典和文言，制造出符合古典诗歌形式特征的文字组合，他们也就创作出诗歌、创造出文学来。正是这个原因，古典诗歌发展到近代，过于成熟的文体特征就成为这种文体发展的壁垒：过度开发的文言形成了大量"滥词滥调"；无休止的用典掩盖了诗人的主观情绪；僵死的外形妨碍了诗人主观情感的抒发。古典诗词在近代的颓态，胡适后来曾有生动的描述：

> 做贯律诗之后，我才明白这种体裁是似难而实易的把戏；不必有

内容，不必有情绪，不必有意思，只要会变戏法，会搬运典故，会调音节，会对对子，就可以促成一首律诗。这种体裁最宜于做没有内容的应酬诗，无论是庭殿上应酬皇帝，或寄宿舍里送别朋友，把头摇几摇，想出了中间两联，凑上一头一尾，就是一首诗了；如果是限韵或和韵的诗，只消从韵脚上去着想，那就更容易了。大概律诗的体裁和步韵的方法所以不能废除，正因为这都是最方便的戏法。①

古典诗歌的文体与近代中国人体验的隔膜，是近代诗歌文体变革内在动因。最初对古典诗歌进行文体变革实验的是"新学诗"诗人。② 1895 年，梁启超、夏曾佑、谭嗣同在北京相遇，对于"旧学"的共同厌恶和对于"新学"的共同向往，使他们对于在"旧学"范畴中的"旧诗"表现出强烈的不满；同时，出于宣传新学的要求，使他们开始了"新学诗"的实验。所谓"新学诗"，也就是在古典诗歌中加入"新学"的词语和语汇，"盖当时所谓'新诗'，颇喜掎撷新名词以自表异。"③ 我们可以通过具体诗歌了解其文体特征：

> 冰期世界太清凉，洪水茫茫下土方。
> 巴别塔前分种教，人天从此感参商。④

> 滔滔孟夏逝如斯，亹亹文王鉴在兹。
> 帝杀黑龙才士隐，书蜚赤鸟太平迟。⑤

---

① 胡适：《四十自述》，欧阳哲生编：《胡适文集》第 1 集，北京大学出版社 1998 年版，第 87—88 页。

② 此处判断一是根据诗歌文体变化的情况而定，同时吸收了胡适、陈子展、钱基博、朱自清、郭延礼等先生的看法。朱自清在《论中国诗的出路》中说：近代第一期意识到中国诗该有新的出路的人要算是梁任公夏穗卿几位先生。他们提倡所谓"诗界革命"；他们一面在诗里装进他们的政治哲学，一面在诗里引进西籍中的典故，创造新的风格（清华大学《中国文学会月刊》第 1 卷第 4 期）。

③ 梁启超：《饮冰室诗话》，人民文学出版社 1982 年版。

④ 转引自《饮冰室诗话》，人民文学出版社 1982 年版。

⑤ 夏曾佑诗，转引自《饮冰室诗话》，人民文学出版社 1982 年版。

在两首诗中，出现了大量新名词，如冰期、洪水、巴别塔、黑龙等，但是这些新名词并没有完全融合进诗歌的整体当中，显得突兀、生僻，从而破坏了诗歌的意境。但即便如此，"新学诗"还是有力地冲击了古典诗体，新词语的出现改变了旧诗"用典"的策略。

在古典诗歌当中，"用典"是重要的抒情方式，借用典故，诗人可以不用直白明了地抒情，增加了诗歌的含蓄秀雅之美。但是，在古典诗歌漫长的发展过程中，在旧学范畴内对用典的过度开发，使诗歌呈现出俗套化、形式化的特征，从而限制了诗歌的发展。梁启超等人在诗歌中使用新词语，不是废除用典，而是改变了用典的范围："当时吾辈方沉醉于宗教，视数教主非与我辈同类者。崇拜迷信之极，乃至相约以作诗非经典语不用。所谓经典者，普指佛、孔、耶三教之经，故《新约》字面，络绎笔端焉……至今思之，诚可发笑。然亦彼时一段因缘也。"① 将经典的范围设定在佛、孔、耶三教之中，自然超出了一般诗歌接受者的知识储备和视野期待之外，诗歌也就产生了"陌生化"的效果。我觉得，"新学诗"对用典法则的破坏，在诗歌史上的意义在于，让诗歌与主体情感之间再度建立紧密联系，尽管"新学诗"的生僻让人难懂，但正是这种陌生化效果让读者开始思考作者的主观思想和情感，而不是一味停留在文字游戏的交流之中。

"新学诗"总体意义在于第一次旗帜鲜明地进行诗歌的文体实验，但其结果是失败的。梁启超后来这样评价"新学诗"："其语句则经子生涩语、佛典语、欧洲语杂用，颇错落可喜，然已不备诗家之资格。"② "复生本甚能诗者，然三十以后，鄙其前所作为旧学。晚年屡有作为，皆用此新体，甚自喜之。然已皆成七字句之语录，不甚肖诗矣。"③ 梁启超的评价十分中肯，新学诗只有新词语而没有新意境、新情感，新词语就无法融入诗

---

① 梁启超：《饮冰室诗话》，人民文学出版社 1982 年版，第 49 页。
② 梁启超：《夏威夷游记》，《饮冰室合集》（第 7 册之二十二），中华书局 1989 年版，第 189 页。
③ 同上书，第 190 页。

中，自然就"不备诗家之资格"。

"新学诗"失败的根本原因在于：诗人虽然在诗歌中增加了新语汇，但因为没有新体验、新意境为依托，使诗歌变得艰涩难读，因此也就失去了文学性。"新学诗"的弊病在黄遵宪的"新派诗"中得到了很好的解决。作为"诗界革命"中的代表人物，黄遵宪与"新学诗"作者不同，他对"旧学"和"旧诗"的不满，对"新学"和"新派诗"的提倡，不是建立在学问之上，而是长期周游列国而产生的深刻体验。黄遵宪堪称近代最伟大的诗人，他的诗歌中处处可见自发产生的现代情感，如这首《八月十五日太平洋舟上望月作歌》（录取前半部分）：

> 茫茫东海波连天，天边大月光团圆。送人夜夜照船尾，今昔倍放清光妍。
>
> 一舟而外无寸地，上者青天下黑水。登程见月四回明，归舟已历三千里。
>
> 大千世界共此月，世人不共中秋节；泰西纪历二千年，只作寻常数圆缺。
>
> 舟师捧盘登舵楼，船与天汉共西流。虬髯高歌碧眼醉，异方乐祇增人愁。
>
> 此外同舟下床客，梦中暂免供人役；沉沉千蚁趋黑甜，交臂横肱睡狼藉。
>
> 鱼龙悄悄夜三更，波平如镜风无声。一轮悬空一轮转，徘徊独作巡檐行。
>
> 我随船去月随身，月不离我情倍亲；汪洋东海不知几万里，今夕之夕唯我与尔对影成三人……

这首诗的主题和意境很自然让我们联想到古典诗歌名篇《春江花月夜》，但同为海上望月，这首诗歌却有着更强烈的空间意识（现代意识）。《春江花月夜》表现了典型的中国传统诗歌的空间感受：天地二分。对张若虚而言，这个世界就是由天与地组成，天是混沌的，因此对人而言，它是统一的；地即天下，虽然地域阻隔并不能达到对人而言的统一，但在作家的心理上，普天之下，莫非王土，也是统一的。《春江花月夜》的时空观成就了其古典诗歌经典的地位，在天地之间的一个封闭整体里，作家因此自由地跨越时空："江畔何人初见月？江月何年初照人？人生代代无穷已，江月年年只相似。不知江月待何人，但见长江送流水。"由此也就产生了"子在川上曰，逝者如斯夫"的古典人生哲思，将古典文学的智性发挥到极致。另一方面，在同一时空下，"谁家今夜扁舟子，何处相思明月楼"？诗歌也将因为地域阻隔而产生的孤独感与农耕文化下的思乡（思亲）主题，自由地抒发了出来。在古典空间感受下，对时间的丰富体验，对孤独感的真实抒发，让《春江花月夜》成为古典诗歌一个无法超越的高度。《八月十五日太平洋舟上望月作歌》的"新"就在于出现了丰富的空间体验，当"东海"取代了"海"成为诗歌意象，天地混沌的诗意空间就消失了，一轮圆月之下，本来可以自然进入思亲、思乡、思念的主题，但是"大千世界共此月，世人不共中秋节"，传统情感已经无法自由地抒发，代之而起的是对于中西文化分离的强烈感受（泰西纪历二千年，只作寻常数圆缺）和眼前的现实（舟师捧盘登舵楼，船与天汉共西流）。也正是这种空间感受的变化，"民族"就不再是一个生僻的名词，而是一种现实感受。同时，在诗的后半部分，空间意识的出现也让作者开始出现朦胧的"自我意识"：作者发现，不仅中西方文化存在差异，人与人之间也存在着很大的不同。"虬髯高歌碧眼醉，异方乐祇增人愁。此外同舟下床客，梦中暂免供人役；沉沉千蚁趋黑甜，交臂横肱睡狼藉。"这里就出现了三种人：洋人（虬髯）、平民（下床客）和诗人：洋人的狂欢让诗人烦恼；平民的可怜让诗人同情，他们各自不同的命运和不同的生存状态，不由得让我们疑问大千世界真的能够共此月吗？今人与古人能够共此月吗？答案是显然的，共此月不过是古典诗人一厢情愿的想象罢了。在这样的人生感怀上，当诗人在夜半三更无法入眠，独自徘徊在客轮，思念家乡、感受孤独，其"对影成三人"与李白的对影成三人，岂可同日而语！

再如抒发现代科技手段（火车、电报、照相）对传统情感造成的冲击的《今别离》（之一）：

> 别肠转如轮，一刻即万周。眼见双轮驰，益增中心忧。
> 古亦有山川，古亦有车舟，车舟载离别，行止犹自由。
> 今日舟与车，并力生离愁。明知须臾景，不许稍绸缪，
> 钟声一及时，顷刻不少留。虽有万钧柁，动如绕指柔。
> 岂无打头风，亦不畏石尤。送者未及返，君在天尽头，
> 望影倏不见，烟波杳悠悠。去矣一何速，归定留滞不？
> 所愿君归时，快乘轻气球。

《今别离》共四首，此处节录为第一首，写火车的出现对中国传统别情造成的影响。通观全诗，虽题名为"别离"，并以"离情别绪"开篇，但主体部分却是抒写火车出现为"别离"注入的新感受："明知须臾景，不许稍绸缪，钟声一及时，顷刻不少留。""送者未及返，君在天尽头，望影倏不见，烟波杳悠悠。"概括起来，"火车"的出现，打破了传统"别离"的场景想象，没有"十里长亭"、"古道西风"，更不可能"缠缠绵绵"、"举杯吟诗"，有的只是机械的等车时间、迅雷不及掩耳的离别速度，所以诗人称之为"今别离"。"今别离"不同于"别离"，这正是黄遵宪诗歌与古典诗歌的本质差别。

黄遵宪诗歌的"新意境"，其实就是"旧意境"在近代被现实破坏的事实。火车、轮船、国家等新事物的出现，让黄遵宪不可能视而不见，回转到古典意境忘却现实，当他把新事物对旧意境的冲击如实地描述出来，新意境也就产生了。所以，在黄遵宪的诗中，"新词语"与"新意境"之间是相得益彰的关系，正是新词语的烘托，诗歌的新意境才得以出现；也因为新意境，新词语可以与旧风格融于一体，实质性地推动了诗歌文体的

发展。① 黄遵宪诗歌创作的成功，为"诗界革命"的发生和推广奠定了坚实的基础；黄遵宪的诗歌经验，也成为诗界革命的纲领："第一要新意境，第二要新语句，而又须以古人之风格入之，然后成其为诗。"② 但值得注意的是，虽然在黄遵宪初期的创作当中，"新意境"与"旧风格"达到统一，并因此获得艺术的张力，但在本质上"新意境"与"旧风格"之间存在着本质的矛盾，"新意境"建立在新事物、新体验之上，而旧风格则只适合表达旧意境，黄遵宪可以暂时将它们统一起来，但绝不可能在此走出诗歌的新路。③"诗界革命"的本质缺陷也在这里。

正是因为"新意境"与"旧风格"的矛盾，黄遵宪在晚年开始了诗体改造，提倡并开创了一种新诗体——"杂歌谣"。所谓"杂歌谣"，即在借鉴民歌、弹词等形式创造的一种新诗体，黄遵宪认为：报中有韵之文自不可少，然吾以为不必仿白香山之《新乐府》、尤西堂之《民史乐府》……当斟酌于弹词、粤讴之间，句或三或九，或七或五，或长或短，或壮如《陇上陈安》，或丽如《河中莫愁》，或浓于《焦仲卿妻》，或古如《成相篇》，或俳如《俳伎辞》，易乐府之名而为"杂歌谣"，弃史籍而采近事。至于题目，如梁园客之得官，京兆尹之禁报，大宰相之求婚，奄人子之纳职，候选道之贡物，皆绝好题目也，也固非仆之所能为，公试与能者商之。吾意海内名流，必有迭起而投稿者矣。④ 可见，"杂歌谣"的对旧风格的突破是全面性的，在黄遵宪实践作品《军歌》24 题、《幼稚园上学歌》10 章、《小学校学生相和歌》19 章问世之后，梁启超评价说："其精神之

---

① 在黄遵宪的诗歌当中，新名词并不多，因为每一个新名词，都可能使他创作出一首新的诗歌来。所以，黄遵宪的诗不是广泛采用新名词，而是细致地解读出新名词带给现代人的情感变化。这也是"新派诗"与"新学诗"的根本区别。

② 梁启超：《夏威夷游记》，《饮冰室合集》（第 7 册之二十二），中华书局 1989 年版，第189—191 页。

③ 黄遵宪"新意境"与"旧风格"的统一是以向"旧风格"让步而得来，为了达成这样的妥协，黄的晚年逐渐向宋诗派靠拢，曾对曾三立表示："天假以年，必当敛才就范，更有进益也。"（胡先骕《评胡适五十年来中国之文学》）所以，在旧风格中创新，为了保证旧风格的完整性，必然会牺牲新意境，最终走向复古的道路。不过，黄遵宪最终走向了诗体改革的道路。

④ 黄遵宪：《壬寅八月二十八日与梁任公书》，载钱仲联《人境庐诗草笺注》下册，上海古籍出版社 1981 年版，第 1245—1246 页。

雄壮活泼、沉浑深远不必论，即文藻亦二千年所未有也。诗界革命之能事至斯而极矣。"①

黄遵宪的"杂歌谣"是诗歌发展的必然要求，早在此之前，就有通俗化的"歌词"已经成为一种风尚，"'新体诗'（杂歌谣）实际就是新式的通俗歌词，形式比较自由解放，语言也比较通俗流畅"。为了更清楚地了解这种新诗体，我们以蒋智由《奴才好》和沈心工《体操》为例说明：

> 奴才好，奴才好，勿管内政与外交，大家鼓里且睡觉。古来有句常言道，臣当忠、子当孝，大家切勿胡乱闹。满洲入关两百年，我的奴才做惯了。他的江山他的财，他要分人听到好……奴才好，奴才乐，奴才到处皆为家，何必保种与保国。

> 男儿第一志气高，年纪不妨小。哥哥弟弟手相招，来做兵队操。//兵官拿着指挥刀，小兵放枪炮。龙旗一面飘飘，铜鼓咚咚咚咚敲。//一操再操日日操，操到身体好。将来打仗立功劳，男儿志气高。

两首作品，《奴才好》更近于民谣，《体操》则是当时的歌词，它们共同的特点在于打破了古典诗歌的严格戒律：语言采用白话，直接抒情，不引经据典，不讲究格律。可以说，这种诗歌已经具备了白话诗的先决条件，脱离了古典诗歌形式的束缚，也正是如此，有学者指出新诗的诞生应该以"学堂乐歌"为源头。②

"新体诗"的优势在于与"新意境"直接融合，诗人传播新思想、表达新感受完全不必受到旧风格的限制；而且，"新体诗"创作的前提即新思想、新感受，如果没有这些作为基础，几乎无从进行创作，这对于作者自身也起到了进化的作用。但是，"新体诗"也存在着难以克服的弊病：因为"歌谣"和"歌词"的形式，决定了它通俗有余而深刻不足；大众有

---

① 梁启超：《饮冰室诗话》，人民文学出版社 1959 年版，第 43 页。
② 傅宗洪：《学堂乐歌与中国诗歌的现代转型》，《中国现代文学研究丛刊》2006 年第 6 期。

余而个性不足，为了宣传新思想、为了大众化，作者往往湮没了自己，因此诗歌也就失去了作者独到的生命感受。没有个人体验作为基础，"新体诗"也就不可能具有长久的生命力，它被胡适等人开创的白话诗所取代是必然的趋势；而因为没有个体生命体验，其性质也只能属于近代，不可能作为现代新诗的开端。

从文体的角度而言，对古典诗歌的"破"在近代已经完成，胡适对新诗的"尝试"重要的意义在于"建"。同样以"白话"作诗，同样不能摆脱"旧风格"的束缚，胡适的"打油诗"与近代"新体诗"不同，其语言与作者的生命体验结合在一起，其寻找的诗意更注重个人体验的微妙性。以胡适在美国期间创作的"打油诗"两首为例：

> 两只黄蝴蝶，双双飞上天。不知为什么，一只忽飞还。
> 剩下那一个，孤单怪可怜；也无心上天，天上太孤单。

> 痴
> 适之
> 勿读书
> 香烟一支
> 单作白话诗
> 说时快，做时迟
> 一作就是三小时！

这两首诗与"新体诗"的最大不同，就在于它们没有弘扬新思想，有的只是诗人童心未泯的趣味。第一首诗《蝴蝶》，如果单看前六句，简直没有什么意思，纯粹是自然界现象的客观描摹，只能算是"童谣"一类的作品，但有了后两句，整个诗的意境就大为改观："也无心上天，天上太孤单"，对天的否定，正是出于对"人"的发现；赋予蝴蝶以心理世界，体现了现代人拥有"自我"之后对人生的自主选择。感悟到这一层之后，回头全诗，诗中每一句话的背后都包含着诗人"生命"的痕迹：好奇、纯真、力图用生命与世界交流，这正是诗人发现了"个人"之后，所表现出来的特征。再看第二首诗，胡适创造的"宝塔诗"已不再如同近代诗人单纯为了摆脱"旧诗"的形式束缚，而是根据白话文语言诗性的特点，自主实验白话诗歌的文体。与近代"歌词"相比，胡适这首"宝塔诗"显得个性十足，语言、情感与形式融于一体。全诗以"痴"开篇，依次递进，都为了说明这种"痴"的特征，这个过程就如同儿童垒积木，屏住呼吸，小心翼翼，一块一块往上码。到了倒数第二句，诗人突然放缓了语气："说时快，做时迟"，递进关系结束了，接着就出现了转折："一作就是三小时！"情感陡然增加，作者的顿悟让读者对诗人的"痴"产生新的认识，就如同儿童所垒积木到一定高度之后，开始摇晃，此时是儿童最担心的时候，但也是最兴奋的时候，最后，积木轰然倒塌，儿童感受到游戏最大的快感。

这就是胡适打油诗的魅力！他将现代情感与现代汉语、新形式融为一体，使新诗自诞生之日就与中国人的精神气脉紧密相连：新诗的发展也就是中国人现代体验的丰富；新诗的成熟也就是中国人走向成熟。正是这个原因，黄遵宪、梁启超、蒋智由等"诗界革命"的诗人可以称为最后的古典诗人，而胡适则是最早的现代诗人。在胡适创造出饱含现代人生命体验的现代新诗之后，古典诗歌正式离开了历史的舞台，它在现代存在，不是作为现代新诗的补充，而是过渡时期文人的旧趣味、旧情调。关于这一点，周策纵先生有精彩的论述，将之放在结尾，定可增进读者对现代旧体诗的认识：

> 自民初新文学运动兴起以来，国人论述当代中国诗者，多不举旧体诗词之创作，似从兹以降，旧诗已无诗人可言。此自不为无故，盖古典语言往往有足以畅达近代新事物之境况，与近代人复杂之情感者，且高才俊彦，已群鹜新体，而专为旧体诗词者多无创新之意境，于是述进六十年中国诗史者，恒不计旧体诗词。然此时才俊之士已有

他成就者，又往往于旧体仍优为之，其声名既先已彪炳于新文学、新学术、新政治或新事物，故其旧体诗词之得以流传，恍若仅因他而致，而于其诗词本身之真价值则无与焉。[1]

三

关于中国古典美学与现代美学的比较研究，自"现代"以来已取得辉煌的成就，中国现代文学建设的过程和整个中国现代文学研究都是为了说明"现代"与"古典"的差别，因此笼统地阐述中国文学的审美之变，无疑是将自己置于茫茫旷野，似乎处处皆是路径，又似乎无路可走。在本小节，笔者只想就一些现代文学中带有明显古典审美趣味的作家和作品，比较它们与其同类古典文学作品之间的本质差别，进而可以看出现代中国文学审美之变的本质，希望能在更深层次上认识到中国现代文学的"民族性"。

宗白华先生曾经就画探讨了中西"心灵"的差别，对于我们认识中国现代文学的审美之变非常有启示意义：

> 有人于融合中、西画法于一张画面的，结果无不失败，因为没有注意这宇宙立场的不同。清代的郎世宁、现代的陶冷月就是个例子（西洋印象画乃是写个人主观立场的印象，表现派是主观幻想情感的表现，而中国是客观的自然生命，不能混为一谈）。中国画中不是没有作家个性的表现，他的心灵特征是早已全部化在笔墨里面。有时亦或寄托于一二人物，浑然坐忘于山水中间，如树如石如水如云，是大自然的一体。[2]

---

[1] 转引自胡迎建《民国旧体史诗稿》，江西人民出版社 2005 年版，第 4 页。

[2] 宗白华：《介绍两本关于中国画学的书并论中国的绘画》，《艺境》，北京大学出版社 1987 年版，第 83 页。

这段话中，括弧内的部分非常有启发意义。中西绘画（还有诗歌和哲学）虽然在形式上表现出更多的相通之处，但各自文化立场有本质的差别，西方绘画坚定地站在"个人"的立场之上，而中国古典绘画的根基则是"天人合一"。中国现代文学与西方艺术在立场上有很大的相似性。在中国现代文学中，出现了很多具有古典情愫的作家，如周作人、废名、俞平伯、徐志摩、林徽因、林语堂、梁实秋、沈从文、张爱玲、孙犁、汪曾祺，等等，如果注意到"古典"的内在丰富性，具有这种特质的作家会更多。但是，尽管这些作家在审美情调上趋向古典，但由于"个人"出现，其审美本质也发生了变化。

沈从文在中国现代文学中属于古典情调浓厚且文学成就显赫的代表人物，他的《边城》如一首恬淡的田园诗，让现代人重温了一个古典主义的梦。

> 由四川过湖南去，靠东有一条官路。这官路将近湘西边境到了一个地方名为"茶峒"的小山城时，有一小溪，溪边有座白色小塔，塔下住了一户单独的人家。这人家只一个老人，一个女孩子，一只黄狗。

小说开篇营造的场景正是古典式的"田园"理想的现代重现：它远离尘嚣（位于省与省的交界地区；是一座小县城）、恬淡自然（一小溪、一白塔、一户人家，一个老人，一个女孩子，一只黄狗）、风景秀美（有溪有塔）、富有情趣（有人有狗），让人自然联想到诸如"柴门闻犬吠，风雪夜归人"；"只在此山中，云深不知处"；"借问酒家何处有，牧童遥指杏花村"等田园诗中的古典意境。这样的场景在《边城》中比比皆是，它所体现的正是古典美学的"天人合一"理想。

《边城》的古典色彩还表现在人物塑造上，沈从文企图构筑的"人性的小庙"，其实正是"天人合一"之后出现的"自然之子"，如翠翠、爷爷、杨老兵等，生长在自然之间，"清水出芙蓉，天然去雕饰"，没有丝毫现代社会里的压抑和病态，更不用说异化了。小说中的人情美和人性美都是由这些"自然之子"天然编织出来的：翠翠的心事、爷爷的担心、误会的爱情，痴情的山歌、悲剧的结尾，仿佛自然流淌而出，不事雕琢，所以余味无穷。

但是，如果我们对《边城》进行形态学分析，其传统审美仅仅存在于小说场景和人物塑造等次单元上，小说的主题、情节叙事并不具有这种美学特质。《边城》情节所展示的，恰恰是"天人合一"如何被打破的过程。与古典"田园"诗歌的在天人合一中的怡然自得不同，《边城》给人的整体感觉是焦虑：老人、少女和黄狗的恬淡和谐在小说中隐含着强烈的不稳定性和不安全感：这个组合形成本来就是一个"现代悲剧"的结果（翠翠父母的爱情悲剧）；并且这种组合存在着随时可能破碎的危险和焦虑：爷爷担心翠翠出嫁，翠翠担心爷爷死去（但这本身却是必然的趋势）；翠翠的爱情出现了麻烦（重蹈父母悲剧的危险），爷爷为此焦虑不堪（酝酿着新的悲剧）；爷爷非自然的死去（打破了田园理想的和谐性），翠翠的爱情没有了下文（回到了现实）。最终，梦幻般的"边城"由"童话"回到人间悲剧，由一曲田园牧歌变成了悲伤的咏叹调。"焦虑"和"悲剧"的出现，让《边城》成为"现代"小说而不是"古典"小说：它并没有完全贯彻"天人合一"理想，而是将其作为被审视的"他者"，作为小说元素，主宰全篇的是作者在个人立场上对现实的深刻体察和思考。

《边城》与古典田园诗在美学思想上的差别，归根究底在于出现了"个人"意识。在古典田园诗人的眼里，"田园"、"天人合一"是人间至境，是坚定的信仰，诗人们能够完全沉入其中，享受这种人生至境的快感和乐趣。沈从文则不同，他对于"湘西"、"自然之子"、"完美人性"的发现在他步入都市之后，都市的人性压抑、社会病态让他对于乡村和古典产生了"怀旧"的情愫。他笔下的"边城"是缘于怀旧而"净化"了的"乡村"，排斥"现代"而有意营造的"古典"，所以，作家对于"古典"并没有坚定的信仰，而是聊以自慰的一瞥，他不可能完全沉浸于这种理想，而更多是对这种理想在现代不可能实现的深深惋惜。

"天人合一"理想在小说中的完美表现是古典名著《红楼梦》。《红楼梦》的天人合一不是停留在场景、人物塑造（在这些方面，《红楼梦》还不如《边城》更有"天人合一"的精神），而是出现在叙事结构和情节设置上：《红楼梦》开篇对"女娲补天"、"太虚幻境"的设置，让贾府与大观园的悲欢离合都被带上了"梦幻"的特征，最终，它让这部看似现实主义的巨制最终呈现出"庄周梦蝶"的艺术效果：非真非幻、物我不分、真假难辨，进而实现了更高层次的"天人合一"。

在现代作家作品中，张爱玲的小说对《红楼梦》叙事结构的学习和承继最为突出。张爱玲将其小说结集为《传奇》，而其基本内容却是现代都市里传统家庭中的家长里短和市井小事，两者之间形成互相解构的力量（"传奇"的非现实性与其内容的现实性）正如《红楼梦》中"梦"与现实的解构关系异曲同工，所形成的正是亦真亦幻、似梦似醒的艺术效果。但是，《传奇》与《红楼梦》也存在明显的差别，《红楼梦》非真非幻的落脚点在于"幻"，所谓"色即是空"，重点在于"空"，如宗白华对中国美学的概括一样："中国人感到这宇宙的深处是无形无色的虚空，而这虚空却是万物的源泉，万物的根本，生生不已的创造力。""中国画则在一片空白上随意布放几个人物，不知是人物在空间，还是空间因人物而显，人与空间，融成一片，俱是无尽的气韵生动。"① 《红楼梦》所要表达的本质是"虚空"，现实世界不过是为了衬托出这种"虚空"而已。《传奇》亦真亦幻的落脚点在于"真"。虽然在张爱玲的笔下，"真"的内核里是无穷无尽的"假"，从而导致出由真入幻的艺术效果，但她所表现的世界是现实的世界，其所表现的"幻"也是现代社会里"真"的现状和表象。如《倾城之恋》中范秋柳与白流苏的爱情，几经波折，终于在一座城市沦陷的时候修成正果，是真是假，是现实还是传奇，让人欷歔不已，但它却是不折不

---

① 宗白华：《介绍两本关于中国画学的书并论中国的绘画》，《艺境》，北京大学出版社 1987 年版，第 83 页。

扣的现实。

《传奇》与《红楼梦》的差别正是作家在人生观上"有我"与"无我"的差别，《红楼梦》是"无我"的，所以虽然作者阅尽人间春色，饱堪人间冷暖，但他最终能够回到"空"的立场之上，洗尽铅华、物我两忘。《传奇》则是"有我"的，所以当作者将一切如真似假的故事讲述出来时，不是为了衬托"空"，而是告诉我们这个现实世界的本质。也正是如此，《红楼梦》与《传奇》的艺术效果是不一样的：《红楼梦》让人玄思，而《传奇》让人刺痛；《红楼梦》在悲剧中实现了"大团圆"，而《传奇》则常常在"大团圆"中表现出更强烈的悲剧性。

总结起来，古典美学在中国现代文学中的出现，其实只出现在细节和末枝之上，用现代流行的话说：在现代社会只有古典美学的"碎片"，而没有古典美学的"整体"，现代文学的根本是建立在个人对于社会问题的感知之上。

古典美学为什么能够在现代出现呢？我觉得源于一种文人"趣味"和"理想"。中国现代作家（特别是第一代作家），大多数都有着深厚的传统文学（文化）修养，而且缘于一个民族的"集体无意识"，使他（她）们常常会出现传统审美需要，这促使传统美学理想在现代并没有（也不可能）消失和消亡，并时时迸发出其生生不息的生命力。比如，中国现代新文学作家大多数有写旧诗的习惯和爱好；新文学发生期出现了周作人、废名、俞平伯一派带有古典趣味的作家和作品等现象都说明传统美学理想在现代有着存在的合法性和必要性，但这并不表明传统美学可以作为中国现代文学"民族性"的表现。喜好写旧诗的朱自清在其诗集《犹贤博弈斋诗钞》自序中写道："惟是中年忧患，不无危苦之词；偏意幽玄，遂多戏论之粪，未堪相赠，只可自画蚓涂鸦，题签入笥，敢云敝帚之珍，犹贤博弈之玩云尔。"[①] 朱自清自认为写旧诗的原因，不过是"偏意幽玄"、"戏论之粪"，说白了是一种爱好和趣味。所以，诗人虽然写旧诗，但从不公开发

---

① 转引自陈平原《分裂的趣味和抵抗的立场——鲁迅的学述文体及其接受》，《文学评论》2005 年第 5 期。

表，更可见作者对这种做派的自我认知。朱自清的话当然可以看做是站在新文学立场上对"旧文学"、"旧趣味"的认识，从文学实际看，传统审美可以成为现代美学有机的组成部分之一吗？30年代现代派诗人的诗歌实验，可作为一个重要考察对象。

30年代现代派诗歌重要的诗学追求便是"化古与化欧"结合，其代表诗人如卞之琳、何其芳、戴望舒等企图将古典诗歌的意境与象征诗派的朦胧结合起来，从而使古典美学理想摆脱在现代仅仅作为"趣味"的狭小空间。他们有很多作品可以说取得了成功，如卞之琳的《断章》：

> 你站在桥上看风景，
> 看风景的人在楼上看你。
>
> 明月装饰了你的窗子，
> 你装饰了别人的梦。

这首诗有着中国古典诗歌的意境：四句当中，诗人似乎一直"缺席"又似乎无处"不在"，作者在说明一个真相，也故意将自己隐藏起来，从而使四个场景交相辉映，"意境"产生了；同时，这首诗有着象征诗歌的"间离"效果，透出智性的色彩。"你站在桥上看风景，看风景的人在楼上看你。"到底谁在看，谁在被看；谁是"风景"，谁是"看风景的人"，无法说清楚。另一句"明月装饰了你的窗子，你装饰了别人的梦"。谁是主体，谁是客体，也无法说清楚。两种诗歌艺术的巧妙结合，成就了这首诗的独特性。

但是，如同宗白华对中西绘画不可交融的评价一样，诗歌的中西交融也存在巨大的危机，当卞之琳在时空玄想中发现中西诗学合璧的可能性，他也就陷入玄思不能自拔。卞之琳30年代所写的现代诗歌，大多数都是在时空相对中打转，这样固然可以增加诗歌的"智性"（哲性）和朦胧感，但陷入期间也就使诗歌显得刻意雕琢，就如同其诗集和诗歌的题名一样：

音尘、圆宝盒、鱼化石、白螺壳、灯虫，雕虫，每一件都精致小巧、玲珑剔透，但终究"尽管有人爱好，实际上只是在一个历史博物馆或者资料库的一个小角落里暂时可以占一个位置而已"。

个人体验与中国现代文学变革的联系说明：中国古典文学传统在现代之所以被革新，并不是中国现代作家对西方文化中心主义的臣服，而是由于他们全新的人生体验促使他们必然选择新的表达方式和出现新的美学思想。今天，在全球范围内"民族性"呼声高涨的背景下，对于中国现代文学传统，我们并不能简单地用古典文学特征来对它进行规约和评判，因为这种所谓的"民族性"特征已经难以承载现代人生的内容。在中国"现代"文学的"民族性"特征还不是十分明朗的情况下，我们唯一判断一部作品是否具有"民族性"的标准是：看它是否真实地表达了中国现代人的人生问题和人生体验，只要它反映了现代中国社会的真实问题和真实感受，那么它就应该具有"民族性"。我们读鲁迅的作品，尽管他对传统文化和中国人的国民性进行了坚决的批判，但我们依据能够感受到他属于现代中国，根本原因就在于他真实地反映了现代中国的问题以及他个人在这个时代的人生体验。相反，一些一味仿古的作品，比如现代旧体诗，虽然它具备了古典文学的全部特色，但并没有因为具有所谓的"民族性"特色而获得文学价值，反而被历史所淘汰。这种情况并不奇怪，如果我们对西方"民族性"和"民族身份"内涵进行确切的理解，就会发现，他们强调的"民族性"和"民族身份"更准确地说是文化的"当下民族性"和"当下民族身份"，其所针对的问题是"全球化"时代中很多弱小民族被"代言"的事实：对一个言说者来说，"身份"的真实意义就在于"当下身份"。换个角度来说，我们一味将中国古典文化特征作为中国文化"民族性"的表现，在某种程度上也是对西方中心主义的臣服，因为西方人的"东方想象"也就是将中国符号化为一系列古典文化传统。所以说，对于中国"现代"文学来说，"民族性"和"民族身份"更应该强调的是文化的"当下身份"，否则就会对中国文化和文学的发展起到破坏和阻碍的作用。

在"个人"和"自我"基础上发生的中国"现代"文学，在思想内容、审美特征包括文体形式等方面，不免要与西方"近代"和"现代"文学（此处借用中国大陆对世界文学史的分期方式）表现出趋同的特征。在文化人类学的立场上，这种文化的趋同性是不可避免的，这不仅因为人类自身包含着诸多的共通性，并且缘于"个人"观念确立后人类面对更多相似或相同的困境。在古典时代，人类情感的共通性使各民族之间文化在差别中依旧表现出诸多相似的特征，但是由于人类在这一时期还不能摆脱自然的压迫，文化创造还不能完全回归到"人"的立场之上，因此不同民族间的文化的差异性显然大过了相似性。而到了现代，当"个人"观念出现之后，"人"成为文化创造的绝对出发点和归宿点，此时不同民族间的文化和文学相似性开始大于差异性——这也是为什么随着"现代"的深入，人类愈发强调文化之间差异性的原因。但即便如此，由于不同民族之间文化传统的差异，"个人"观念在确立的过程中遭遇的难题和困境必然各不相同，这也决定了不同民族文化中"现代性"文化的具体内涵的区别性。所以，尽管中国的"现代"文学与西方"现代"文学在外在表现上有着极大的相似性，但它们也存在着明显的不同。

一

"个人"的相对完整性这是中国新文学传统现代性内涵的自身特色之一。

在西方文学中，对"个人"和"自我"的发现并不是其"现代性"发生的典型标志。个人主义是西方文学从古希腊开始就始终不渝的传统。在古希腊时期，"认识你自己"是最有名的一句箴言，并被刻在阿波罗神庙的大门上，这表明西方文化的发生与"个人"和"自我"的觉醒是同步的。在古希腊神话中，斯芬克斯之谜，俄狄浦斯的悲剧都象征着古希腊人在"认识自然的同时提出了认识人本身的要求"①。如果说"认识你自己"所表明的"个人"的觉醒还带有形而上的色彩，那么这些神话故事则更充分地说明了"个人"在古希腊文化中有着多么重要的位置。《伊利亚特》中的主人公阿喀琉斯是人间国王佩留斯与海洋女神忒提斯结婚生下的儿子，具有健康的肌体、无敌的武艺和忘我战斗的冒险性格。神谕他有两种命运：默默无闻而可以长寿；作为一个英雄在战场上战死。母亲忒提斯出于爱子心切尽量避免他走向战场，但当智者奥德修认出他后，阿喀琉斯毫不犹豫地走向战场，因为他把勇敢视为个人最高的荣誉。走上战场的阿喀琉斯始终将个人的情感和荣誉作为指导自己行为的最高指导：当主帅阿伽门农抢走了他心爱的女奴，他毅然退出了战斗，完全无视希腊军队遭受的重创；但当他的好友帕特洛克洛斯被赫克托尔杀死后，他又重新回到了战场，以残暴的方式屠杀特洛伊人，并无视赫克托尔的哀求，凌辱他的尸体；然而当赫克托尔年迈的父亲跪在他的面前，哀求赎回自己儿子的尸体时，阿喀琉斯竟激动地大哭起来，不仅退回了赫克托尔的尸体，并答应休战十一天，让老国王为这个让他曾经恨之入骨的对手举行葬礼。作为古希腊的一位英雄，阿喀琉斯表现出来的是个人主义者的典型品质，他为了个人的荣誉和情感战斗，在个人与集体之间发生冲突的时候，坚决地站在个人的立场上。与阿喀琉斯性格相似的还有美狄亚，她为了爱情不仅献上处女的贞操，还不惜与自己的父亲为敌，帮助伊阿宋夺得金羊毛，在与伊阿宋逃亡的过程中，又设计杀死了自己国家军队的首领——自己的亲兄弟。但是，当伊阿宋背叛了爱情后，她又表现出强烈的复仇愿望，不惜杀死自己的亲生儿子。美狄亚的个性特征与阿喀琉斯的相似之处在于他们都是以个人意志为中心，将个人作为度量一切的标准，为了个人

① 徐葆耕：《西方文学：心灵的历史》，清华大学出版社 1990 年版，第 25 页。

不惜背叛亲情和道义，这也可以说是古希腊时期所有文学形象的共同特质。

古希腊文学中洋溢的个人主义精神在之后的西方文学中一直得到延续。在中世纪，表面看来基督教文化压抑了个人主义传统，但如果将中世纪文学与中国古典文学相比，仍然可以感受其个人主义精神的生生不息。中世纪基督教文化的盛行，"原罪"意识压抑了个人情欲，神性取代了古希腊的人性，但即便如此；中世纪文化强调的个人禁欲和苦修依旧在个人主义的范畴之内，因为古希腊和古罗马时期的个人主义导致了物欲横流，因此西方人需要用上帝来规训和升华自身——只是在表现形式上与古希腊文化截然相反而已。在最能代表中世纪文化特征的奥古斯丁《忏悔录》中，表面看来其浓郁的宗教意识仿佛抹杀了人的个性，但当我们看到奥古斯丁真诚的忏悔精神和自省意识，就能理解到即便在这一时期，个人也并没有成为上帝的奴隶，当他们进入精神之旅时，与其说面对的是上帝不如说面对的是个人。奥古斯丁的这种精神在之后卢梭、托尔斯泰的文学中有极好的表现。而且，在中世纪文学中，即便是基督教中带有原罪色彩的个人情欲也没有完全被抹杀，著名的《阿伯拉与爱洛绮丝的情书》，诗意绵绵地讲述了个人情欲在宗教禁令中依旧葱茏生长的事实；中世纪独具特色的骑士文学，真诚而热情地表达了人类对于爱情的渴望和赞美、对于个人荣誉的由衷爱戴和维护；而中世纪最伟大的抒情诗人但丁，在其代表作《神曲》中并没有被宗教束缚住自己的个人意志，处处表现出诗人独立的思考和勇敢的探索，他将宗教的最高领袖普尼菲斯八世、尼古拉三世、克雷门特五世统统打入地狱，用"炼狱"来完成自我救赎，对于爱情表现出由衷的赞美。这些情况都说明，中世纪文学只是古希腊文化的补充，而没有中断西方文学个人主义的传统。

文艺复兴恢复了个人情欲的合法性，同时宗教改革也将基督教文化进行充分的合理化，科学主义的兴起增强了个人运用理性的自信，这都丰富和扩大了西方个人主义的道路。这一时期的文学，薄伽丘的《十日谈》、拉伯雷的《巨人传》、塞万提斯的《堂吉诃德》，都热情歌颂了"人"的情欲、智慧和美德，对压抑和损害个人主义的极端禁欲、宗教迷信给予了辛辣的讽刺。但是，文艺复兴并没有止步于个人放纵后的狂欢，个人理性使他们敏感地觉察到个人主义潜在的危机，莎士比亚的戏剧就是在这种探索中成为永恒的经典。莎士比亚的戏剧是文艺复兴时期文化的伟大代表，这些作品表现出个人被解放之后人性的光辉，同时又敏感地觉察到在个人成为世界的绝对主导后，狭隘的个人理性，泛滥的个人情欲，以及个人理智与情感之间可能造成的人类自身的悲剧，如他经典的悲剧《罗密欧与朱丽叶》、《哈姆雷特》、《奥赛罗》、《李尔王》、《麦克白》都深刻地反映出人类面临和将会面临的困境和悲剧，具有永恒的价值。

莎士比亚的担心迎来了新古典主义思想的兴起，用理性束缚个人主义的自由泛滥成为新古典主义的美学宗旨。但如中世纪文学一样，古典主义文学的伟大代表莫里哀用戏剧的手法，对古典主义对人性压抑造成的伪善进行了深刻的讽刺。所以，古典主义为西方个人主义注入了理性因素，但也并没有中断个人主义中个人情欲的部分。启蒙运动及之后的资产阶级革命让个人主义在西方成为一切社会规范的基础，同时也通过契约的形式解决了此前个人主义容易导致无政府主义自由散漫的问题。启蒙运动是西方社会步入近代的标志。从这一时期开始，西方人开始用理性主宰自己的命运，这也标志着其个人主义思想的成熟。个人主义传统在近代文学中的具体表现，典型地表现在歌德的《浮士德》中。作为一个近代人，浮士德博士的出场就是在书斋当中，这表现了近代人建立起对知识和理性信仰后的生活状态，但浮士德并没有在这种生活中享受到幸福和希望，而是表现出深深的厌倦和痛苦，他要寻找属于人的幸福，但因此付出了将灵魂出卖给魔鬼的代价。宗白华先生这样评价《浮士德》："近代人失去了希腊文化中人与宇宙的和谐，又失去了基督教对一超越上帝虔诚的信仰，人类精神上获得了解放、得到了自由，但也就同时失去所倚傍，彷徨、摸索、苦闷、追求，欲在生活本身的努力中寻得人生的意义与价值。歌德是这时代精神的伟大代表。他的主著《浮士德》是人生全部的反映与其他问题的解决〔现代哲学家斯宾格勒（Spengler）在他的名著《西土沉沦》中，命名近代文化为浮士德文化]。歌德与其替身浮士德一生生活的内容，就是尽量体验近代人生特殊的精神意义，了解其悲剧而努力，以解决其问题，指出解救之道。所以有人称他的浮士德是近代人的圣经。"① 《浮士德》所代表的西方文学的近代性，是西方个人主义脱离了理性的蒙昧、对宗教的绝对信仰后，开始独立探索个人完整性时的困惑与恐惧。歌德和浮士德都意识到"理性"并不是新的上帝，不能给人类带来全部需要的幸福，但个人情欲也不可信赖，如果人沉迷其中则可能导致人性的泯灭。浮士德面临的是困境不是哈姆雷特面临的"生存还是毁灭的困惑"，而是如何面对理性和情感的矛盾。

浮士德面临的问题在浪漫主义思潮中似乎得到了解决。西方工业文明的蓬勃发展鼓荡了这一时期哲学家和作家对个人力量的高度信仰，康德、费希特、黑格尔的哲学高扬了人的精神力量，拜伦、雪莱、青年雨果则表现出打破流俗、任个人而排众数的"恶魔"精神。浪漫主义文学的背后是西方个人主义开始走向裂变的表征：一方面，浪漫主义的"恶魔"精神与西方资本主义原始积累的"恶魔"精神有着本质的精神联系；另一方面，浪漫主义文学以个人意志为中心，也对西方现代工业文明进行了反抗。并且，在这一时期，消极浪漫主义文学，如华兹华斯、柯勒律治、缪塞、诺法利斯等诗人、作家的作品表现出回归自然、回归中世纪的愿望，以及忧郁的色调表现出对工业文明的厌倦。浪漫主义文学表现出西方个人主义在资本主义时期的崭新特征，一方面其核心价值理念与西方资本主义保持同步；另一方面，在个人的立场，其与资本主义理性至上的功利思想开始分道扬镳。

从浪漫主义的历史意义看，其最为有力的一面是扫荡了新古典主义美学对人性的束缚，将人的情感从新古典主义式的理性束缚中解放出来，虽然其也对新兴起的现代工业文明和科学理性也保持批判和决裂的态度，但在西方资本主义上升期的时代，这种反抗只能是消极和局部的展开。全面

---

① 宗白华：《美学与意境》，人民出版社 1987 年版，第 66 页。

对西方现代文明和工具理性的批判和反抗，是自然主义和现实主义文学肩负的时代命题。自然主义和现实主义讲究的冷静和客观，与浪漫主义相比似乎缺少了个人主义立场的有效证据，但其对西方现代文明病的批判，客观描摹出的工具理性对人的异化，都证明了其个人主义的坚定立场。早期现实主义作品，如司汤达的《红与黑》完全是浮士德神话的现实摹写，主人公于连既包含了资本主义上升期所特有的冒险精神和奋斗意识（这是浪漫主义所认同的东西），但为了成功和个人欲望他又将灵魂出卖给魔鬼，走向自身的毁灭。作为浪漫主义向现实主义的过渡人物，司汤达的这篇小说对浪漫主义提出了深刻的反思：个人意志和理性在实现个人解放的同时，是否又会将自身带入自我毁灭的不归路（这正是浮士德思考的问题）。如果说司汤达的担心还有着未雨绸缪的意味，那么资本主义进入原始积累的高峰期后，这种担心就变成了现实：为了金钱人可以出卖感情、尊严、伦理、甚至青春，为了金钱，人可以贪赃枉法、背信弃义、无恶不作。现实主义作家是西方个人主义道路上最后的战士，他（她）们将矛头对准社会种种丑恶现实，将西方现代文明对人的异化揭示出来；他（她）们的作品带有浓厚的悲观主义色彩（少数作品的完美结局在本质上属于浪漫主义），反映出"人"将被吞噬的焦虑和绝望。

现实主义的焦虑在第一次世界大战后变成了现实。资本主义苦心经营的现代文明，在战争中毁于一旦，并且造成西方人空前的人间悲剧，宗教信仰的失落和对个人理想的怀疑，使西方人在个人主义的道路上走向迷失。西方现代主义文学所表现的正是个人走向迷失之后的绝望和反抗，波德莱尔的《恶之花》、艾略特的《荒原》、卡夫卡的《变形记》、萨特的《恶心》、加缪的《西西弗斯神话》、普鲁斯特的《追忆似水年华》、乔伊斯的《尤利西斯》、尤内斯库的《秃头歌女》、贝克特的《等待戈多》，等等，集中表现的主题都是上帝死去之后西方人的迷茫、孤独、病态和绝望，以及西方社会被高度工业文明笼罩下的荒诞、灰暗和扭曲。西方现代文学里表现的迷失和"荒原"感受，在本质上是西方个人主义面临绝境之后的痛苦和绝望。"一堆破碎的偶像，忍受着太阳的鞭打"①，艾略特在《荒原》里的诗句最能表达西方人的尴尬：西方人用个人理性摧毁了基督教的信仰，将"人"从"神"的压抑下解放出来时，他们没有意识到"理性"本身也可以成为神话②，当"人"成为"人"自身的负累，除了死亡和癫狂，还有什么能拯救自己呢？所以，西方现代派文学的"现代性"并不是发现个人，也不是以个人和自我为起点，而是以个人的迷失为主题，以个人的自我否定和分裂为起点。

当然，将西方现代主义文学等同于西方"现代性"文学显得过于狭隘，我们可以将其"现代性"文学的起点归宿到启蒙运动时期，在某种程度上，西方启蒙主义、浪漫主义和现实主义文学与中国现代文学有着更深的渊源，相互之间更有可以进行比较的基础。但即便如此，在西方启蒙主义文学中，我们依旧没有看到完整的"个人"，而是"个人"走向分裂的开始。西方启蒙主义文学最伟大的作品是前文提到的《浮士德》，在这部作品中，浮士德面临着个人追求幸福的困境：理性让人丧失生气；而非理性却让人走向深渊。浮士德的困境象征着现代性发生后西方"个人"走向分裂的阴影：个人理性与非理性的不可调和性。在启蒙运动之前，西方文学中的个人主义倾向具有某种懵懂性，在那时的作者看来，"个人主义"代表了传统，是一种无须证明的生活习惯，因此不管在古希腊神话中，还是在文艺复兴时期的文学里，他们都是在自发状态下表现"个人"。只有在启蒙运动之后，"个人主义"成为一种系统的现代观念，他们才开始自觉地表现"个人"，但在此时他们却遭遇了理性与非理性的两难困境。在理论上，理性和非理性构成了人的完整性，都是个人应该享受的两种权利，但在现实生活中两者却有着不可调和的矛盾，理性的过度膨胀会形成人的"异化"；而非理性却让人对未来的不确定充满恐惧，因此如何调和和面对这种矛盾就成为西方现代哲学、文学的主题。在浪漫主义和现实主义文学中，西方作家用不同的方式批判现代工业文明，与其说是"人"与

---

① ［英］艾略特：《荒原》，袁可嘉等主编：《外国现代派作品选》第一册，上海文艺出版社1980年版。

② ［德］霍本海默、阿尔多诺：《启蒙辩证法》，上海世纪出版集团2006年版。

现代文明的对抗，不如说是西方"个人"中理性与非理性之间的决战，只是在这一时期，人类对理性还充满了希望，因此"个人"的分裂还处于潜在的状态，但到了第一次世界大战后，当尼采宣布"上帝死了"的时候，西方人对理性开始彻底的绝望，"个人"的分裂也就由潜在走向明显，在文学中就表现为个人的自我否定、展示个人的迷失和绝望。

中国"现代"文学与西方"现代"文学的差别就在于中国文学中并不存在"个人主义"的传统。中国近、现代知识分子对"个人"和"自我"的发现一开始便是理性的，而在他们发现"个人"和"自我"的同时，就面临着种种扼杀个人观念的现实壁垒，这使得他们无法纯粹在"个人"的立场上建设中国现代文化，而不得不与种种扼杀个人现实权利的现实壁垒进行决战，在否定中确立"个人"，同时也确立了中国现代文化和文学的精髓。研究中国现代思想史的著名学者汪晖，在梳理五四启蒙运动（新文化运动）时，得出了这样的看法：

然而，试图在"五四"启蒙运动中寻找某种一以贯之的方法论特征几乎是不可能的。这不仅因为中国启蒙思想缺乏欧洲启蒙哲学的那种深刻的思想传统和知识背景，更重要的是，中国启蒙思想所依据的各种复杂的思想材料来自各个异质的文化传统，对这些新思想的合理性论证并不能构成对中国社会的制度、习俗及各种文化传统的分析和重建，而只能在价值上作出否定性判断。这里涉及两个方面的问题：第一，"五四"启蒙运动所推崇和宣传的各种新思想主要是从西方搬来，而不是来自对中国社会结构和历史过程的独特性的分析，因此许多深刻的思想命题是"悬浮"在人们所处的世纪生活状态上的，它们可能引起人们的震惊，却很难成为全社会持续关注的问题。第二，尽管"五四"时期全面地引入了各种西方思潮和学说，但并不像人们想象的那样，是在几十年的时间里"走完了"西方几百年才走过的路程。对于西方历史来说，任何一种新兴的思想、学说，无论它以如何叛逆的、反抗的姿态出现，你都能从社会生活的变迁和思维逻辑的衍展中发现它与产生它的社会结构和文化传统的历史和逻辑的联系。①

汪晖所发现的问题，正是中国"现代"文化发生的过程中，"个人"面临问题的特殊性：在理论上讲，西方几百年留下的"现代"文化成果给予了中国知识分子足够的选择借鉴的空间，但当他们把西方文化成果搬到中国之后，却发现这些文化成果并不能成为中国现代文化建设的基石，其意义只是对中国即有的制度、风俗和各种文化传统产生否定作用。在否定中确立自身的价值，可谓中国现代文化的自身特点！造成这种状况的原因，并不是说中西"现代性"在价值观念上存在本质的差别，而是中国现代"个人"的独特处境：面对种种对个人观念产生（或可能产生）扼杀的现实因素，文化建设必须在与这些现实因素的对抗中才能获得生长的土壤。在五四时期，对西方文化理解的透彻，将西方文化移植到中国土壤里最彻底的当数胡适，他将西方实证主义的治学方式介绍到中国，为现代中国学术文化的建设功不可没。但如果在五四新文化特殊的背景下认识胡适的实证主义治学方法，其能够在中国社会里生根发芽并不是因为它"科学"，而是因为它承担了批判传统文化的"武器"作用：因为它，"个人"能够从传统中解放出来，可以"释古"，还可以"疑古"。但是，胡适治学思想的意义并不仅仅在于方法论，学衡派诸人与胡适同为留美学者，对胡适的治学方式同样有深刻的领悟，但他们无法获得胡适一样的文化声望，正是他们没有意识到这种方法的否定作用。同样的例子还有周作人，在五四时期，他的小品文获得空前的文学地位，原因就在于这种讲究性灵的文学对传统文学对人的压抑产生了否定的作用；而在 30 年代，同样是小品文（在技巧上更为老辣），但却被鲁迅认为是"小摆设"，根本原因在于这一时期讲究性灵已经无法对否定个人观念的势力产生批判作用。可见，在中国现代文化的土壤中，"个人"观念的确立必须与许多现实壁垒进行斗争，这构成了中国现代文化的主轴，也使中国现代文学中的"个人"

---

① 汪晖：《中国现代历史中的"五四"启蒙运动》，《汪晖自选集》，广西师范大学出版社1997年版，第309页。

具有完整性。为了更清楚地展现中西现代文学中"个人"的差别，我们可以将两种文学中的两个典型意象——"荒原"与"无物之阵"——进行比较。

之所以选择"荒原"和"无物之阵"进行比较，不仅因为这两个意象分别在中西"现代"文学中具有典型性，而且它们在外在形式上还具有很大的相似性。所以，如果我们对这两个相似的意象进行了清晰的区分，也就可以看到中西"现代"文学的整体差别。"荒原"是英国现代派诗人艾略特《荒原》中的核心意象，它是西方人步入现代后精神世界的象征：现代工具理性造成恶欲横流、人性泯灭，人类已感觉不到一丝的希望和光明，而且信仰的丧失，人类已无家可归、无可归依。"无物之阵"是中国现代，思想家和文学家鲁迅对于中国现代社会的核心感受。与"荒原"非常形似，"无物之阵"表现了个人在重重包围中但发现不了攻击目标的悲观和绝望，在某种程度上，"荒原"就是一种"无物之阵"，而"无物之阵"也是一种"荒原"。但是，如果在中西文化背景下深刻体会"荒原"和"无物之阵"，两个形似的概念却有本质的不同。

首先，从两者对"个人"的态度看，《荒原》的作者虽然站在个人主义的立场上，但表现出对西方个人主义的否定和失望，而鲁迅的"无物之阵"虽然对中国的"立人"充满悲观，但对"个人"观念在中国的确立持肯定的态度。在艾略特的诗歌中，"荒原"是一片死亡衰败的迹象，不仅外在世界是一片蜕败，连荒原上的人对于"生"也丧失了兴趣。《荒原》的题词表现出浓厚的"死亡"倾向：

> 是的，我自己亲眼看见古米的西比儿吊在一个笼子里。孩子们问她："西比儿，你要什么"的时候，她回答说："我要死。"

女先知在面临死亡的时候，没有表现出对生的一丝留恋，即使面对纯真的孩子，也表示出对死亡的呼唤。可以想象，这位女先知对于现实的世界是如何强烈的厌倦。在"荒原"中的诗人对于生命也表现出强烈的

蔑视:

> 四月是最残忍的一个月，
>
> 荒地上长着丁香，
>
> 把回忆和欲望掺合在一起，
>
> 又让春雨催促那些迟钝的根芽。

在中西传统诗歌意象中，四月、丁香、春雨都是表达希望的意象，但在"荒原"中，这些东西与周围的世界是如此的不协调，因为它们是残忍的，它催生了美好的回忆，也激发了丑恶的欲望。回忆让荒原中的人痛苦难耐，而欲望又会使个人变得面目狰狞。在这样的境遇下，春天、美、希望难道不值得诅咒吗？

《荒原》中浓厚的死亡倾向，是因为人完全生存在痛苦当中："我既不是活着，/也未曾死，/我什么都不知道。"这是一种什么样的生命状态，不死不活，像一个植物人，活着还有什么意思呢？而此时，我们就不由自主地追问：是谁导致了人类的"荒原"呢？在作者看来，完全是人类自身，西方个人主义传统使人在启蒙运动之后完全成为世界的主宰和中心，基督教的上帝不能对人产生约束，自然界也越来越被人所征服，个人理性也难以约束人类的贪欲，一切都像是尼采所言"上帝死了"的迹象。然而，个人的解放并没有给人带来幸福，第一次世界大战给人类造成的痛苦，资本主义原始积累的肮脏和血腥，人类失去家园的孤独和恐惧，都是因为个人主义的恶欲滚滚而形成。荒原在批判资本主义现实世界的同时，也完成了对西方个人主义传统的否定。

鲁迅的"无物之阵"是另外的一种悲观。在鲁迅的《呐喊·自序》中，鲁迅第一次谈到"无物之阵"的痛苦：

> 我感到未尝经验的无聊，是自此以后的事。我当初是不知其所以
>
> 然的；后来想，凡有一人的主张，得了赞和，是促其前进的，得了反

对，是促其奋斗的，独有叫喊于生人中，而生人并无反应，既非赞同，也无反对，如置身毫无边际的荒原，无可措手的了，这是怎样的悲哀呵，我于是以我所感到者为寂寞。

鲁迅将自己感触的无物之阵也用"荒原"来形容，但这片荒原不是物欲横流、颓败不堪，而是一片死寂，毫无生气，如果说艾略特的荒原是一片废墟，而鲁迅无物之阵中的荒原则是一片不知从何处开始开垦的处女地。所以，鲁迅并没有（也不可能）对"个人"持否定的态度，他的绝望是"个人"观念无法普及广大的大众当中的痛苦。所以，鲁迅把自己做文学的缘由概括为"启蒙"、"振臂一呼"。在中国现代，"个人"从来没有受到过质疑和否定。

其次，"荒原"和"无物之阵"批判的对象也有很大的不同："荒原"批判的对象是人类自身，而"无物之阵"批判的对象则是阻碍人类觉醒的外在力量。在艾略特看来，让人类遭受的荒原之苦完全是人类自身造成的：

> 去年你种在你花园里的尸首，
> 它发芽了吗？
> 今年开花了吗？

如果用佛教的因果论来理解这段话的象征色彩，西方人今日的"果"，何尝不是在昔日已经种下了因呢？经历了第一次世界大战的灾难之后，西方人对曾经欢欣鼓舞的个人理性失望至极，叔本华、尼采等一批哲人力图证明的就是，推动世界前进的力量不是理想，而是非理性。由非理性主宰的世界，出现"荒原"又有什么奇怪的呢？

鲁迅"无物之阵"的矛头所指不是人类本身，而是形成无物之阵的重重外在力量。它包括封建礼教。鲁迅在《狂人日记》中通过狂人之口揭露了封建礼教吃人的本质，它正是让中国人不能觉醒的首要因素。还包括国民性的陋习。在鲁迅看来，"无物之阵"的形成在很大程度上是由于国民性的愚昧造成的。鲁迅曾经用以牙还牙的精神向愚昧的国民性"复仇"，让那些无聊的看客观看两个人的决斗，但什么事情都没有发生，可见在鲁迅眼里国民性真是他遭遇无物之阵的顽敌。如果扩大造成无物之阵外在力量的范围，它还包括不同形态的专制、强权，鲁迅与它们都进行过不懈的斗争。

最后，"荒原"和"无物之阵"的背后，个人的存在形态是不同的。在"荒原"中，艾略特在个人的立场上批判个人主义表现出个人的分裂和迷失，而在"无物之阵"中，鲁迅虽然腹背受敌，但其对个人觉醒的坚守表现出个人的完整性。应当承认，艾略特在创造《荒原》时是坚定地站在个人主义的立场上；也无须证明，艾略特在《荒原》中对西方个人主义之路进行了最坚决的批判。当西方人在个人主义道路上一路奔袭向"荒原"，艾略特是一种什么样的感受和存在状态？用自我分裂、自我迷失来形容，一点都不为过。也正是如此，荒原浓郁的死亡气息，让人感觉不到一点希望，更难以逃避。鲁迅则不同，当鲁迅像堂吉诃德一样在"无物之阵"中左劈右杀，他或许感到孤独，或许感到虚无，但因为有"立人"的目标存在，他不可能走向分裂，更难以说走向迷失。当然不能否认，在鲁迅的作品中，我们可以看到自我分裂的迹象，譬如在《野草》中：

当我沉默着的时候，我觉得充实；我将开口，同时感到空虚。

过去的生命已经死亡。我对于这死亡有大欢喜，因为我借此知道它曾经存活。死亡的生命已经朽腐。我对于这朽腐有大欢喜，因为我借此知道它还非空虚。

再如在《过客》中，鲁迅将自我角色设置为"过客"——没有终点，不能停留。并且，鲁迅在作品中一再强调自己不相信有"黄金世界"的存在。想死而后生的鲁迅，与艾略特在荒原中对"死亡"的呼唤多么的相似，但与艾略特不同的是，虽然鲁迅认识到人生的悲剧性，意识到"个人"的出现并非能够创造"黄金世界",但向死而后生激发起鲁迅强烈的入世态度和顽强的战斗精神。鲁迅并没有在虚无中走向迷失,相反他感受到充实,感受到自己生命的存在。

概括起来,"荒原"和"无物之阵"中"个人"感受的差异,正是中西方现代文化在不同文化传统中展开造成的。西方个人主义传统使其现代文化直接面对个人本身,而中国现代文化中的个人,则为了个人现实权利做不懈的斗争;西方现代个人主义对传统的否定就是对自我的否定,个人走向迷失和分裂,而中国现代个人的出现,否定的是压抑个人觉醒的外在力量,个人观念在否定中逐渐变得清晰和丰富。

二

个人与民族统一性,这也是中国新文学传统现代性内涵的重要特色。

汪晖在研究中国现代社会个人观念的起源时,曾做过非常有价值的追问:

> 个人的自我归宿感是一个现代事件。我为什么属于自己(而不是他人,如家族、社会、国家),为什么这种对自己的归宿感能够成为拒绝他人干涉的道德资源?……那么,这个自我又如何为现代人提供个人权利的合理性和合法性的基础的呢?①

如果说"个人"和"自我"的发现是中国"现代"文学的起点,那么要理解它的自身特点,我们必须回到汪晖的追问当中:"个人"和"自我"作为一种价值观念,在中国是如何获得其存在的合理性和合法性的?它与西方社会个人观念出现的过程有什么差别?只有回答了这两个问题,我们才能更清楚地认识我们自己。

---

① 汪晖:《个人观念的起源与中国的现代认同》,《汪晖自选集》,广西师范大学出版社 1997年版,第36—37页。

在西方，从古希腊时期开始萌芽的个人主义传统，是西方人的个人认同并不需要任何外在力量作为中介或辅助，所谓"个人的归宿感是一个现代事件"，对西方人而言，"现代"就意味着用理性的方式将个人观念规定为整个社会制度、风俗、文化的基础。今天，"个人主义"在西方是一整套系统的思想体系，这正是西方人走进"现代"后的文化成果。概括起来，西方的"个人主义"包含三个方面的内容：首先，它是一种价值体系，即一切价值皆以个人为中心，个人本身就是目的，具有最高的价值，社会只是达到这种目的的手段。在某种意义上，一切个人在道义上都是平等的，任何人都不能当做别人获取幸福的工具。其次，个人主义是一种人性理论，这种人性理论曾经被梁实秋的新月派所推崇，即认为"对于一个正常的成年人来说，最符合他利益的，就是让他有最大限度的自由和责任去选择他的目标，并且付诸行动"。① 再次，它是西方人对待生活的总体态度和一套社会秩序的原则，包括建立在个人价值体系上的社会伦理、习俗、政治制度、经济体系等。如果我们把西方现代的个人主义思想与古希腊时期、文艺复兴时期的个人主义传统进行比较，前者是建立于理性之上的文化观念，而后者则是不言自明的传统力量；传统虽然可以依据"克里斯玛"的力量在社会中产生作用，但只有依据理性力量诉诸社会制度、价值体系才可能成为人的现实权利。所以，个人认同对走向现代的西方人来说，只是将传统变为理性的观念，使其切实地成为全社会的基础。至少在文化上，西方人在现代并没有遭遇个人认同的危机。

西方人对个人的绝对认同，使他们创造的现代文化超越了民族国家等集体概念的限制。今天，全世界范围内批判现代性"宏大叙事"，批判"西方中心主义"，正是西方现代文化完全超越民族国家的后果。在对个人的绝对认同下，西方人将"个人"感受到的问题和历史会无限扩展到全人类的范围内，因此就造成了"时间压倒了空间"，将西方人的具体问题扩展为人类的普世问题。不过，西方现代文化对民族国家等集体概念的超

---

① 宋清华：《个人主义探源》，《天府新论》2003 年第 5 期。

越，也使得他们在处理个人与民族的关系时，个人始终占据第一的位置。

西方文化中个人对于民族国家的超越在文学中表现尤为明显。在整个西方文学之旅中，除了新古典主义时期民族国家观念超越了个人，出现了许多为了民族牺牲自己的民族英雄形象外，其他的各个时期个人都是超越于民族之上，民族国家常常处于被质疑和被警惕的位置。古希腊时期，《荷马史诗》中最伟大的英雄阿喀琉斯，对于阿伽门农代表的民族国家利益常常表现出挑衅的态度，在他看来阿伽门农不过是用民族的名义来满足自己的贪欲。虽然阿喀琉斯时代，个人对于民族国家的质疑还具有巨人时代的蒙昧特征。那么西方"现代"文学中，个人对民族国家的质疑则带有了理性的特征。在反映第一、二次世界大战的西方战争文学中，著名的文学作品如《西线无战事》、《战地春梦》、《第二十二条军规》等，最明显的特色便是作者都没有从民族的立场上，用正义和非正义的伦理观念来思考战争，而是在战争的宏大背景下关注个人的现实遭遇和悲惨命运，因此民族国家的合法性和合理性普遍成为质疑和批判的对象。西方"现代"文学对民族国家的质疑与阿喀琉斯时代有质的差别，这一时期西方人对民族国家的质疑并不是出于英雄主义的冲动，而是对于在成熟的个人主义传统下个人对自身权利的更进一步捍卫。对于西方现代人而言，民族国家不过是维护个人现实权利的组织形式，当这种组织的行为对个人造成灾难的时候，它理所应当处于被质疑的位置。

"个人"和"自我"认同在中国现代有着与西方不同的途径。由于没有个人主义传统作为依托，也由于中国"现代性"发生是一个被动的过程，"个人"认同必须与民族发生联系才可能完成。因此，在中国现代，我们可以发现"个人"认同存在的两种途径：在寻求解决民族危机的过程中意识到"个人"的价值和意义，它的代表便是鲁迅；"个人"观念出现之后在民族利益中获得确证，它的代表为创造社的同人。对于鲁迅，他对"个人"认同的契机缘于他强烈的民族责任感。而在幻灯片事件的背后，是鲁迅对于解决中国近代民族危机的自觉。个人认同作为一个现代事件，幻灯片事件标志着鲁迅个人认同的完成。在某种程度上，正是民族危机的压迫感促使鲁迅完成了个人认同，使他坚决地在改变人性的立场上进行现代文化建设。如果我们把鲁迅的个人事件放大到整个中国现代文化发生的宏大背景中，从"洋务运动"的器物文明变革到"戊戌变法"的制度文化变革，再到"五四运动"对"个人"的发现，正是民族危机促使了中国现代社会个人认同的完成。当然，对中国现代"个人"认同的整体观照并不一定适用于每一个现代个体，对于创造社同人而言，民族危机似乎并没有成为他们个人认同的直接动力，他们对"个人"的发现直接动力来自他们强烈的现实压抑感。很多研究五四的学者都发现，在五四新文化运动整体当中，鲁迅一代知识分子与郭沫若等一代知识分子的现实体验与文化诉求并不相同。对于鲁迅一代知识分子而言，他们相对较长的人生阅历使他们对于民族危机和传统文化有着更为深厚的人生体验，这使得他们对个人的认同更多的是在对中国民族危机的理性思考之上；而且，就留学背景而言，尽管日本在明治维新之后对中国文化的崇拜感消失殆尽，但并没有在社会中形成中国歧视的普遍现象，因此他们有着更为宽松的环境去在民族危机之上体会"个人"（当然，这也给予他们更多的寂寥和遭遇）。而对于郭沫若等创造社同人等一代知识分子而言，短暂的人生经历使他们不可能对中国民族危机产生理性成熟的思考，他们对于"个人"和"民族"的强烈感受来自各种人生压抑：首先，就留学背景而言，郭沫若等人留日的时期，日本国内对中国人的歧视已经非常普遍，当他们以具体被歧视者的角色体验民族危机时，个人与民族就不可避免地纠缠在一起；另一方面，他们成长的文化环境中，鲁迅等一代知识分子早已成为文化界的享誉人物，这也使得他们在文化成长当中自身感到了一种文化压迫感。因此，"表现自我"对他们而言是一种本能的诉求，但是从《女神》、《沉沦》成为中国现代文学经典的现实看，他们的"个人"发现只有诉诸民族利益时，才得以被社会认同。

中国现代"个人"认同过程，使得中国现代文化创造中，民族国家不可能处于被质疑和被警惕的地位上，而是与"个人"紧密联系在一起，呈现出互为确证的关系。周作人的《人的文学》可谓中国现代文化中个人认同完成后的一份宣言，在这篇论文中，周作人不仅阐述"人"的具体内涵，还特别强调了"人"与"群"的关系，概括起来即"群"因为"个人"的存在才具有意义，而"个人"只有依靠"群"才可能得到现实权利的保障。这种观点乍看起来与西方启蒙运动时期的观点比较相似。但在西方文学中，个人无可争议地具有第一性，而在中国现代文学中，谁为第一性很难说清楚。以鲁迅为例。鲁迅在中国现代作家中，可以说是"立人"信念最为坚定的一位，而他在文学创作中，"民族"与"个人"孰先孰后很难辨别。鲁迅在创造反映中国"国民性"的小说时，对于国人常常表现出"怒其不争"和"哀其不幸"的两种态度，如果我们仔细分析这两种态度，前者显然是从民族的立场出发，而后者则站在个人的立场之上。如果我们再根据鲁迅的语序来分析这两句话，可以说民族立场是鲁迅文学创作的出发点，而个人立场则是鲁迅文学创造的归宿点。究竟这两者孰重孰轻，其实是很难拿捏的。

对于理解五四时期中国知识分子对待"个人"与"民族"的暧昧立场，鲁迅的《风筝》是一个绝好的文本。在这篇回忆散文中，鲁迅用隐喻的笔法对"个人"和"民族"的关系进行了深刻的反思，通过它我们可以更鲜活地进入这一时期知识分子的内心世界。《风筝》是鲁迅在成年之后回忆少年往事的一篇散文，在现实与过去的时空变换中，鲁迅进行了一场没有终点的自我剖白。在"我"少年的时候，早熟让"我"对弟弟及早担负起"父兄"的责任。一天，"我"发现弟弟行踪有些神出鬼没，原来他在偷偷做一只风筝，这引起了"我"的勃然大怒。在"我"看来，这种玩物丧志的事情是没有出息的孩子的表现，而且弟弟偷偷摸摸的猥琐样子，更让"我"所蔑视。出于惩罚，"我"踏碎了弟弟刚刚完工的风筝。多少年过去了，当"我"成年后看到一本关于儿童心理的书籍，发现"贪玩"是儿童本能的一种天性，回想少年往事，"我"陷入深深的内疚当中。"我"非常艰难地鼓足勇气向弟弟表达我的歉疚，但出人意料的是弟弟早已经不记得此事了。弟弟的漠然并没有让"我"的心灵得到抚慰，相反，我却陷入到深深的不安当中。这个文本，可以有很多种阐释的方式，而依此理解鲁迅对于"民族"和"个人"的矛盾心理可以说非常恰当。在这篇作品中，作者的内心显然是不平静的，而这种不平静的具体内涵还具有层层递进的变动性。在少年时期，"我"摧毁弟弟的风筝缘于"我"内心的焦虑，"出息"是此时"我"内心最关心的东西，那么什么是出息呢？根据鲁迅少年家道中落的往事，可以推断重振家庭是"有出息"孩子应该关心的问题。这反映出鲁迅少年时代强烈的责任感和使命感，更进一步说，在少年鲁迅的心目中，集体伦理完全压倒了个人观念。将此落实到鲁迅对"民族"和"个人"的观念上，可以说在鲁迅开始认识世界的过程中，家庭、民族的观念显然优先于个人观念，尽管他后来提出"立人"的主张，但核心的推动力依旧是民族。故事中成年鲁迅对自己少年行为的反思，可以理解为鲁迅"个人"观念的觉醒，他意识到"个人"应该具有自由发展的机会，不能用"民族"这类的集体观念消解和压制了"个人"。此时，在鲁迅的心目中，"个人"对于"民族"的优先地位产生了动摇作用（甚至可以说产生了质疑的力量）。然而，"个人"对于"民族"的消解在鲁迅的心目中只是暂时的，或者说是很不自信的。这表现为鲁迅渴望得到谅解时的忐忑不安，他不能想象在一个个人观念还没有得到普遍认可的国度，用个人主义来支配自己的行为会有什么样的后果。果不其然，弟弟的漠然出乎了我的意料（或者在意料之中），并同时击碎了我心中的两个信念：漠视既说明"个人"观念在中国社会得到认同的艰难性，也让人看不到拯救民族危机的希望。此时，鲁迅内心的不平静恰恰印证了在中国"个人"与"民族"纠缠在一起的必然性：没有个人的觉醒便没有民族崛起的希望（这是鲁迅在作品中得出的感受）；而要唤醒"个人"必须通过民族的手段来完成（这是鲁迅创作这篇作品的初衷）。

相对于鲁迅的深沉，创造社作家的个人认同更贴近于直观的生命体验。在郁达夫的小说《沉沦》中，郁达夫对"个人"和"自我"发现是通过对"性苦闷"这一青春期现象的深刻体验完成的，而且，如果我们把《沉沦》与创造社作家"自叙传"和"自我表现"的文学思想联系起来，似乎这些作家的个人认同与民族并没有直接的联系。然而，如果我们深入到《沉沦》"性苦闷"的复杂性中，并结合《沉沦》发表之后引起的争论，就会意识到，他们个人认同的最终完成还是和民族结合在一起。《沉沦》中的"性苦闷"乍看起来只是个单纯的生命现象，然而郁达夫在表现它的时候却与民族耻辱联系在一起。在郁达夫的生命体验中，"性苦闷"并不是一个简单的青春期症状，而有着民族积贫积弱导致个人的民族自卑感使然，所以，郁达夫对于医治"性苦闷"的办法并不是解放自己，而是诉诸民族的强大："祖国呀祖国！我的死是你害我的！""你快富起来！强起来罢！""你还有许多儿女在那里受苦呢！"郁达夫的自我表现并没有如同鲁迅一样，带有深刻的理性思考，但这恰恰说明，对于五四一代知识分子来说，个人的发现和个人的认同不可能脱离民族危机的背景。《沉沦》发表后在文坛曲折地被接受过程是中国现代文学界人所共知的事实，在很多人看来（包括新文化阵营内的知识分子），郁达夫对"性苦闷"的直接描写伤风败俗、道德沦丧，这当然因为中国传统的封建礼教思想，但也说明在中国的语境下单纯表现"个人"很难获得社会的认同。

但是，当个人观念在中国文化中出现之后，也有学者和作家在个人的立场上企图超越民族国家。比如，在五四运动期间，周作人对于艺术就曾提出过"自己的园地"的看法，在他看来，将人生作为艺术的奴役（为艺术而艺术）和将艺术作为人生的奴役（为人生而艺术）都是将艺术与人生隔离，因此他提出"人生的艺术"、"独立的艺术美和无形的功利"，依此使他的文学观超越了民族国家的界限，此外，在30年代，梁实秋还提出过文学反映"永恒人性"的观点；80年代末期，中国文坛还出现了"个人主义"思潮，如此等等，他们都力图在中国将"个人"观念从与民族的纠缠中独立出来。应该说，中国"现代"文学建设中的这些文学思想不乏深刻性和启示意义，但在中国的土壤上，他们的这种文学思想常常在社会中失去重心，要么变成消极避世，要么成为专制主义的帮凶。强调"自己的园地"的周作人在30年代就成为闭门读书的都市隐士，在抗战当中还成为汉奸，成为侵略者的帮凶；梁实秋等人在30年代高喊永恒人性，却无视独裁者对青年学生制造的流血事件，完全站在个人主义的反面。

　　"个人"观念在中国之所以难以超越民族，是因为个人观念虽然在中国为一部分知识分子所认同，但并没有得到全社会所接受并形成一定的社会风俗和社会制度进行保障，这使得首先发现"个人"和"自我"的知识分子在保障自身权利时必然诉诸民族国家，唯有如此，个人观念在中国才不是一种空洞的理论，而是一种推动中国社会进步的文化力量，才是一个具有实质意义的"现代事件"。否则，将"个人"与"民族"分离，实际上便是将"个人"与个人权利的争取相分离，此时"个人"就变成了自私和怯懦的同义词，就成为传统道家思想的延续。当今学界，在谈到个人观念时必然以西方现代个人主义思想为正宗，就"个人"与"民族"、个人之上的"启蒙"与民族之上的"救亡"对立起来，这其实是对中国现状的漠视和误解。在西方，个人主义之所以能够超越民族国家，是因为他们已经建立起保障个人权利的社会制度、社会伦理等，而在他们为建立现代民族国家努力的过程中，这两者也是很难分开的。

　　中西"现代"文学中个人与民族的不同关系，使得在西方现代文化和文学经验上总结出来的"现代性"具体特征并不能直接运用到中国"现代"文学研究中，更不能成为评价中国"现代"文学成就的标准。美国学者卡林内斯库将西方文学的"现代性"特征概括为"五副面孔"：现代主义、先锋派、颓废、媚俗艺术和后现代主义，这些"面孔"被中国学者广泛运用到中国现代文学的"现代性"考察中，但是如果我们对中西"现代"文学有全面的了解，就会发现，在中国并没有完全建立在生命体验上的"现代主义"、"先锋派"、"颓废"和"后现代主义"，这些特征对于中国现代作家而言更多的意义是一种文学技巧，或者说，他们在选择这些文学技巧（表现出这些文学特征）时背后的人生体验与西方并不相同。李金发、何其芳、戴望舒、卞之琳等现代派诗人与西方象征诗派诗人的人生体验是不同的；郁达夫、新感觉派的颓废与西方现代作家的"颓废"也不相同；中国20世纪80年代的先锋小说与西方现代的"先锋"艺术还是不相同的。不仅背后的人生体验不同，它们各自在中西文化中的作用和意义也不相同，在一定意义上，这些特征并不能成为中国"现代"文学现代性的典型特征。

在20世纪80年代中期开始，中国现代思想和文学研究界统统将"启蒙"作为"现代性"的典型特征，并将"救亡"作为遏制"启蒙"蓬勃发展的主要因素。将"救亡"与"启蒙"对立起来其实是将"启蒙"具体理解为个人主义思想的传播和普及，在此立场上，中国现代文学史上与民族救亡联系较少的自由主义作家或个人主义作家受到研究者更多的青睐，而一些与民族救亡联系紧密的作家，如左翼作家则受到轻视和忽略。当然，从文学反映个人独特生命体验的角度而言，中国现代自由主义作家和个人主义作家表现更为充分，所反映的个人体验也更为丰富，这是其能够得到学界认可的基础。但是，我们并不能因此忽略了一个事实，单纯在狭隘的个人体验上文学并不能完全代表中国人全部的现代体验，左翼文学、革命文学虽然粗糙但也是中国人现代体验的重要构成。而且，我们会明显地感觉到，很多自由主义作家和个人主义作家因为过于沉迷于自我，生命体验显得非常狭隘和淡薄，并没有因为沉迷于自我而获得艺术的丰富性。这从一个侧面，我们也可以看到中国现代个人认同的自身特点以及中国"现代"文学"现代性"的自身特征。

第四节　突破"断裂论"的神话

在传统的文学史写作中，由五四新文学运动形成的中国文学的新传统被认为在20世纪40—70年代被"断裂"，直至80年代之后才得以重新延续。这种文学史认识的依据有两种：一种是80年代李泽厚先生提出的"救亡压倒启蒙"论，即40—70年代中国社会建立现代民族国家的主题压倒了五四时期开启的启蒙主题，因此中国文学的新传统在这一时期自然被断裂。另一种依据则是从"文学生产"的角度，认为自延安时期建立的严格"文学规范"、"文学制度"断裂了五四新文学传统自然传承。必须承认，

40—70 年代文学在文学主题、文学风格、叙事方式、美学品质等各个方面与五四时期文学有较大的差距，在宏观的视野上为了显示这一时期文学的整体特征，并解释这种特征出现的缘由，"断裂"的判断并不为过，但是进入这一时期作家的具体创作之中，"断裂"就显得有些武断。

一

不管用"救亡"还是"文学规范"来理解 40—70 年代文学，集体话语都没有完全掩盖"个人"话语。延安时期，在残酷战争环境中形成的毛泽东文艺思想虽然对文学创作产生了"规范"的作用，但我们依旧可以看到"个人"对社会问题的自主探索而脱离"规范"的例子。在延安时期脱离"规范"的个人话语中，王实味是个典型。1942 年，他分别在《谷雨》和《解放日报》发表了《政治家·艺术家》和《野百合花》两篇杂文，对于政治和艺术的功能和作用进行了深刻的剖析，他指出："人灵魂中的肮脏黑暗，乃是社会制度底不合理所产生；在社会制度没有根本改造之前，人底灵魂的改造是不可能的。社会制度底改造过程，乃是人底灵魂的改造过程，前者为后者扩展领域，后者使前者加速完成。政治家底工作与艺术家底工作是相辅相成的。"① 王实味的言论很容易让人想到鲁迅关于改造"国民性"的看法，他们共同的特点都是从"人"的角度来理解文学艺术；同时，王实味对"政治家底工作与艺术家底工作是相辅相成的"看法，与鲁迅在民族危机的时代背景下对人性的思索在逻辑上是一致的，他们都没有将"个人"与"民族"分开来理解。除王实味之外，丁玲在女性性别立场上创作的杂文《三八节有感》，对边区社会种种现象产生思考的小说《夜》、《在医院中》、《我在霞村的日子》，深沉而深刻。有学者指出，尽管丁玲到延安之后一直力图改变自己在五四时期的"莎菲"形象，但她的潜意识中一直有着一个莎菲的影子，这对于理解丁玲在延安时期的文学道路

---

① 王实味：《政治家·艺术家》，朱鸿召编选：《王实味文存》，上海三联书店 1998 年版，第 133 页。

来说，无疑是深刻而精辟的。在这一时期，还有罗烽发表的《还是杂文的时代》、艾青的《了解作家，尊重作家》都从"给艺术创作以自由独立的精神"的角度表现出对规范的质疑，这些现象都说明在延安作家的精神世界里"个人"依旧是文学创作的起点。

如果说，1942年的整风运动使"个人"彻底接受了规范，那么在延安文学之后树立的"赵树理方向"中，我们依然可以看到个人话语的影子。对于延安时期赵树理崇高的文学地位，孙犁曾说那是"应运而生"、"时势造英雄"，这是我们理解"赵树理方向"的一把钥匙。"赵树理方向"的形成，周扬起到了至关重要的作用，在赵树理发表了《小二黑结婚》、《李有才板话》之后，周扬发表了其著名的论文《论赵树理的创作》。周扬首先肯定了这篇小说的政治性，认为"现阶段中国社会最大的最深刻的变化，一种由旧中国到新中国的变化"，赵树理的小说在一定程度上反映了这个变革过程，描绘出了这个伟大变革的"庄严美妙的图画"。[①] 接着周扬分析了赵树理小说的人物描写，认为赵树理的创作不仅鲜明地表现了人物的阶级身份，而且善于在斗争中显示他们的性格，"通过人物自己的行动和语言来显示他们的性格，表现他们的思想情绪"，因此赵树理小说中"农民的主人公的地位不只表现在通常文学的意义上，而是代表了作品的整个精神，整个思想"。[②] 在赞扬赵树理小说坚持了工农兵方向的同时，周扬认为他并没有忘记教育群众，在普及中提高，区分了农民中"积极的前进的方面"和"消极的落后的方面"。《论赵树理的创作》分析的另一重点是赵树理的语言。周扬认为赵树理小说"熟练而丰富地运用了群众的语言，显示了卓越的口语化的能力"，创造了"民族的新形式"。[③] 周扬的文章发表之后，郭沫若、茅盾等资深领袖作家也发表文章，对赵树理的小说创作给予了高度评价。1946年8月，中共中央西北局宣传部召开文艺界座谈会，提出"今后要向一些模范作品如《李有才板话》学习"；10月，太岳文联筹

---

① 周扬：《论赵树理的创作》，《解放日报》（延安）1946年8月26日。
② 同上。
③ 同上。

委会召开座谈会，提出"学习赵树理的创作"；1947 年 5 月，晋冀鲁豫边区文联和文协分会也提出："我们的农民作家赵树理同志如此辉煌的成就，为解放区文艺界大放异彩，提供了值得我们很好学习的方面。"1947 年 7—8 月，晋冀鲁豫边区文联召开的文艺工作座谈会上，便集中提出了"赵树理方向"。

从"赵树理方向"形成的过程看，其实质内涵可以通过周扬的《论赵树理的创作》来理解，而周扬对赵树理小说的肯定其实是根据毛泽东在《延安文艺座谈会上的讲话》的精神来进行了比照的，比如，他对赵树理对农民精神的传达，实际是在文艺界树立"文艺为工农兵服务"的样板；他对赵树理"问题小说"特点的展示，符合了《讲话》普及提高的精神；他对赵树理文学语言的解释，也正迎合了毛泽东文艺思想中"民族的大众的"要求，所以，周扬最后给赵树理创作的评价为"毛泽东文艺思想在创作上实践的一个胜利"。对于评论界给予的崇高评价，赵树理本人的反映却显得十分低调："我不过是为农民说几句真话，也像我多次讲的，只希望摆个地摊，去夺取农村封建文化阵地，没有做出多大成绩，提'方向'实在是太高了，无论如何不提为好。"① "我的'文化水'是落后的，'文学水'似乎高一点儿，但那只是一班老前辈拖的捧的。"② 除了谦虚，赵树理显然对于周扬等评论家对他的推崇显得猝不及防，在某种程度上，他还似乎刻意摆脱这种文学盛名带给自己的压力。

的确，如果我们进入到赵树理在这一时期创作的实践，就会发现他的小说与毛泽东文艺思想有很大的契合之处，但在总体精神上两者并不完全一致。正如赵树理所说，他要攻克的是"农村封建文化阵地"，因此"文化"成为他小说关心的核心问题（不是"阶级"），在《小二黑结婚》中，构成矛盾双方的主要人物是代表封建落后文化的"二诸葛"、"三仙姑"，包括金旺兄弟和代表进步文化的小二黑和小芹，他（她）们在阶级上并没有形成绝对的对立（即使是金旺兄弟也只能算是农民阶级中的败类），而

---

① 周扬：《论赵树理的创作》。
② 同上。

在处理他们矛盾冲突的过程上，赵树理也没有仅仅描写"积极进步力量"的胜利和"消极落后力量"失败的过程，而对于封建文化的腐朽性进行了辛辣的讽刺。《李有才板话》中的老秦和小元也是封建落后文化的代表，老秦生活在社会最底层，却满脑袋封建等级思想，当他认为县里的老杨是"官"时，表现得既害怕又恭敬；当他知道老杨是"住长工出身"时，马上就看不起他；后来阎家山的问题得到了解决，他又马上跪在地上对老杨磕头。小元是"小字辈"推选到村公所的代表，当了干部不久就改换了穿戴，"架起胳膊当主任"，凭权势逼着邻居当奴才。此外，在《邪不压正》、《传家宝》等作品中，对封建落后文化的批判和揭露始终是一个重要的内容。正是由于赵树理小说的这种特点，有人指出："赵树理是继鲁迅之后最了解农民的作家。赵树理深切地懂得旧中国农民的痛苦不仅仅在政治上受压迫、经济上受剥削，而且在于精神上的被奴役，他最懂得农民摆脱旧的文化、制度、风俗、习惯束缚的极端艰巨性。"[1] 其实，就作品的效果而言，赵树理不仅和鲁迅有一致的地方，其实与王实味也有一致的地方，王实味把政治家和艺术家的辩证关系进行解析，并要求改变"落后的灵魂"，赵树理的创作是其潜在的注脚。鲁迅、王实味、赵树理一致的地方，正是他们依然在"个人"的基础上思考和认知中国社会的问题，因此也就敏感地发现了在中国革命道路上"文化革命"的必要性和重要性。赵树理与王实味在延安时期命运的差别在于，赵树理对于自己"艺术家"的身份没有绝对的认同，他自觉将自己作为革命干部的一员，所创作的作品只是解释在革命过程中的问题，并对于农民和农村保持了深厚的情感，因此在他的作品批判锋芒没有脱离农村社会的现实问题，也没有与中国共产党领导的革命事业发生尖锐的冲突（他更实践了王实味所强调的政治与艺术的统一性），这成就了他，但也为他后来的遭遇埋下了伏笔。

新中国成立以后的文学体制建设逐渐为文学创作确立了"规范"，但即使在这样一个"一体化"写作的时代，五四新文学传统也并没有中断。

---

① 钱理群、温儒敏、吴福辉：《中国现代文学三十年》（修订本），北京大学出版社 1998 年版，第 479 页。

在文学理论界，胡风、秦兆阳、钱谷融、巴人等人的文艺理论和文学批评偏离了规范，并形成对规范的质疑；在文学创作领域，路翎、宗璞、刘宾雁、王蒙、邓拓、陈鹤翔、黄秋耘等创作的作品，都带有强烈的五四色彩，而即便是这一时期"主流"作家，赵树理、孙犁、柳青依然坚持了自己的艺术个性，创作的作品也不是"规范"出来的产物。

为什么在"文学规范"十分严格的 20 世纪 50—70 年代，中国文学的新传统依旧能够得以衍存呢？这首先需要破除对"规范"的过度神话。50—70 年代，党的确企图建立严格的文学规范，其细密的程度已经渗透到作家主题的选择、创作方法的运用等，但即便如此，这一时期"文学规范"的确切内涵是什么？作家究竟如何实践这一内涵？在当时（包括到现在）并没有给出确定的答案，因为在党给出的文学规范的界定中充满了不可确知的裂缝。首先，就毛泽东文艺思想来说，其充满辩证色彩的话语使接受者在接受过程中必然会感知到空间的裂缝。毛泽东文艺思想的特点在于其充满了辩证性，就《讲话》的内容看：暴露与歌颂、普及与提高都属于辩证统一的关系，这种理论话语如果和具体的创作实践结合在一起，就会形成理解上的偏差。比如，赵树理的创作，他对于封建落后势力的刻画和革命过程中问题的暴露，在周扬看来这是实践了普及与提高的关系，但在有些理论家的眼里，他却没有处理好暴露与歌颂的关系。这些由于规范的"空间裂缝"而造成的文学论争在 50—70 年代举不胜举，这说明即使在这一时期，规范也没有成为很多文学史家所想象的那样严谨。其次，50—70 年代文艺政策并没有保持连续性和一贯性，在不同的时期政策的差异，也使得规范形成了"时间"的裂缝。在今天的文学史想象中，毛泽东文艺思想和 50—70 年代的"文学规范"是一个整体，但如果进入具体的历史细节，就会发现其内部充满了时间的裂缝。最典型的例子比如，"百花时代"与此前文艺政策的调整；"文化大革命"开始后，文艺政策的再调整等，这造成文学创作上，很多曾经被奉为经典的作品在文艺政策变动之后，被送上历史的批判台，这也使得规范在作家心目中始终无法呈现出清晰的面容。再次，就 50—70 年代主流文学话语而言，其确立规范的话语与五四文

学话语之间交叉出现，出现大量话语的裂缝。比如，50—70年代流行的
"社会主义现实主义"、"两结合"、"深入生活"，究竟"社会主义现实主
义"与"现实主义"保持怎样的关系；"两结合"与"现实主义"和"浪
漫主义"保持怎样的关系；"深入生活"与"作家体验"又有什么样的关
系，如何使作品既适应时代的需要，又保持这些文学手法本身的魅力也是
50—70年代作家讨论和争议的话题。而就50—70年代的批判话语而言，
很多新型的词语的内涵并不清晰，比如，郭沫若在新中国成立前夕对各
"色"作家的批判，究竟这种"色"代表了什么样的具体内涵；再比如，
"小资产阶级"情调，究竟什么样的文学属于小资产阶级的文学，其内涵
并不清晰。50—70年代"文学规范"的裂缝，使其并不能如很多文学史家
想象的那般直接规范文学的面貌，他使作家必然通过自己的理解来接受
"规范"，这种状况为五四新文学传统的传承提供了可能。

　　在文学资源上，50—70年代中国文学尽管有效地进行了创作队伍的整
编，但解放区、国统区作家大会合的局面，还是为文学思想、文学创作的
多元化生长提供了可能。一方面，在50—70年代文艺队伍整肃还没有完全
形成之前，许多非解放区文艺理论家、作家进入文学队伍，为当时文坛注
入新风并产生持续的影响。比如，胡风及"七月派"成员的创作和批评，
尽管受到激烈的批判，但其文艺理论却对当时文坛产生了长期的影响，
50—70年代关于"现实主义"、"写真实"的讨论中，我们不乏见到胡风与
七月派理论的影子。与解放区作家经历了整风运动不同，非解放区作家更
多地承传了五四新文学传统，他们对文学的认知带有更浓厚的个人主义色
彩，这不符合50—70年代文学的整体环境，但符合了文学创作的基本规
律，因此也就使其文学思想保证了持久的生命力。另一方面，在解放区作
家队伍的内部，一些与五四文学传统保持了相似和相近联系作家的创作，
也保证了五四新文学的传统得到承传。比如，革命队伍中的"边缘人"孙
犁，他在解放区时期的创作以"荷花淀"般的清新诗意而著称，但到了新
中国成立之后，现实的环境让他感受不到曾经的"诗意"，这让他焦虑质
疑，他在《铁木前传》、《风云初记》等作品中对人际关系的探索，很容易

让人联想到五四时期一批作家的创作。可以说，在五四时期形成的中国文学的新传统，已经融入中国现代作家的艺术体验和人生体验之中，只要作家真诚地进入文学的世界，就会不自觉地受到这种传统的影响。

二

中国文学新传统在 20 世纪 40—70 年代的衍存不仅表现在规范之外的异质话语，还表现在这一时期作家对规范接受的态度上。在"断裂论"的理论视阈中，文学规范的"暴力"因素成为"断裂"的主要成因，也就是说 40—70 年代文学与五四文学的差别主要是因为文学规范的暴力作用完成的。其实这并不符合这一时期文学的本质特征。

如果说中国作家从"自我"走向"革命"象征着五四新文学传统的转变，那么促使他（她）们整体作出这种人生选择的因素，不仅仅是政治和外在社会环境，也与中国作家对"个人"和"自我"的认同方式有着内在的联系。中国作家对"个人"认同与"民族"是分不开的，因此中国现代作家对自身现实权利的维护、扩大艺术的包容度，都不可避免地进入关于现代民族国家的整体思考之中，否则要么其文学创作脱离个人体验，要么使自己的美学追求陷入虚幻，这种状况在中国现代作家的创作中表现得十分明显。中国现代作家选择革命道路的开始出现在"革命文学"兴起之际，考察这一时期创造社和太阳社成员匆忙"告别五四"的原因，除了世界范围内无产阶级文艺运动的影响和年轻人标新立异的冲动，常常被人忽视的因素便是这些作家在这一时期人生体验的改变。五四作家在整体上属于叛逆的一代，他们"个人"意识的自觉使他们在文化上开始离经叛道，但是在"旧中国"的社会现实下，"个人"在社会中要获得现实的意义，就必须通过现实的斗争来完成。正是这种原因，中国现代文学史上作家从"个人"走向"革命"成为一个普遍的现象。20 年代中期，创造社和太阳社成员之所以敢于在"革命文学"还没有取得创作实绩的情况下，敢于向鲁迅和茅盾等五四时期的文坛领袖发难，宣布"阿 Q 时代早已死去"，并最终促使鲁迅开始接触无产阶级文艺，其内在的动力在很大程度上是因为中国作家要维护"个人"和"自我"的现实权利就必须付诸革命。

与创造社和太阳社的成员之外，何其芳脱离"小我"走向"大我"有着不同的人生体验。何其芳早于30年代初期已经通过散文和诗歌创作而在文坛崭露头角，在这些散文和诗歌里，何其芳是一个自怨自艾的"画梦者"，但在1936年他大学毕业后，残酷的社会现实改变了他的精神世界，让他觉得"自己的羞耻"①，要"埋葬我自己"、"再不歌唱爱情"②，最终他意识到文学的"根株必须深深的植在人间，植在这充满了不幸的黑压压的大地上"③。1938年，何其芳来到延安，崭新的天地和革命的环境让何其芳感受到一种别样的诗情：自由的空气。宽大的空气。快活的空气。\ 我走进这个城后首先就嗅着，呼吸着并且满意着这种空气。④ 而为了这种诗情，何其芳情愿进行痛苦的涅槃："尽管个人的和平很容易找到，\ 我是如此不安，如此固执，如此暴躁，\ 我不能接受它的诱惑和拥抱！"⑤ "我是命中注定了没有安宁的人，\ 我是命中注定了来唱旧世界的挽歌 \ 并且来赞颂新世界的诞生的人，\ 和着旧世界一起，我将埋葬我自己，\ 而快乐地去经历 \ 我的再一次的痛苦的投生。"⑥ 何其芳的转变不仅仅是为了维护自身的权利，还因为五四以来中国作家对自身角色的定位。中国现代"个人"认同的完成与民族危机联系在一起，因此现代作家对自己身份的定位常常是双重的：民族复兴的脊梁和作家，这也构成了中国现代作家的人生矛盾。作为一个作家，文学创作在本质上是超功利的，无法承担起民族复兴的重负，鲁迅、周作人等五四先驱在新文学发生之际已经明确地认识到这一点。但是，作为一个民族复兴的脊梁，中国现代作家又不能超然于民族的动荡，必须自觉和主动地去承担民族的危机，这与他们所进行的工作

---

① 何其芳：《醉吧》，《何其芳文集》第1卷，人民文学出版社1982年版，第57—58页。
② 何其芳：《送葬》，《何其芳文集》第1卷，第52—53页。
③ 何其芳：《〈刻意集〉序》，《何其芳文集》第2卷，第123页。
④ 何其芳：《我歌唱延安》，《何其芳文集》第2卷，第176页。
⑤ 何其芳：《多少次呵我离开了我日常的生活》，《何其芳文集》第1卷，第204页。
⑥ 何其芳：《〈北中国在燃烧〉片段》（二），《何其芳文集》第1卷，第184页。

又不相符合。何其芳的人生转折在某种程度上正是这种矛盾的外化，在艺术的世界里，何其芳可以完全沉浸在个人的天地中，但当他接触现实之后，巨大的落差必须让他对自己的角色进行更进一步的选择。对何其芳来说，他甘愿彻底放弃自己早期的个人主义思想，完全融入革命的洪流之中，以实践自己民族脊梁的身份。当然，他只是一个特例，但在他的人生选择之中却在中国现代有着典型的意义，在50—70年代很多作家走进"规范"的作家，在很大程度上也有着如此的选择。

在中国现代作家从"个人"走向"革命"的过程中，艺术生命的延续和拓展也是值得重视的因素。在五四时期以《莎菲女士的日记》成名的丁玲，以都市女性的感伤作为创作的主要题材，但丁玲并没有停留在这种题材当中，30年代的丁玲开始转向革命，《韦护》、《一九三零年春上海》、《田家冲》、《水》、《东村事件》等一系列作品，丁玲将自己创作的对象转向知识分子投入革命的心路历程和广阔的农村世界。对于丁玲的创作转变，冯雪峰认为是丁玲碰到了"一个危机"，具体来说，即"越写越无力，再也无法写出第二篇和《莎菲女士的日记》同样有力的东西来"[①]，而"恋爱的热情的追求是被'五四'所解放的青年们的时代要求，它本身就有革命的意义，而从这要求跨到革命上去是十分自然，更是十分正当的事"。[②]冯雪峰的判断是准确的，对于五四时期具有个人主义色彩的青年作家（包括之后的青年作家）而言，他（她）们的自我表现往往带有情绪化、理想化的特征，比如，创造社的狂飙、李金发的孤僻、冰心的泛爱，何其芳的幻想，这种带有个人主义色彩的情绪在"个人"观念刚刚出现的中国可以开出璀璨的艺术之花，但仅限于此并不能使他们获得更为开阔的艺术空间，如果他们希望继续在文学的道路上耕耘，必须拓展自己的艺术视野。在中国现代文学史上，研究者经常提到周作人的创作危机、沈从文的创作危机，在本质上都有因为远离现实而导致艺术视野不够开阔的原因。丁玲的危机就在于，当她将目光投射到女性的解放时，"现代都市并没有给女

---

① 冯雪峰：《从〈梦珂〉到〈夜〉》，《中国作家》1948年第1卷第2期。
② 同上。

性提供更为合理的生存空间，反而是新的无路可走的孤独"。① 那么为什么革命成为解决个人困惑的一条出路呢？日本学者野泽俊敬的一句话很有启示意义："丁玲被压抑的灵魂和同样被压抑的人们的悲愤产生了共鸣。"② 的确，如果丁玲坚持在"自我"、"叛逆者"的道路上进行艺术探索，必然从"个人"的文化叛逆进入有组织的政治叛逆之中，丁玲的这种转折，在20世纪的中国并非偶然。

自我权利的维护、自我角色的定位和艺术拓展的需要使一大批中国现代作家步入革命，并进入50—70年代的文学体制当中，这也必然使他们中的很多人在理解"规范"和"集体"的过程中保持着"个人"痕迹，以"个体形式"呈现"群众主体"，并可能出现与体制偏离的情况。在延安时期，丁玲、王实味、艾青、罗峰等一批"文抗"的代表便是如此，而在50—70年代，钱谷融和巴人对于人情、人性的关照，秦兆阳、陈涌、黄秋耘关于现实主义的讨论，孙犁、王蒙、柳青等这一时期的创作，都表现出或多或少的个人色彩，这也使规范在新时期文学的复兴埋下了伏笔。

---

① 贺桂梅：《转折的时代——40—50年代作家研究》，山东教育出版社2003年版，第220页。
② 野泽俊敬：《〈意外集〉的世界》，《丁玲研究在国外》，湖南文艺出版社1985年版，第252页。

被误读的新文学传统

第一节　新文学传统与现代阐释

　　对历史长河中具有时间连续性特质的事物，往往需要用历史的眼光加以打量才能准确把握，有时甚至需要勘测上流与下流的位置予以细心打捞，才有本来面貌完形之可能。新文学从五四前后起步经过几代现代作家的创作积累，已有了眼花缭乱式的审美积淀，其中包括一大批名著与经典。只要对新文学本身稍加思考，一个突出的问题就摆在面前：有着丰富积淀的新文学是否已有传统存在呢？构建这一传统的基座到底有哪些，而且这样的基座是否被当下的阐释所容易关注到？如果新文学形成了自身的传统，到底有哪些实质性的传统基质蕴涵其中？如果答案相反，那么又是什么样的充足理由来加以阐释？——这既涉及新文学百年历史的本来面貌，也牵涉对这一客体的现代阐释等根本问题，尤其是后者，阐释主体与客体之间存在着复杂的纠结关系，这一切自然影响人们对阐释对象的不同理解与发挥。阐释作为一种话语表达，应用于新文学及其传统，那么传统的有无与传统本身的敞开，很大程度上有赖于阐释主体的独特发现。阐释主体以各种不同的方式进入新文学文本、思潮与批评内部，追溯逐渐远逝的历史脉络与纹理，自身已存在于历史之中，在"视阈融合"的错落中，最终阐释出不同的内涵；彼此纠缠的误读与偏见，则是这一阐释活动过程中出现得最多的现象，由此看来，新文学传统也很难避免遭遇这样的劫数。

一

在新文学传统的阐释过程中，误读随之而生。那么什么是误读，我们又在什么意义上界定误读的内涵与外延呢？毋庸讳言这是讨论的前提，在今天知识爆炸与分工各异的时代，对讨论前提的圈定，还是自有其积极意义的。作为被误读的新文学传统这一命题，也几乎全部立于此基石之上。

首先，在目前语境下，误读的含义存在相当明显的错位，经过不同时空的知识漂移，误读本身的意义也变得丰富复杂。那么第一个问题是在什么意义上限定本章所要论述的误读呢？也就是说，新文学传统作为对逝去一个世纪的新文学的某种精神概括，肯定存在多种误读性阐释，这些阐释的立场与观点在什么意义上称得上误读？为了避免无谓的纷争，有必要梳理一下"误读"作为特定术语的意义。在众所周知的传统阅读与阐释中，"误读"一说一般指的是在因误印、误译、误传等客观条件下，阅读主体对阅读对象做出某种误释、误解、误信等错漏之举，它属于贬义词，因为阐释者有意无意偏离阅读对象本身的基本意思与主要内容，没有阐释出对象本身的正确意义，与真理失之交臂，可以说是以不正确的方式得到了错误的结果，远离了事实本身。根据约定俗成的理解，在具体的阅读阐释活动中，阐释对象有一个固定的、凝结而不变的意义存在，但因误读偏偏没有追本溯源地阐释出来，而对客观本意的还原，是阐释活动应有的义务，岂有误读之理！不过，这一术语的原意在今天来说已变得非常模糊了，人们一般不再以这样过去式的眼光看待现代阐释中出现的类似情况了。恰恰相反，误读已由贬义词翻身变为褒义词了，这一转变源自西方现代阐释学，也包括新批评理论家布鲁姆的误读理论。

现代阐释学是伴随着西方现代哲学的勃兴而发达起来的。西方阐释学大师在这方面通过研究捧出了层出不穷的新成果，可谓新见迭出、目迷五色。强调生命个体体验的独创性，高扬阐释主体的能动意义，最终发现阐释者在面对文本或某一历史现象时，阐释对象却失去了它本身原初的终极意义。没有谁在阐释中真正捕捉到作者赋予文本的原初意义，哪怕是作者本人在脱离开当初写作的原初环境后，也无法有效地再度寻觅到自己赋予文本的全部原初意义。过去经常在理论上可以设定其存在的意义，到后来竟连阐释主体都无法准确捕捉，或者也因言不尽意而无法用话语表达。现代阐释学大师伽达默尔宣称"一切理解都是自我理解"，照他看来，文学史本身的概括就是一部文学的误读史，是误读的集合。一旦洞悉此点，不知让多少后来者对各自独特的阐释多了几分自信，也多了几分驳杂。在海德格尔、伽达默尔、狄尔泰等西方哲人的论著中，都有类似的表述。

对"误读"从哲学领域转移到具体的文类批评并加以实践的还有新批评理论家布鲁姆。随着西方有代表性的各派学说与理论在我国登陆并扎根结果之后，"误读"作为一种理论舶来品，在文学阐释领域同样有深远影响的，还得力于另一个人的身影——美国耶鲁学派成员之一的布鲁姆，他创造性地在文学阐释中赋予了这一术语旺盛的生命力。在《影响的焦虑》、《误读图示》等著作中，他提出"影响即误读"的观点，在他的学术视野中，文学阐释总是一种异延行为，文学文本的意义在阅读过程中通过能指之间无止境的意义转换、撒播、异延而不断产生和消失，这一理论同时也意味着寻找文本原始意义的阐释不可能存在。阐释在某种意义上也就是写作，一种带有高度创造性的话语表达。布鲁姆进而认为，误读有三种情况：作者对自己文本的误读；批评家对文本的误读以及后代对前辈文本的误读；尤其是现代的作者和读者阅读历史文本，误解更是在所难免。确切地说，布鲁姆的误读理论，给我们讨论被误读的新文学传统这一问题带来了耳目一新的陌生感，也相应带来了某种难以言说的含混性。

面对上述对误读本身的各种理论，我们的讨论还是坚持了一个立足

被召唤的传统——百年中国文学新传统的形成

点，即既没有沿用布鲁姆式的误读理论，同时也不是传统的误读即错误的陈旧观点，而是采取了折中的办法，即误读是一个中性词，它是现代阐释的主体带着各自的理论资源与人生体验，面对阐释对象本身的丰富性而做出的估量，是一种带有创造性的非自觉性误读。"由于文化的差异性，就不可避免地产生误读，所谓误读就是按照自身的文化传统、思维方式、自己所熟悉的一切去解读另一种文化。一般说来，人们只能按照自己的思维模式去认识这个世界。他原有的'视阈'决定了他的'不可见'和'洞见'。我们既不能要求外国人像中国那样理解中国文化，也不能要求中国人像外国人那样理解外国文化，更不能把一切误读都斥之为'不懂'、'歪曲'……总之，文化之间的误读在所难免，无论是主体文化从客体文化中吸取新意，还是主体文化从客体文化的立场反观自己，都很难不包括误读的成分，而从历史来看，这种误读又常是促进双方文化发展的契机，因为恒守同一的解读，其结果必然是僵化和封闭。这里所讲的文化误读既包含解读者对不同文化的深入探究，也不排斥因异域陌生观念而触发的'灵机一动'，关键全在于读者的独创性发现。"① 这里论者主要是针对中外文学的误读，其实也可归结为具有文化差异性的个体，在一国之内，这样的情况也具有普适性。在这样的意义上，看待误读本身，相对而言是比较贴切的。

二

在梳理误读含义的基础上，我们反观新文学历史，就会发现对新文学传统，还是存在显著的非自觉性误读。新文学是否形成了自己的"传统"，形成了怎样的"传统"，学术界对此分歧很明显，围绕新文学传统本身发生的此类争论，也差不多从来没有停止过。——这些分歧的存在，可以算得上是不同误读方式、结果的相互碰撞、交锋了。

---

① 乐黛云：《文化差异与文化误读》，《中国文化研究》1994 年第 2 期。

对新文学是否已形成了所谓的传统，研究此道的学者们似乎还难以高度统一，对新文学传统持疑惑态度的还少量地存在。新文学本身的诸多困惑与矛盾，也反映了这一点。联系 20 世纪中国文学的历史变迁与阐释，以下问题还普遍存在：新文学的范畴还没有清晰而稳妥地加以界定，比如，旧体诗词、通俗文学是否纳入新文学，新文学与现代文学的关系如何化解？新文学的历史是否具有应有的时间长度，符合传统的时间要求？事实上，新文学从五四前算起，到今天也还不到一个世纪。与世界现代文学比起来，积累似乎不够，有些名著与经典也还不稳定，即使是鲁、郭、茅、巴、老、曹这样的大作家，以及习惯以主流相称的左翼文学史这样的大事件，在评价上仍然存在争议，新传统还未能获得充分而深入的认可。如果说新文学有传统，在一些人的眼光中，主要还是新民主主义意识形态下的传统，是被政治意识扭曲了的传统，是反传统之后无根的西化传统。在外来文学思潮与传统影响下萌生的新文学，与有着几千年历史、以辉煌灿烂的不朽成就为根底的古典传统相比，新文学不缺少种种叛逆异端的姿态，也有着种种离经叛道的异质性作品，自然这样的文学顺理成章地遭受到各种贬斥，也就很自然地推到了传统的对立面了。从构建传统的诸多材料而言，有学者不无苛刻地认为新文学历史上，无论在小说、诗歌、戏剧等方面都没有出现影响深远的典范之作，也没有产生可与世界名著相媲美的伟大作品。在作品生成中，新文学诸文体的风格基调是模仿，与本土文学传统完全决裂。①

不过，综观这些非议新文学传统的论者，其实在人员比例方面是占极少数的，与他们意见相反的是，新文学传统已经形成，几乎成为一个共识。这方面的成果，从课题来看，有姚文放先生主持的国家社科基金课题《当代性与文学传统的重建》，温儒敏先生主持的教育部重点课题《中国现代文学传统研究》等；从学术会议来看，有南京大学中国现代文学研究中

---

① 这方面的材料可参考以下诸文：刘斯翰：《20 世纪中国新文学传统质疑》，《学术研究》1994 年第 6 期；郑敏：《世纪末的回顾：汉语语言变革与中国新诗创作》，《文学评论》1993 年第 3 期；郑敏：《关于诗歌传统》，《文艺争鸣》2004 年第 3 期。

心于 2001 年主办的"中国现代文学传统"国际会议等。仅以后者而言，大多数与会专家认可中国现代文学已经形成自身传统的观点，并就现代文学传统的范畴、内涵与形成、传统内部分支，现代文学传统与古代文学以及世界文学的关系，它在当代的影响与变异以及在各种文学体裁中的具体表现等方面展开广泛研讨①。至于期刊报纸发表的肯定新文学形成了传统以及分析各种实质性传统的文章，则数以百计，这些论著源源不断地站在不同学术背景与资源上，从不同切入口去梳理并呈现新文学传统。

如果说误读新文学没有形成自身传统还比较容易辨析并加以应对的话，那么对于绝大多数论者认可的新文学传统本身而言，其传统内部的因素分布、传统分支等方面则歧义纷纭，在不同学术理路的对话中存在的误读更甚。也许歧义性的研究也自有其学术价值，比如，如何阐释新文学传统的主流、支流与逆流，如何对待新文学传统与古典传统的关系，如何在新文学传统的线索上重新理解新文学作家及其作品，诸如此类，都存在较为显著的分歧。换言之，中国新文学在过去将近一个世纪的发生与发展中，形成了"怎样的"传统，更呈现出现代阐释的艰难性。也许，各种现代阐释都是合理的误读，虽然我们并不从这一立场来化解这些分歧。

下面主要从以下几个观察点，切入被误读的新文学传统。首先，对于传统的理解大致可以从以下两个层面予以把握：一是如何理解中国古典文学所形成的"传统"，以及这一传统本身在现代化过程中所出现的诸多变异和转化；二是中国新文学在生成、发展过程中所形成的较为稳定的语言基座、审美形态等新质。两个层面的相互支撑，都意味着传统具有生长性与流动性，不是整一的、僵化的存在，希尔斯所说的传统的"阐释变体链"，是两者对话的中介。"现在"与"过去"构成一种平等的对话关系，在互视中使传统不断生长。传统是否是文化保守主义的最后堡垒，新文学的反传统到底是一种姿态、口号，还是确实形成了异质性的东西，都是"误读"产生的根源。如果脱离了以上两个层面的考察，那么习惯式的阐

① 会议论文结集为《中国现代文学传统》一书，人民文学出版社 2002 年版。还可参见张桃洲整理的《"中国现代文学传统"国际学术研讨会综述》，载《文学评论》2001 年第 6 期。

释便难以真正摆脱掉这样的窠臼——即对传统的理解往往是在新/旧、进步/保守、革命/封建的二元对立中加以体认。在过去，与时俱进的革命与不断进步的进化论潮流，都自动将传统作为新文学的对立面，西化成为护身符，"反传统"便成为一把与对手交锋的无比锐利的刀子。于是，随着民族文学性格的重塑与新儒学的兴起，这一激进主义的进化论模式遭到了质疑。在西化的道路上奔波，向西方文学传统倾斜，最终又被对手误读为臣服于西方文化霸权，掉进了西方文化殖民的陷阱。是否可以这样讨论，反传统也是对传统的一种承接，古典传统内部也有丰富的异质性支脉。古典传统，作为几千年中国人性审美反映的某种概括，我们认为传统有更多相通的方面，哪怕是隔着不同时空的中外文学传统也是如此。五四新文学高扬的现实主义、审美主义、政治性等传统，在古典文学传统中无疑也是大量存在的，现代性的思想，也不是五四新文学开始后才萌生的。以白话新诗为例，现代新诗大量存在与古典诗歌的联系，这种联系从情感、趣味、语言形态等全方位建立起来，包括对"反传统"命名本身，也是中国诗体革命的常态，现代新诗与"反传统"的宋诗之间，就存在大量潜在的联系。[①] 又如以白话文为例，新文学传统是以白话为语言基座的，以白话作为语言工具的创作阵营，在古典传统中也占据着小传统的主体位置。与其说是"反传统"或传统的断裂，不如说是传统内部的错位衔接。

其次，对新文学传统的误读，还源自"传统/现代"二元对立思维的障碍。传统与现代，作为二元对立之物是某种思维方式的概括，稍微翻阅今天的论著，不乏以此为题的话语表达。其实，传统与现代二元对立，就意味着对传统仍然是抱一种老眼光，"传统"是与现代对峙，而不是旧传统与新传统对立，即现代还不是传统的一部分，换言之，"现代"可能构成传统，但目前还不是，这样的表述要什么时候才能结束呢？好比"新诗"这一称呼，它要新到什么程度才不"新"了呢？当然，这二元之间的

---

① 参见李怡《中国现代新诗与古典诗歌传统》（增订版），北京大学出版社 2008 年版。

对峙容易形成一定的理论空间，好处是便于言说。如果总是认为中国新文学是现代性的文学，在词语表面与传统对立，就意味着两者具有异质性，难以通约。实际上这一思维方式存在偏颇，容易滋生误读，将传统误读为僵化不变的永恒的事物，而现代与传统是无缘的，事实上现代中包括传统，两者在逻辑上并不能对等并立。进展到某个历史时期，固有的词语本身便有概念外延的扩大。像新诗需要在新的语境下正名为"现代汉诗"①一样，现代/传统的对立明显有不可忽视的缺陷。还有一层，还原到五四新文化运动语境下，现代/传统可以对峙，但到今天的语境，新文学已成长为具有丰厚内涵的整体，再坚持以这样的思维加以概括，我们认为就值得商榷了。对新文学传统的正确认识，必须正视此类误读产生的人为因素与历史沉积。与其说是现代与古典传统的对立，不如说是新传统与古典传统的张力。新文学传统不是在传统与现代这样一对二元冲突中形成的，而是跨越了这一对立，在融合与不断的改写中向前延伸。——因为现代这个概念，也正在发生变化。有现代文学研究的前辈曾对源头处的五四新文学发表了这样的见解：对五四的误读，有两种误读：反对派的和我们自己的。其中反对派的误读既包括把五四新文化运动说成"欧洲中心论的产物"，又包括责备五四新文化运动"全盘反传统"，造成中国文化传统的"断裂"。至于我们自己的误读，如强调五四新文化运动反封建的彻底性。②这样的观点深中肯綮。不过，似乎也可以接着说，对于传统本身而言，不怕颠覆，也不怕误读。每一种误读都联系着现代阐释，丰富了我们对阐释对象本身的认识。另一方面，要想使自己的主张脱离误读的嫌疑，也具有某种乌托邦色彩。

百年新文学这一客体，曾被置换为中国现代文学、20世纪中国文学这样的名称。在名称的转换过程中，就包括对新文学传统逐步形成的认识。以"现代文学"来说，现代文学形成的现代性，便是现代性体验形成的新传统，它同样是伟大的传统。虽然仍然逃脱不掉这样那样的怀疑与争论，

① 参见王光明《中国新诗的本体反思》，《中国社会科学》1998年第4期。
② 严家炎：《不怕颠覆 只怕误读》，《中国现代文学研究丛刊》1997年第1期。

但现代的复杂体验，使新文学负载着更多与古典文学不同的特质，这些特质是现代作家用现代语言表达对现代人生体验所取得的。正是通过这一历史的转身，使我们对新文学传统的源头有更多同情之了解。比如，对五四新文学创始之初的看法，呈现出更多误读的因素，主要是对于与传统断裂、向西方传统模仿与学习的观念。这是对新文学传统理解的关键之一。五四先驱并没有断裂传统，"打倒孔家店"也只是一种象征性的说法，实际上他们当时只是攻击民国初年那些还抱着老古董不思进取的文学流派，对坚守桐城派和骈体文的末流进行驱逐而已。即使是日后受人攻击的五四激进主义，也是某一种语境下真实心态的偶然流露而已，是为了达到某一目的而采取的灵活策略。——五四先驱的过激言论本身，一般都是个人化的言说方式，在宣言与判断背后，其实缺乏必要的强制性约束机制予以实行，他们只是以极端的方式揭示出病因引起社会格外关注罢了。如果说五四先驱纷纷宣言将传统断裂，传统就应声而断，这无疑是将无形、韧性、丰富的传统比喻为一根朽木，而这一譬喻显然与传统本身相差太远，用不着加以费力辩驳的了。有研究结果表明："就中国整体而言，20 世纪 50 年代以前的中国新诗，并不存在以'非此即彼'的斗争思维障碍创作实践的事实。"[①] 新诗如此，现代小说、散文乃至话剧，也是如此。与此紧密联系的新文学传统，同样并不存在断裂的可能。

总而言之，对新文学传统的误读，既存在于阐释主体的偏见与盲视，也存在于对传统本身的误读，假使对这两方面的因素稍加控制，就会寻求到更多的共识。

三

接下来的是，我们主要怎样阐释"传统"呢？在种种"误读"中，我们多少对传统本身多了不少观察并阐释的角度。对于整体性的百年新文

---

① 李怡：《现代性：批判的批判》，人民文学出版社 2006 年版，第 255 页。

学，误读方式各异，误读结果各异，都丰富了对研究对象的认知。随后的问题是，到底什么是传统？我们是在什么样的思想平台上讨论"传统"？在此基础上，是否可以任意地回归传统或拒绝传统，抑或相反？传统是可以随意割裂或扭断的吗？行文至此，我们愿意重复对传统的释义。

在国内，对现代文学传统素有研究的温儒敏先生认为："传统是围绕人类的各种活动领域而形成的代代相传的思维与行事方式，表现为思想与语言的'共同体'及其物化形态，是一种对社会行为具有规范作用和感召性的文化力量。传统总是得到多数人的承认，持续影响着人民大众的普通生活，成为社会结构的一个向度。"[①] 估计这一说法还是比较折中的吧。结合我们叙述的第一章内容，我们更愿意重复希尔斯的论证。即对传统的限定是持续三代，经过两次以上的延传便成为传统。这一说法的真正意义主要还是后半部分，前半部分所说的三代的时间只是一个大略的说法，代际的说法也是模糊的时间概念。经过多次延传，在延传的过程中有增删调整，传统经过不断的改写与变化，它的"阐释变体链"的复杂与曲折，注定了传统本身的丰富，"误读"种种也就是有意无意忽略了后半部分这一关键的界定。

中国新文学在将近一个世纪的发展中，不但在时间上远远超过三代作家的传承[②]，在阐释变体链上更是有无比丰富的形成、生长、撒播与变异。新文学自身形成的新传统，在当下的生活中已经渗透到各个领域，正在潜移默化中影响着我们的思维方式与文学的眼光。比如，以白话文为基础的现代文学语言的确立，已不可动摇。尽管承认由白话过渡到现代汉语这一工具有诸多的不足，但不可否认，以文言为工具不可能复活了。白话作为

---

① 温儒敏：《现代文学传统及其当代阐释》，《中国现代文学研究丛刊》2008 年第 2 期。

② 明显的例子如刘半农在 1932 年出版《初期白话诗稿》曾形象地说过，"这些稿子，都是我在民国六年至八年之间搜集起来的。当时所以搜集，只是为着好玩，并没有什么目的，更没有想到过了若干年后可以变成古董。然而到了现在，竟有些象古董来了。……有一天，我看见陈衡哲女士，向她谈起要印这一部诗稿，她说：那已是三代以上的事了，我们都是三代以上的人了"。由此可见代际更替的迅速。参见刘半农《〈初期白话诗稿〉序》，陈绍伟编《中国新诗集序跋选》，湖南文艺出版社 1986 年版，第 247 页。

小传统的语言，在欧化、口语化的辅助下，已定型正名了，作为话语表达的工具，它足以表达与适应现代人们抒发思想情感与虚构生活的需要。从新传统的承载者而言，整个新文学作家所创造的优秀作品，正在逐步经典化，其人物形象、艺术形式、写作风格与表达技巧，为新文学若干代作家所仿效。除此之外，新文学作品也脱离文学的狭小圈子，渗透到整个社会中去，影响了人们的精神生活。毫不夸张地说，我们可以毫不费力地铺陈出大量例证，对新文学传统的内涵加以梳理与陈述，证明新传统本身的存在。

对既已形成的新文学传统，这样的问题似乎有点耐人寻味："误读"主要不依赖于新文学传统这一研究对象本身，而是取决于现代阐释的主体。阐释主体精神活动的丰富性与歧义性，是误读的根源。不同阐释者的学术资源有异，对新文学传统的读取也就大相径庭。在接下来的以下章节里，我们将花较多的篇幅对主要影响新文学传统的思潮、派别详加分析。因为这既关系着新文学的前途与走向，也关系到不同误读背后的逻辑与想象。

如果有以上这样的思维支撑新文学研究，我们相信能减少一些不必要误读的可能性。不管是面对解构，还是面对虚无，我们都不愿将时间浪费在讨论前提的纠缠上。学术的发言，不应该在重复中损耗，而是摆脱了无意义的束缚，站在新的挑战面前。

新文学传统的歧路，是过多的误读混淆是非，新文学传统的出路，在于对阐释变体链的把握与重视。对传统的理解，正如艾略特所言："传统是具有广泛得多的意义的东西……它含有历史的意识，不但要理解过去的过去性，而且还要理解过去的现存性，历史的意识不但使人写作时有他自己那一代的背景，而且还要感到从荷马以来欧洲整个的文学及其本国整个的文学有一个同时的存在，组成一个同时的局面。这个历史的意识是对于永久的意识，也是对于暂时的意识，也是对于永久和暂时的合起来的意识。就是这个意识使一个作家成为传统性的。同时也就是这个意识使一个作家最敏锐地意识到自己在时间中的地位，自己和当代的关系。"① 对于一个作家是这样，对于新文学传统本身也是这样。

第二节　变幻的面具：从革命论到后现代

　　中国新文学形成了怎样的传统，新的传统的历史原貌如何，实在是一个言人人殊的命题。新文学传统的生成、过程乃至性质都相当芜杂，由此而来的歧义也就相当自然了。大凡新文学史论性质的著作对此都有不同的描述，这也是新文学传统丰富与歧义的表征。这一趋势，一直可以追溯到五四文学革命时思想先驱们所设计的不同蓝图与规范，他们对新文学本身的理解与前景规划也趋于多样化，存在理解与阐释上的各种差异，如胡适与周作人对新文学道路的设计便迥然不同。以此为始，直到今天，不断衍生的新文学史撰述重叠往返，形成一种多声部现象，新文学传统的面目也就像变幻的面具一样，陡增不少"误读"的啼笑因缘。也许我们不禁要问，作为客观的存在，新文学传统是古典传统在20世纪的延续与变异，应该有一个基本的面貌吧。可事实上，这一历史原貌的还原，阐释起来竟如此艰难！阐释主体有异，新文学传统像变色龙一样难以把捉——这均可视为人们对新文学传统的种种"误读"。本节选取几种带有代表性的"误读"，深入误读中的新文学传统内部，探究到底是怎样的传统才有如此不平常的内容。

一

　　如果要说出哪一种阐释占据新文学史论性质的绝对主流，那么很容易回答，即融进化论与革命论为一体的新民主主义文学史观。自20世纪40

---

　　①　［英］艾略特：《传统与个人才能》，王恩衷编译：《艾略特诗学文集》，国际文化出版公司1989年版，第2页。

年代始，新民主主义文学史观开始浮出水面，它带有强大的整合力，后来影响也最为深远，有一统江湖的意味，人们对新文学传统的阐释，也趋于高度统一化。其要点基本上以五四为源头与内核，依循从文学革命到革命文学直到革命胜利的逻辑而予以阐释铺陈并建构起来。"革命"是这一阐释的关键词，革命论的理念贯穿在新文学传统中。其中最为关键的环节，则来自政治家对新文化运动及其文化性质、任务的阐释。在战争、革命年代诞生的《新民主主义论》、《在延安文艺座谈会上的讲话》等著作，陆续公开发表，其影响不断越过边界进入新文学，逐渐为新文学史观奠基。从40年代到今天，它差不多是新文学传统阐释的金科玉律。

受政治意识形态影响甚深的新文学，无不受此观念的严重制约。"革命"是社会变革、政治变奏的主线，自然也是新文学传统的基调。随着中国共产党在国内政权的建立，革命领袖的此类著作得到了全面而广泛的宣传与贯彻，不管是作为前奏的第一次文代会，还是作为学科建设的新文学史著作的撰述，一系列在意识形态领域发生翻天覆地变迁的重大历史事件接踵而来，新文学传统也得到了规范、整齐、划一的阐释。为了服务于国家机器，作为其中一分子的新文学，充当了从文学史和文化史的角度论证新政权与执政党的合法性工具。强化无产阶级革命对文学与文化事业的指引与领导作用，这是新生的民族国家共同体出于意识形态考虑的策略，也是革命的文学传统顺理成章的延续。依照这一目标，新文学的历史得到了新的梳理与阐释，高度统一、内涵明确的新文学传统，不得不承担民族国家的宏大的革命叙事。误读也由此发端而不可收拾。

新文学传统在革命叙事的统一口径下，得到了准确无误的阐释。下面主要从几个方面予以表述：一是新文学性质的定位。视新文学运动及其传统为新民主主义文艺，这一明确定位，对新文学传统第一次从政治层面做了统一而鲜明的解释。毛泽东在《新民主主义论》、《在延安文艺座谈会上的讲话》等一系列著作，指出无产阶级领导的民主革命是新民主主义革命，其性质与基本任务与资产阶级领导的旧民主主义革命迥然不同，两者的分水岭划在五四，这样彻底否定了资产阶级民主思想对五四新文化运动的领导作用，对五四新文化运动的性质和领导权重新估定。彻底反帝反封建的历史任务，则是五四新文化运动所肩负的责任。在新民主主义革命性阐释的脉络上，五四的历史地位得以迅速提升，新文学传统的意义也非同寻常。换言之，对五四传统的有意误读，连带着对新文学传统的误读。有学者曾对这一环节中的"第一次文代会"这样高度概括："'文代会'对于现代文学传统的阐释，奠定了新文学史的叙述框架，确立了'新民主主义'的文学史观，对'五四'以来新文学的性质作出鲜明的政治性判断，以'统一战线'的理论分析概括了新文艺运动的流变，并且确定了以所谓的'两条路线斗争'为纲的文学史叙事线索。'文代会'在对新传统的阐释中，一是体现了政治革命与文艺一体化的思维方式；二是由阶级分析方法和统一战线的思路派生出一种新的文学史系统。'文代会'力图清理20世纪上半叶文坛上诸多历史遗留矛盾，并对纷纭复杂的文学现象进行梳理，其中许多重要的观点、结论，是以'官方'立场确定下来的。"[①] 由第一次文代会肇始，新文学历史的撰写，也在把握这一指示精神的前提下紧锣密鼓地开展起来，在史识、体例、材料等各方面都有所转向。"1949年前的新文学史著多描述型的，从此便让位给了阐释型的。"[②] 在50年代开头几年，无论是《〈中国新文学史〉教学大纲》的编写，还是像王瑶《中国新文学史稿》、丁易《现代文学史略》的编写，都部分或全部带有阐释型的时代特征，这一批新文学史论著述，奠定了新文学的学科地位，新文学的传统也得以完形。在学术生产体制化的历史背景下，这些著述在指定的舞台上，注重突出文艺思想斗争，对作家地位的评价也主要由其政治态度来决定，如鲁迅的身份是新文学的旗手与奠基人，诸如此类，都是对新文学传统阐释的重要侧面。革命性的阐释是图解新文学现象的理论出发点，由此形成评价标准与批评范式，整个新文学的发生、发展、衍变都在既定的视野下得到呈现。

---

① 胡慧翼、温儒敏：《第一次"文代会"与新文学传统的规范化阐释》，《河北学刊》2008年第5期。

② 黄修己：《中国新文学史编纂史》，北京大学出版社1995年版，第123页。

站在新世纪语境下，回顾这一革命性的阐释，明显感到对新传统的认识含有更多误读的因素。也许在特定的政治化年代，人们对"革命"有着特殊的印象与记忆，这一新传统的阐释也自有它存在的理由，对新文学传统的虚构、想象与重塑，都符合新文学传统的某些实质性存在。但是，我们不难看出，"革命"话语中的新文学传统观，本身大大简化了历史，越到后来越容易看出这一阐释的弊端。其中最为主要的是忽略了历史事实的本来面貌，部分代替了整体，由政治的"误读"带来对文学历史真相的"遮蔽"。虽然任何一种文学史都是一种叙述，因叙述者不同的立场、思想而导致不可能恢复真正的文学原生态，但至少应反映新文学自身自由发展的基本生态面貌，多元、丰富、歧义的大量文学史信息不能人为地遮蔽、歪曲、装配。其次，这一"误读"很少触及"个人"、"自我"这一根本性的思想基础，作家生命个体创作的心态，人生体验与思想的芜杂，自我在社会中的定位，作家个体与新文学的关系，作家创作的过程与目的，等等，都相应缺乏叙述的笔墨，他们的面目也就相当模糊、单一，因而这一阐释对五四传统的捍卫显得空疏、单调、乏味，最终缺乏说服力，同时也使新文学传统变得更为脆弱、无力，由此引发了后来的"误读"之"误读"，比如，认为五四新文学割裂了传统，新文学传统的虚无，支撑新文学传统材料的"空洞化"现象，等等，差不多都可追溯到这种对新文学传统的阐释上。新时期以来的三十来年里，研究新文学的学者们通过重写文学史等举措有意纠偏与自我批判，更加动摇了这一传统的完整性，最后反倒成为他人攻击新文学的理由，支离破碎的新文学，多次失去证明自己的机会。

二

在"革命论"阐释占据新文学传统主流观念的一统江湖下，在数十年间，尽管在努力挖掘新文学与革命的联系上取得了一些进展，但总体而言，新文学传统因"误读"甚深而逐渐变得单一与僵化，并最终酿成了新文学传统研究的困境。

经过思想解放的冲击，历史终于翻开了新的一页。与新时期各种变革同时起步的新文学研究，迎来了自己的黄金时期，现代文学作为80年代的"显学"便是此类状态的概括。现代文学学科的重建，在批判与清除政治流毒的新形势下，"拨乱反正"也在新文学研究中紧张进行，新文学的传统在重新阐释中拂拭掉了脸上的灰尘，其历史形象得到了重塑。其中，就包括以比较文学思维为基础的启蒙式阐释。特别是80年代中期，回到五四和强调启蒙主义立场，使新文学研究超越了政治意识形态对文学的严重制约，"革命论"的阐释开始松动。加之当时热衷于移植与运用外来的文学理论与方法，文学传统观念得到及时的更新，方法热与文化热此起彼伏升温，一起促成了对新文学作家作品的重读与重评。这里主要以比较文学的影响研究为例，揭示这一方法对新文学传统研究的推进之功，同时也指出随之出现的还有另一种新的"误读"。

在重开国门、融入世界的大潮中，现代文学研究的黄金时期差不多与比较文学研究的崛起同步，形成了彼此默契的胶着状态。在现代文学研究界，拨乱反正、重估一切的思潮得力于对中外文学关系的全面考察，最先取得不少成果的领域也系于此，比如，中西融合下的现代文学思潮流派的讨论，现代作家与外国文学传统的联系之分析，新文学作品与外国名著的比较研究，等等，这些论著揭示了一个重要史实：以五四为起点的新文学，其文学史意义与传统性质不能在阶级斗争、唯"革命论"马首是瞻的意识形态视角下获得力量，也不能在进步/落后，革命/改良之类的模式中得到妥善安置，反而是在从中国文学走向世界文学的新征途上，赋予了新文学有别于古典传统的异质性特征，新文学的现代性不可能脱离开西方文学视野来进行阐释。众所周知，"文化大革命"后的百废俱兴，通过改革之后的"开放"，即全面打开国门而取得明显的突破。目前较为热闹的比较文学界，在书写比较文学研究历史时，一般都会格外关注新时期的这一跨越。新时期是比较文学的起步期，也是奠定这一学科的关键期，其研究队伍除了少数外国文学研究专家之外，当时大部分是现代文学研究界的学者，后来也基本如此，如贾植芳、乐黛云、王富仁、温儒敏、陈平原、钱理群、吴福辉、陈思和等人便是。"我关于比较文学的研究首先从有实际联系的影响研究入手，这大概与我过去出身于研究文学史有关。"① 乐黛云的这一自述有一定的代表性。以曾小逸主编的《走向世界文学：中国现代作家与外国文学》一书为例，其作者队伍更是如此，此书以现代作家个案研究的方式，主要立足点在寻找现代作家对外国文学的接受与影响。比较文学研究，在当时主要是模仿并借鉴法国学派的精神与方法，此学派的影响研究后来几乎成为现代文学此一研究的法宝。"要发展我们自己的比较文学研究，重要任务之一就是梳理一下中国文学与外国文学的相互关系。"② 因为从比较文学历史上看来，各国发展比较文学最先完成的工作之一，都是清理本国文学与外国文学的相互关系，研究本国作家与外国作家的相互影响。在这样的方法论指导下，对新文学价值与意义的阐释也就发生了根本性的逆转，新文学传统必须置放于当时走向世界文学的大潮中才能得到更为确切的时空定位，新文学的历史原貌似乎也在有力地召唤自己的回归。80 年代中期诞生的"20 世纪中国文学"观念，就认为它是"一个由古代中国文学向现代中国文学转变、过渡并最终完成的进程，一个中国文学走向并汇入'世界文学'总体格局的进程"。③

新文学的生发，本来离不开西方外来思潮的有意激发与牵引，有些文类如话剧还是比较地道的舶来品。因此，倾斜的文学天平再一次反向倾斜，新文学传统本身不断吸纳民族传统的面目变得相当模糊不清了，因为当时最为突出的内容是在新文学的作家作品与思潮中，努力寻找外国文学与传统所投射过来的蛛丝马迹，关注并分析两者之中似是而非的踪迹。强化中外文学的影响，自然会弱化与本土传统的联系，新文学传统中异域色彩越加鲜明，本土传统则相应越来越暗淡、缺乏光泽，甚至被遮蔽起来。

① 乐黛云：《我的比较文学之路》，《比较文学与比较文化十讲》，复旦大学出版社 2004 年版，第 183—184 页。

② 参见张隆溪《钱钟书谈比较文学与"文学比较"》，《读书》1981 年第 10 期。

③ 钱理群、黄子平、陈平原：《二十世纪中国文学三人谈·漫学文化》，北京大学出版社 2004 年版，第 11 页。

时至今日，影响研究仍是比较文学界常用而自诩的利器，相对于新文学本身而言，其外来的文学资源也得到了较为全面的发掘和清理。问题是，这样的挖掘整理工作越出色，成效越大，越是表明中国新文学作家的独创性越少，现代文学自身以及本土原有传统的稀薄特征就越突出。新文学如何为外国文学所启迪、所影响，如何经过换血而取得在新的题材、主题、语言与思维等方面的突破，都难以摆脱仿效的嫌疑，反而成为因丧失本土资源滋养、丧失作家非凡创造力的有力证明。换言之，相比于西方文学及其传统而言，新文学没有多少证据来证实自己的创造性，来证实自己的个性。因此，一旦古典传统断裂论尘嚣甚上，民族主义或文化保守主义就会以此为口实而发起更多的攻击。

这一思维方式与现代阐释，对新文学传统的"误读"，同样也由此昭然若揭。异域文学、传统、精神的输入与移植，其实并不是像运输货物那么简单，这一阐释很大程度上漠视了文学创作这一精神现象的复杂性。因为精神产品的创造归根到底并不是观念、方法与技巧的移植，而是创造主体在当下生活的人生体验与智慧的结晶，在经验与表达之间，经验是第一位的，表达是作家全身心与现实遭遇、从生活里面出来之后的情感记载。作为文化交流与输入的外来因素固然可以给现代作家某种启发，但并不能够代替独立自我的精神发育，最多只能通过"他者"的镜像换位思考，重新审视自己，把一些潜意识中萌生的意识清晰化，这样模糊不清的思维片断可以连成线、连成面，以审美的眼光酝酿成形。另外，这一阐释除了漠视创造主体的独创性与芜杂性之外，就传统生成的路径而言，则无形中把新文学传统推到了西方文化霸权的陷阱。当我们不再关注创造主体当初是如何自觉地在借鉴基础上不断主体化后，这便为后来者的学术质疑留下了空间，难怪在 20 世纪 90 年代的现代性质疑思潮中，不少学者都将文学在内的中国文化的现代性动向指责为西方文化霸权的产物，因为这一阐释的结论忽略了描述中国现代知识分子如何进行独立精神的创造的生动过程。显然，这一阐释离新文学创作的事实是很遥远的，真正在文学创作上取得成就的，无一不是张扬主体精神，独辟蹊径从事个人化创作的作家。下面我们将以现代文学史上颇具诗名的卞之琳为例，来予以呈现。

卞之琳诗歌本身创作，按通常的影响研究说法，外有魏尔伦、艾略特、瓦雷里等人的影响，内有李商隐、温庭筠等晚唐诗人的熏染。这一点必须承认，但问题的关键是诗人卞之琳是作为一个中国现代诗史中的个性化存在而言说着的。他既不是西方象征主义、现代主义诗潮在中国的代言者，也不因与古人有过精神联结而有了误读的可能。正如鲁迅所说，吃了牛羊肉，也决不会"类乎牛羊"的。作为具有自己滋生机制的主体，卞之琳通过诗歌这一形式完成了他对当下生活的一次生命、情感的投射。某些有某种程度仿效痕迹的早期作品，也仅具有辨识诗歌渊源、诗风流变的一点作用。大致相近的看法是，卞之琳始终是一个对生命的玄思者。多思、犹疑、敏感、笃静是诗人存在的标签，也是他在敞开对人生与世界大门时进行生命、能量置换的无形资本。那种小处敏感、大处茫然的身世飘零与人生幻灭感，那种默默无闻、怀旧怀远的出世态度与内在情调，那种喜爱淘洗、倾于克制的词语欢悦，正是作为诗人的卞之琳典型的生存方式，也是他体验生活、见证自身生命存在的体验方式。比如，对破败荒凉现实的感受（《古镇的梦》、《春城》），对普通民众生活、困乏人生的刻录（《酸梅汤》、《道旁》），对存在、相对观念、时空观的体验反刍（《距离的组织》、《断章》、《尺八》、《投》），对命运、爱情、色空观念的感同身受（《无题》、《寂寞》、《白螺壳》），这些诗作无论是语词本身，还是思维方式背后，都呼吸着一个审慎、精细、睿智而又惆怅、无奈的自我。它们是诗人通过体验现实后的情感凝结，是体验过的现实，是张扬个体生命的智慧结晶。

中外或古今两个作家在某些方面存在相似之处，本身是人类的一些母题在不同时空中的呈现，比较文学的平行研究，也大多止步于揭示这一人所共知的事实并进行细化罢了。因此，不论是影响研究，还是平行研究，这样的研究有一定的积极意义，但也有明显的局限性。即使承认有"接受—影响"的痕迹，与作家的个体体验与生存实感相比，仍是微不足道的。比较文学后来发展到跨文化跨学科甚至是跨文明的研究阶段，在不否认这一研究有一定价值的基础上，其实它所揭示的规律与取得的成就，都是比较空泛、空疏的，难怪失语症也最先由比较文学圈子内发现。近些年来比较文学在表面的热闹之下，实际就越来越感受到这一困境。以外来思潮本土化为例，一种文艺思潮的越界传播，总得经历不断的变形、他者化，而且这一过程，最需要的是某种本土文化强大的激发与内需，才有可能扎下些许根须。——这是一个有生命的移植过程，影响的种子需要适宜的土壤与气候。

三

当现代文学研究努力走向世界时，"西化"还只进行到中途，对它的批判却随之展开，这一工作主要由中国 20 世纪 90 年代的后现代主义论者所承担。后现代性作为对现代性的颠覆与反动，它也是世界性的思潮。来自西方文化内部的反叛，最早传到了国内，并为极少数中国带有先锋思想的学者所抓住，这一后现代阐释，及时地成为 90 年代的新潮。

包括后结构主义、解构主义、后殖民主义等在内的后现代主义对于西方自文艺复兴至启蒙运动所形成的现代性传统进行了猛烈的抨击，这一思潮在中国同样获得了移植的土壤，现代性终结的宣判似乎给那些不自觉地臣服于西方文化霸权的人们发出了"刹车"的口令。因为"'现代性'无疑是一个西方化的过程。这里有一个明显的文化等级制，西方被视为世界的中心，而中国已自居于'他者'位置，处于边缘"①。反观比较文学的溯源历史，以及世界文化的扩散历程，几乎都是以欧洲这一西方文化母体为中心，是这一中心在政治、军事不断向殖民地扩张中所附带进行的，是不断歧视、压制他种文化，泯灭亚、非、拉各民族文化特色的历史。在殖民宗主国的文学研究者眼中，随着西方文学与文化不断扩散的过程，民族间的差别将削平，直到地方的特色终将消失。影响基本是不对等的，事实上大多数情况也是这样。另外，以东方主义代表萨义德为代表的后殖民主义

---

① 张颐武：《"现代性"终结——一个无法回避的课题》，《战略与管理》1994 年第 3 期。

理论，强调西方以其文化霸权诠释东方，强使殖民地或第三世界处于一种失语状态，只能用西方话语表述一切。因此，对于东方各民族来说，第一要义是颠覆西方的文化霸权。虽然这"东方主义"也是西方文化框架下的产物，也是舶来品，但某些强调国学的人们却因此更趋向于拒斥外来的东西而强调回归本土的一切。文化作为生产力，于是产生了从"现代性"到"中华性"的呼吁："中华性并不试图放弃和否认现代性中有价值的目标和追求。相反，中华性既是对古典性和现代性的双重继承，同时又是对古典性和现代性的双重超越。"由此对中华文化圈的划定也隐约可见。①

　　"复制、消费和平面感成为后现代文化的代码"②，它与"现代性概念首先是一种时间意识，或者说是一种直线向前、不可重复的历史时间意识，一种与循环的、轮回的或者神话式的时间认识框架完全相反的历史观"③相比，后现代主义显然并不需要线性的、直线向前的时间意识，而恰恰相反："历史意识消失，产生断裂感，这使后现代人告别了诸如传统、历史、连续性，而浮上表层，在非历史的当下时间体验中去感受断裂感。对历史的态度实质上是一种对时间的哲学观。历史感的消退意识着后现代主义拥有了一种'非连续性'的时间观。"④后现代式的阐释，把现代文学及其传统又一次完成了一系列不确定的批判，对现代性的质疑与终结，无形中对现代文学研究学人的固有信念与共识构成了尖锐的挑战。不过，这一宣判冲击新文学已经形成的传统，最终发现又是"误读"。因为在冲击波过后，强于解构的后现代论本身却无力提供一个新的价值体系。后学论者以本土文化——中华文化对抗西方霸权的时候，既提供不出有操作性的

---

　　① 张法、张颐武、王一川：《从"现代性"到"中华性"——新知识型的探寻》，《文艺争鸣》1994年第2期。
　　② 王岳川：《后现代主义文化逻辑（代序）》，王岳川、尚水编：《后现代主义文化与美学》，北京大学出版社1992年版，第2页。
　　③ 汪晖：《韦伯与中国现代性问题》，王晓明主编：《批评空间的开创：二十世纪中国文学研究》，东方出版中心1998年版，第2页。
　　④ 王岳川：《后现代主义文化逻辑（代序）》，王岳川、尚水编：《后现代主义文化与美学》，北京大学出版社1992年版，第27—28页。

具体内容，甚至其勾画的蓝图也宛如海市蜃楼一样更加虚无。其原因之一是，高举着对抗西方文化霸权的大旗，宣判现代性终结的论者，其最根本的知识资源与精神支持仍然源自西方，影响的焦虑更为显著，虽然在论证中时时有痛快淋漓之感，有横扫一切的快意，但在具体的建设性层面，不"中"不"西"是其常态；在回归中国古典传统的旅途上也是走马观花，显得粗劣而又简陋。后现代论者没有清楚地意识到中华文化自身演变的生发过程，只是抓住一些后现代文化的表象，借用过来还是有水土不服的毛病。当然，生活在世界化趋势加强的当下，我们还得相当程度上依赖于西方的思想资源，还得继续受到"失语症"的纠缠，这是一个时代的困局。漂移的知识，可以带来一时的炫目，但很难真正开出花来，结出果子来。

另外，后现代本身在西方的学术思潮中，也是复杂矛盾的。作为20世纪西方思想之一种，后现代论者本身矛盾重重，如其中坚人物哈贝马斯宣布："我并不想放弃现代性，也不想将现代性这项设计看做是宣告失败的事业。我们应该从那些否认现代性的想入非非、不切实际的纲领中认识到失误。"① 哈贝马斯所谓"现代性"之未完成性启示我们在一种更冷静也更开阔的视野中来辨认和评价中国现代文学的现代问题。"现代性"还没有结束，后现代幻想取而代之，显得虚脱。后来，后现代论者的转向，也多少证明了这一点。"中国现代性文学并不只是已往中国文学传统的一个简单继承，而是它们的一种崭新形式……遗憾的是，由于传统学术的限制，人们对于伟大而衰落的古典性传统似乎所知颇多，然而，对于同样伟大而待成熟的现代性文学传统却所知甚少；……无疑地，现在已到了正视这种堪与古典性传统媲美的新传统，并同它对话的时候了。"②

后现代式的阐释，是对中国现代文化荒谬的自我否定。因为中国现代文学传统，是现代知识分子在自身生存体验的基础上加以建构的。它并不是一个单纯的时间概念，而是包括大量的对于现实空间的生存体验。另

---

① 哈贝马斯：《现代性——一项未竟的工程》，王岳川等编：《后现代主义文化与美学》，北京大学出版社1992年版，第20页。

② 王一川：《现代性文学：中国文学的新传统》，《文学评论》1998年第2期。

第四章　被误读的新文学传统

外，现代文学传统根植于传统文学的母体，不是无根之本，是现代知识分子对古代知识分子的对话与对视，有中国的人性与国民性格，对中国现代文学传统做出体认时，既要回到中国的国土，有"泥土性"，又要回到文学本身，有审美性。现代性传统不是一个可以随意漂移的思想术语，而是对客观对象的准确把握，更多地视为中国作家表达自身现代生活的复杂体验的汇集，它也许可以提供一个丰富的阐释空间，来源于现代性感受，感受的多样性决定了研究的多样性与可持续性。比如，同样是对于现代人生被层层"围困"的感受，穆旦的诗，就显得大不相同。他的过人之处，在于他像鲁迅一样无情地解剖自己甚于别人，正视人自身局限而时时有挣脱"铁屋子"的诉求，洞悉人生荒谬困境又恢复了人生挥之不去的痛感。其次，穆旦几乎先锋性地意识到时代精神的压抑性，带着内心的冲突体验到了周遭黑暗的现实，并保留了一种差异性和否定的声音。穆旦跟大多数诗人不同的是，他不寻求语词本身的欢悦，也不迷恋于灵与肉分离的术语排演。也就是说，他摆脱了技术主义的束缚，而深入存在的核心，进行心灵的叩问，把自己生命"燃烧"在里面。——这也许是穆旦诗歌研究中，如果仅从作品意象、韵律、语言、句法章法、风格等入手而让研究者感到沮丧的根本原因吧。"后来到了昆明，我发现良铮的诗风变了。他是从长沙步行到昆明的，看到了中国内地的真相，这就比我们另外一些走海道的同学更有现实感。他的诗里有了一点泥土气，语言也硬朗起来。"[①] 后来穆旦诗风的改变，或者说他诗歌中现代性的发掘，都与此类现实不同时空中的深度体验相关。

四

从革命论到后现代，新文学传统显身在不同的阐释之中，它似乎有孙悟空七十二变的本领，不断变幻着不同款式的面具。这一切，都可归结为

---

① 王佐良：《穆旦：由来与归宿》，杜运燮等编：《一个民族已经起来》，江苏人民出版社1987年版，第1页。

对新文学传统的种种"误读"。也许，回到现代作家特殊的时空下的具体生存感受，作为"传统"的新文学，才不至于像一个钟摆一样，不停地晃动，而是尽可能地贴近新文学的本来面目，尽可能地回到新文学传统的基座上来。

第三节　误读的焦虑：海外汉学重估

在汉学之前加上限定词"海外"，本身有多重意味。这些来自异域"他者"的审视，意味着相隔大洋两岸无比遥远的有形之海，也包括因政治意识形态歧异、学术资源背景不同等这样那样的无形之"海"。另外，除了空间的暌隔之外，还有不同文化发展在历史进程中的时间差异横亘在两者面前。时空的割裂与错位可能同时伴随着阐释的错位，虽然经过"他者"镜像的折射，也会带来许多富有启发性的创见。

一

首先，还是简短回顾一下海外汉学的历史与变迁。汉学在海外的栖居地，举其大略，既有一千多年历史积淀的日本与韩国等东亚文化圈国家，也有数百年历史的美国与加拿大等欧美国家。此外如英、法、德、荷等国，都是汉学比较发达的西方国家，经历了数百年的积淀，已形成稳定的汉学传统。在这些国家中，"汉学"指的是研究中国问题的统称。值得指出的是，"汉学"（英文 Sinology）习惯上指的是欧美国家最早通过传教士等的记述与研究，才开始对中华文明进行研究的称谓，它与接触中华文明较早、受到儒家文化影响的日本、韩国、越南等东方国家所称呼的"汉学"，在概念上还存在歧义。"汉学"作为欧美国家对中国语言、文学、历史和哲学等学科的研究，到了现代，除上述以文史哲为主的研究对象外，研究领域已大有不同，开始广泛涉及中国近现代和当代的政治、经济、军事、社会等问题。因此"汉学"一词也时时被"中国学"这一术语所代替。对于这一歧义现象，本书仅作此简短交代，仍习惯以"海外汉学"笼统地加以概括。

言及到此，我们就不得不关注海外汉学研究的队伍与基本情况。就欧洲汉学而言，他们学术起步较早、影响较大，其成员最先基本上由最先到中国来传教的欧洲传教士承担。他们尾随中西文化交流的先驱——意大利的马可·波罗——的行踪，远涉重洋来到中国传教，进行茶叶、丝绸、瓷器等商品贸易与中西文化交流，当时的中心环节是宣传基督教文化，如意大利人利玛窦，德国的汤若望，法国的李明等人便是。到了晚清，随着中国留学生分别到国外留学，其中有不少中国人留学后滞留在国外，甚至干脆加入了某国国籍，身份相应变成了外籍华人，数量庞大的这一群华裔学者，他们在国外对中华文化的推介与研究更为全面、深入，因为他们在国内有早期生活的经验，汉语作为其自身母语也是一个极显著的优势。事实上，以海外汉学的成就而言，在世界各国的华裔学者比外国本土学者所取得成就更为显著。这一情况，在欧洲汉学界如此，在后起之秀的美国汉学中也是如此。

进一步看，具体缩小到新文学传统这一特定对象，我们又在什么意义与范围内讨论海外汉学呢？我认为就要具体分清楚到底是哪些汉学家在研究，他们学术背景与求学背景的具体情况又分别如何。诚然，纯粹的那一小群外国学者对新文学研究的成果，在国内引起的反响是很少的。以美国汉学而言，如格里德的胡适研究，金介甫的沈从文研究，葛浩文的萧红研究，戴维·罗伊的郭沫若研究，其影响都不太显著。近年来在当代文学领域，德国汉学家顾彬对中国当代文学的贬低，得到了国内绝大多数学者的反戈一击，似乎误解甚深。也许国人对此类汉学家的成果，除了受到他们褒赏的作家诗人之外，一般都不看重，甚至有不少人嘲讽汉学家的中文水平甚至比不上国内一个中学生，其言论观点自然只能仅供存档而已。另外，在中国大陆、香港、台湾等长大后留学并侨居外国的华裔学者，不少人对新文学专事研究，他们大多在国内出身于英文系，在语言方面占有先机与优势，自然很快融合到外国文化与社会中去，在这方面取得的成绩甚为显著，可谓来势汹涌，有惊涛拍岸之势。仅以美国汉学为例，如新中国成立前夕出走美国的夏志清，从第二次世界大战后与大陆水火不容的从台湾到美国的李欧梵、王德威等人，新时期从大陆到美国的刘禾、孟悦、唐小兵等人，在现代文学研究中屡创新意，不少新颖而精辟的著述横空出世，大有席卷大陆之势。与正宗本土的外国汉学家相比，他们似乎占据了中西交融的先机，学术制高点高，比在国内靠第二手翻译材料创新的先行者还要走先一步。不过，他们在国内表面风光但实际也有难以言说的困境，虽然他们大多数在美国获得过不同专业领域的博士学位，师承美国知名学者，在美国攻读完学位后又任教于美国的各大学东亚系之类的教职上，但是，这一群体在国外研究中国现代文学，原始资料相应较少，学术交流也并不频繁，加之文学研究是比较冷门的职业，并不占据汉学的主流，甚至因移民背景而受到不同程度的压制，因此他们的学术出发点、思维逻辑、情感心态等，都是较为特殊的。正如有论者所指出的那样："观察分析这些美国华人对中国现代文学的评价，与其说他们反映出了当代美国的学术姿态或美国汉学的主流，还不如说是呈现了一个生存于美国社会的中华文化的亚文化群落的特殊心态。也就是说，今天更值得我们讨论的其实并不是整个抽象的西方汉学问题，而是与我们的社会生存若即若离的一些特殊的华人学者的心态与思维问题。"[1]

这样的分析是相当中肯的，也是我们立论的前提与基础。认识到这一点，多少有助于我们对这些海外汉学有清醒的体认。基于此，我们可以这样设问，他们代表了海外汉学的哪一分支？这些汉学家的思想是否存在优劣，与此相关的洞见与偏见是否同时掺杂不清？他们立论的立场有何异同，与大陆同级别的学者相比，其洋洋洒洒的论述是在第一手材料的掌握上占有优势，还是方法论上具有优势？这些真正对我们的现代文学及其传

---

① 李怡：《何处的汉学？怎样的慌张？——讨论西方汉学的基本角度与立场》，《江西社会科学》2008 年第 5 期。

统研究构成巨大挑战的阐释，其中是否有硬伤式的"误读"？另外，通过海外汉学的积极楔入，国内新文学研究界是在什么情况下受到影响并欣然接受的，接受了哪些影响与观点，其中有没有地域性（如主要以上海、江浙一带高校为主），为什么会出现这一格局？对这些互为联系的诸多问题如果能做出及时与有力的回答，海外汉学的意义将得到更为清晰的凸显，也更能推进国内新文学及其传统的研究。换言之，海外汉学在如何阐释、阐释得怎样等诸方面的优劣，都将影响我们自身对新文学传统历史形象的读取与理解。

二

美国这些华裔汉学家，在新文学研究方面取得的成就是显而易见、不容诋毁的。在与世界接轨的过程中，他们应该说是最先到达前沿阵地的第一批人文学术精英。他们既有因物质生活较为宽裕、思想束缚较少而带来的言说自由，也有与西方最新学说、思潮面对面对话而保持的某种理论优势；他们既有在国外科班训练所积累的学术积淀，又有视野宏阔所带来的跨文化制高点。相比之下国内的同行们，在很多方面都有一些距离。加之国内一浪追一浪似的追新逐异的创新压力，取法西方来求得创新仍是主潮，这样使得他们的学说在国内风靡一时。这是客观存在的事实，毋庸讳言。随着中西文化交流的加速，国内同行适当吸纳消化海外汉学的方法与成果，做到取长补短，也可谓他山之石，可以攻玉。因难以全面论述，下面以几位代表性论者为例，如大家熟悉的夏志清、王德威、刘禾等人。

首先，华裔汉学家们在国外有不少优势。他们似乎没有太多的思想包袱，也没有学术禁区。突破这一层之外，追根溯源也好，大胆立论也好，似乎有水到渠成之感。于是，绝少重复，新意迭出，构成了他们论著的显著特点。其次，这也与他们的学术优势相关，发现问题与解决问题的途径彼此大相径庭，大多独出心裁。部分原因来自他们的学术基础与背景，他们一般在美国大学及科研机构获得博士学位，受到美国学术的严格训练。

一方面，美国学术重视科际训练，往往善于将各门各派的社会科学理论诸如哲学、历史、心理、社会学等方法应用到汉学研究上，呈现出一种跨学科的国际性视野。另一方面，他们一般强调应用与实践，实用主义是其出发点。因此，他们很少有华而不实的学术泡沫，无论是研究的领域，还是研究的路径，都容易给国内圈子中人带来一种新鲜感，一种求真的撞击感。比如，受业于新批评派门下的夏志清，能游刃有余地运用新批评的方法，宛如庖丁解牛一样，对现代小说文本进行细致入微的解剖，加上有西洋小说的阅读经验并以此为参照系，因此对中国现代小说有着异乎寻常的纯正审美趣味，钱钟书、张爱玲、张天翼、沈从文等现代作家的作品，能够在其笔下还原，不难理解。又如现在炙手可热的王德威，从晚清狭邪、公案、谴责、科幻小说中提炼出"现代性"，结合西方最早的"现代性"概念，大胆立论——没有晚清，何来五四，充分挖掘晚清此类习惯被我们忽略的小说之价值；从事跨语际实践研究的刘禾，从不同语言之间的翻译过程重审文化的交流、传递；大力引进现代性概念的李欧梵，打开历史的另一扇窗户——从20世纪二三十年代上海洋场的咖啡馆、跑马场、亭子间，以及当时流行的杂志、年画、挂历等方面入手展开对现代性的追溯……可以说，他们都有开阔的研究视野、学风严谨，是国内一般学者所不及的，或者说是以前难以顾及到的。

正因如此，他们给国内同人大大开拓了学术研究的视野，对现代文学传统的认识也有不同的阐释，虽然有些还显得有点另类。仅以夏志清为例，众所周知的是他的代表作《中国现代小说史》，这是20世纪60年代给国内输入新鲜风气而又始终毁誉参半的一本大作。在屡经数十年风雨之后，惺惺相惜的王德威是这样为夏氏辩护的："在对《中国现代小说史》的批评里，最激烈的声音往往来自那些没有详读此书、或根本心怀成见的评者。这些评者或持（狭义的）左派立场，或是强调阶级、族群、性别决定论。由于夏从不避讳他的政治立场，要攻击他的意识形态，其实并非难事……而他对左倾作者的态度，在书中第二章，对新文学之父鲁迅语带尊敬，却不无保留的论证，已可见端倪。夏对那些立场鲜明的左派作家如郭沫若、蒋光慈、丁玲等殊乏好感，更不提延安时期及以后的左派作家如赵树理、周立波、杨朔等人。在《小说史》的结语中，夏认为一九四九年后左翼作家的创作水准一落千丈，成为政治的传声筒。"① 这一简短的归纳，基本可以窥见夏氏此著的风格与立场，也多少可以洞悉这么多年来围绕此书的争论缘由。但是，不论是反对还是赞成，在《中国现代小说史》中像寻宝一样重新发掘像沈从文之类的作家，这一适当的倾斜还是首创性地还原了历史，比较国内的研究成果，他还是最先接近历史真相一些，这一时间差颇有价值。新文学研究的首要工作是"优美作品之发现和评审"，这一宗旨让夏志清的新文学史研究是建立在细读作品基础上的，因为有这一基础，其小说史艺术大厦还不至于像意大利比萨斜塔一样有倾倒的危险。这是夏志清对新文学的贡献。不过话又说回来，不是我们就发现不了这一切。像王瑶、李何林、唐弢等诸位前辈学者，他们在年轻时就有丰富的文学创作经验，自身素养不比学英文出身、靠半路出家从事现代小说史研究的夏志清差，而是特定的时代环境严重约束了他们。国内学者们当时乃至现在均普遍受制于特定的时代与社会，如夏志清在大洋彼岸正埋头著述《中国现代小说史》时，当时国内学术禁区林立、思想改造、阶级斗争成为压倒一切的大事，结果在新民主主义的新文学传统观下，自身难保的他们无法自由明确地予以表述，也更谈不上有什么发现、研究与创新了。事实上，发掘并论证张爱玲、钱钟书、沈从文等人的文学史意义，使他们回归历史的本位，如果客观条件允许的话，国内也是不需要借助夏志清的笔就可以做到的。从这一角度来看，夏志清也不是有特别的傲视群雄的艺术才华，只是有天时地利人和之便罢了。总之，夏志清适当地调整文学史叙述的格局，无碍于新文学传统的史实。即使在字里行间有所保留地面对鲁迅、郭沫若等人，也是持一种历史主义的态度，对国内积袭甚深的观点与共识产生挑战，是没有疑义的，虽然一时我们习惯不过来，事后也就心安理得了，如果现代作家们地下有知，估计也不会翻身起来

① 王德威：《重读夏志清教授〈中国现代小说史〉》，夏志清：《中国现代小说史》，刘绍铭等译，复旦大学出版社 2005 年版，第 44 页。

质问的了。

三

以上所论的是对华裔汉学家们成就的积极评价。正如硬币有两面一样，在肯定他们所作出的贡献之外，他们立论的基石、提问的方式是否也有值得商榷的地方呢？答案是肯定的。自然，对这一问题的处理，我们还是把它放在"误读"的平面上加以清理。

每个人看待问题的视角都是不可选择的，这些汉学家因视角的不可选择而导致其"误读"的不可避免。相比于他们的洞见而言，他们的偏见也很典型，有学者就从动机之偏、理解之偏与心态之偏等层面进行过界定。[①]是的，洞见似乎天然伴随着偏见。"上世纪 90 年代以来数位在美国从事中国现代文学研究的学者，在中国大陆十分地走红起来。这自然得力于国内同行的大力推许……这些人越过辽阔的太平洋投射过来的似西还中、似中还西的目光，不可能没有丝毫独特之处。目光的独特，使他们颇多新见。但新见并不等于真知。在他们的新见中，谬误和偏见同样存在。"[②] 但他们到底为什么会这样有失偏颇？这一"误读"包括哪些内在的要素，有无规律性，为什么会如此？表面看来，他们的误读既有研究心态方面的原因，也有不同时空下学术背景与资源的原因，还有个人经历方面的其他因素，等等。这一切值得我们从不同角度进行反思。不过，在我看来，他们根本的不足与致命处，就是他们所挖掘的"现代"及"现代性"与中国体验相当隔膜，借用王德威现成的说法，即"想象中国"的方法所带来的虚拟性与幻想性。明显的是，他们回归真实的地面、回到日常的生存体验、回到历史的现场的难度要高于国内的学者。

夏志清、王德威、刘禾等为代表的美国汉学，他们的不足在于以缺乏同情之了解的体验，是另一种新文学传统的"误读"。我们不妨以切片的

---

① 李继凯：《直面"汉学"的文化偏执》，《江西社会科学》2008 年第 5 期。
② 王彬彬：《花拳绣腿的实践》，《文艺研究》2006 年第 10 期。

方式，来抽样分析他们广为流传的新见解：

> 我从文中所见到的鲁迅形象是一个心眼狭窄的老文人，他拿了一把剪刀，在报纸上找寻"作论"的材料，然后"以小窥大"把拼凑以后的材料作为他立论的根据。事实上他并不珍惜——也不注意——报纸本身的社会文化功用和价值，而且对于言论自由这个问题，他认为根本不存在。①

> 我主张晚清小说并不只是中国"现代"文学的前奏，它其实是之前最为活跃的一个阶段，如果不是眼高于顶的"现代"中国作家一口斥之为"现代前"（pre-modern），它可能早已为中国之现代造成了一个极不相同的画面。……五四作家急于切断与文学传统的传承关系，而以其实很儒家式的严肃态度，接收了来自西方权威的现代性模式，且树之为唯一典范，并从而将已经在晚清乱象中萌芽的各种现代主义形式摒除于正统艺术的大门外。②

> 十九世纪的欧洲种族主义国家理论中，国民性的概念一度极为盛行。这个理论的特点是，它把种族和民族国家的范畴作为理解人类差异的首要准则（其影响一直持续到冷战后的今天），以帮助欧洲建立其种族和文化优势，为西方征服东方提供进化论的理论依据。这种做法在一定条件下剥夺了那些被征服者的发言权，使其他的与之不同的世界观丧失存在的合法性，或根本得不到阐说的机会。③

---

① 李欧梵：《"批评空间"的开创——从〈申报·自由谈〉谈起》，王晓明主编：《批评空间的开创：二十世纪中国文学研究》，东方出版中心 1998 年版，第 116 页。

② 王德威：《被压抑的现代性——晚清小说的重新评价》，王晓明主编：《批评空间的开创：二十世纪中国文学研究》，东方出版中心 1998 年版，第 121 页。

③ 刘禾：《国民性理论质疑》，王晓明主编：《批评空间的开创：二十世纪中国文学研究》，东方出版中心 1998 年版，第 157 页。

以上所选的是他们三人代表性的论文的观点，也是对国内影响较大的论点。对于李欧梵而言，他否定了鲁迅在国民党文化围剿与专制下的抗争，反而认为鲁迅当时的《伪自由书》等没有为"公共空间"争得自由，正因如此，不是扩大而是导致了公共空间的缩小。王德威则提出了"没有晚清，何来五四"这样的观点，认为是五四切断了传统，导致现代文学的单调与枯萎；刘禾则认为鲁迅提出的，也是现代文学传统上宝贵思想资源的国民性批判理论，是西方文化霸权的产物，五四先驱等一大批人都落入西方殖民者所设计的泥潭之中。不用说了，这样的论述，不管从思维逻辑上，还是从立论本身，都颇具代表性，也颇有新意。这些意见，表面看上去，似乎有道理，但仔细琢磨，总是感觉到一种异样感，缺少一种历史真实性。同样摘取以上立论来讨论，很明显的事实是，到底鲁迅生活的年代具有什么样的性质，鲁迅式的抗争才是有意义的。要记得当时鲁迅及整个左翼文学传统，处于被宰制、被压迫的弱势地位。如果看不到整个社会统治者对知识分子基本权利的压制与剥夺，看不到受几千年封建思想束缚的国民所具有的做稳奴隶的心态，我们就认不清楚鲁迅反抗的深远意义，以及揭示国民性弱点的巨大价值，这样也就失去了了解之同情。如果对鲁迅对待强者巧妙而持久的韧性抗争也产生怀疑，这样的指手画脚也就同时永远失去了存在的必要。在中国这样一个专制统治的历史过于漫长的国土上，可以想象，没有真的勇士去主动争取是不会有从天而降的自由、民主，也不会有拱手相送的公共空间之开拓。即使退后一步，如果你认为鲁迅这一抗争并不理想与合法，你站在第三者的立场，想通过其他办法达到同样的目标，也就罢了，关键的是论者显然站在统治阶级一面，作了遥远的帮闲文学的帮凶，这类似于事隔数十年后的历史重演，这样就显得面目可憎了。有趣的是，夏志清也是持同样的误读。经过删削改定的《中国现代小说史》中同样不乏类似的见解：鲁迅的杂文"整个来说，这些文章使人有小题大作的感觉"。鲁迅在生命的最后十年所做的这些投枪式的杂文，是鲁迅"以此来掩饰他创作力的消失"，"鲁迅的杂文非常有娱乐性……十五本杂文给人的总印象是搬弄是非、啰啰嗦嗦"①。同样，对于刘禾的国民性神话，也是如此，论者仅仅从推演的角度，挖掘了国民性理论的来龙去脉，利用福柯式的知识考古，终于把捉到了一些蛛丝马迹，但主要阐释时，便出现了问题，这仅仅是一个概念的接力吗？鲁迅的"国民性"观念下是无数生动的事实与案例，如知识分子题材与农民题材的小说中，都可见作品人物的典型性，哪怕在今天，这些人物如阿Q、祥林嫂、子君、魏连殳等身上的特点、性格、灵魂，还普遍在当下存在，在历史长河中普遍存在，这难道是一个概念的移植与漂浮吗？刘禾的这种研究，在方法上可取，但在方法的理解与运用上，我们认为存在明显的"误读"。这一误读的背后，显然有其他的复杂原因。

如果把此类误读归纳一下，那么，这些看法，其实都是对现代作家、作品、文学思潮的误读，也是对新文学传统的误读。他们误读的结果，有一个略为相同的地方，即对鲁迅和包括左翼文学在内的五四新文化主流存在不同程度的贬抑。与这些通过革命、激进来推动社会变革不同，他们大概都主张以温和的改良来达到推动社会进步的目的。正是对于革命、暴力的不满，包括对解放后的"左"倾专制、"文化大革命"等事件的特别反感，他们试图对激进的革命文化展开知识考古，于是以概念为经，一路追溯到了左翼，追溯到了革命文学，追溯到了五四的文学革命，并把它们一股脑儿推进了一个大筐里，这样那些具有激进主义基质的所有作家、思潮自然难辞其咎。对于生活在美国优裕物质环境与自由理念下的书斋型学者，他们对中国20世纪中国社会的动荡与变革怀有一种抗拒心理，这是可以理解，也是我们感同身受的。但问题是他们以想象中国的方法在机械地推演历史进程，要知道，在20世纪前半叶的时代语境下，革命与暴力，是对于腐朽、反动与专制的无声抗议，与下半叶这一时段中像"文化大革命"式的革命、激进乃名同实异，有天壤之别。这里可见他们对现代中国的现实体验有多么深的隔膜，正如有学者所指出的："从中国台湾到美国，

---

① 夏志清：《中国现代小说史》，刘绍铭等译，复旦大学出版社2005年版，第36、38、39页。因此书并非全译本，估计也有不少伤筋动骨之处，特引用一处，仅作例证。

那种看似'理所当然'的自由主义体制的生存，在事实上隔断了这些美国华人对当代中国生存复杂形态的基本感受，现实中国对于他们仅仅是一个模糊混沌的想象，而历史中国对于他们也是一个可以用情绪加以填充的梦境——就像'晚清'在王德威那里幻化为中国'现代性'的滥觞、'上海'在李欧梵那里演绎为资本主义文明的'摩登'一样，对遥远的中国大陆的恐惧演变为对一切文化变革、一切社会批判（如鲁迅杂文）的本能般的怀疑。"①

其次，除了政治意识形态方面的不同，海外华人汉学在日常生活中自然有国外居住的特点，比如，人与人的关系，人与社会的关系，譬如话语表达与生存真相之间的差别，譬如学术趣味的差异，等等，都可能对他们阐释新文学产生影响，他们的误读，在有意与无意之间。不过也不是整个的偏见，而是夹杂在文字中间的一些论断，一些细节，稍经推敲便觉得有点隔膜，给人不合时宜、不明事理之感，与客观事实本身有或远或近的距离。对新文学的阐释，如果只满足于知识型构的建构，如果文字与现实生活隔靴搔痒，那么文字的华丽排列便变成对生活的脱轨，只是知识链条上的平行推演，没有与现实经验结合起来。"他们是从中国大陆当代文化的外部观察和了解中国现代文学研究的。……他们也是很难体验到我们的体验到的东西的。"② 这真是一针见血的见解。

四

美国华人汉学对于中国新文学传统的误读，可以归纳为误读的焦虑。本身作为"他者"的声音，它是一种可资对话的存在。这不值得大惊小怪，相反倒是我们对这些误读的仿效与崇拜等反应，倒是显得

---

① 李怡：《何处的汉学？怎样的慌张？——讨论西方汉学的基本角度与立场》，《江西社会科学》2008 年第 5 期。

② 王富仁：《当前中国现代文学研究中的若干问题》，《中国现代文学研究丛刊》1996 年第 2 期。

耐人琢磨。

"西方出版物的中译本筑成了今日的学术语境。而且，回顾20世纪中国文学理论，竟然也大多属于介绍型。"① 正因为中国新文学的学术研究一直缺乏足够的理性框架的支持，在长期努力向西方学习的同时，民族自信的摧毁导致了盲目的跟风，以至于对海外华人汉学的误读，缺乏合理的消化与反思，这是对误读的"误读"，其中就包括"汉学心态"。"汉学很重要，是可供本土学科发展借鉴的重要的学术资源，但借鉴不是套用，对汉学盲目崇拜，甚至要当做本土的学术标准或者摹本，这种心态并不利于学科的健康发展。我这里要提出警惕所谓'汉学心态'，主要是针对文学研究中空泛的学风，并非指向汉学。"②

绕了一圈似乎又回到了原地，学术研究的主体性、创造性得不到真正的确立，自由创新、百家争鸣风气的养成不能真正到位，这样的"误读"还会以不同方式、在不同时空中依然继续着。长期沿袭下来的笔走偏锋的艺术创新观，也加重了这一误读的生成。在中外学者对新文学传统进行研究的过程中，正名的工作似乎还刚刚开始不久。

第四节　被误读的新诗传统——一个文体的典型案例

属于新文学有机组成部分的新诗，是否与新文学一样形成了自身独特而鲜明的传统，看似一个老生常谈的简单问题，却普遍存在着"误读"。最近十余年，围绕新诗究竟有没有传统，竟又意外地成为一个炙手可热的争论点。典型案例是，刚迈过新世纪的门槛，九叶诗派老诗人郑敏坚持十多年来她对新诗合法性的非议，并以此扩大开来与诗评家吴思

---

① 刘纳：《从五四走来：刘纳学术随笔自选集·自序》，福建教育出版社2000年版，第1页。
② 温儒敏：《文学研究中的"汉学心态"》，《文艺争鸣》2007年第7期。此外，还可参看他的另一篇论文《谈谈困扰现代文学研究的几个问题》，《文学评论》2007年第2期。

敬先生进行了一次关于新诗究竟有没有传统的诗学对话，两人观点完全对立①，紧随其后的诗评家、诗人就此问题展开了热烈的讨论，比如，朱子庆、野曼等人先后在《华夏诗报》、《文艺报》等上呼应此次对话，首都师范大学中国诗歌研究中心的一批青年学者，也以笔谈或对话的方式纷纷著文参与，一时形成了诗坛的又一热点。——新诗究竟有没有传统，提问的方式看似漫不经心，内容本身也是一个旧问题，却能引起学界普遍关注，说明百年新诗还存在一些根本性的分歧，这些问题的提出，很容易影响人们对新诗整个历史的基本评价。就新诗在近一个世纪进程中惨淡经营所走过的道路，以及新诗历史形象，新诗经验与成就等诸方面，进行重新打量，对新诗今后的发展是有启示意义的。

新诗有无传统，并不是单纯关于新诗传统的问题，还关系到新文学传统本身，可谓牵一发而动全身，梳理、阐释、总结这一争论以及双方歧义的学术资源、立场，都是对新文学传统的重审。本节以新诗有无传统为个案，切入被误读的新文学传统，实际上也是对误读的一种阐释与关注。对于新诗有无传统的讨论，是否也有"误读"产生的温床，其中哪些是误读，哪些是偏见，其原因如何，都有待梳理与系统总结。

一

首先我们还是来到讨论的现场，在现场发现问题、分析问题。从《粤海风》最先发表的《新诗究竟有没有传统?》这一对话来看，显然是两个人带有随意性的漫谈，在谈话中，郑敏认为中国新诗到现在还没有形成自己的传统；后来围绕这一基本立场，她反复重申此点，认为今天新诗的问题，就像一个孩子长大了，但还是半诗盲，一直认为新诗到现在没有自己的传统。② 也许是考虑这些访谈性质的文章不严谨，学理性不强，郑敏再次发表《关于诗歌传统》，在此文中有所补充地认为新诗没有自己成熟的

---

① 郑敏、吴思敬：《新诗究竟有没有传统?》，《粤海风》2001年第1期。
② 参见张大为采访《郑敏访谈录》，《诗刊》（上半月刊）2003年第1期。

传统，并向新诗界一口气提出了十个问题。除郑敏外，附和者朱子庆在《无效的新诗传统》中则全盘否定新诗传统。① 与这极少数诗人、学者的观点相反，坚持新诗已形成自身传统的人则占绝大多数，造成人多势众的局面。如老一辈的吴思敬、野曼，中青年学者如李怡、程光炜、臧棣等人②。看来，这是一场不对称的争论。

当然，在学问求真的向度上，我们不能单纯以人数的多寡来定优劣。还必须深入争论的内部，审视双方究竟在哪些方面真正产生分歧，这样才能认清"误读"的源头。以坚持"新诗没有形成传统"的一方来论，郑敏应该说算得上是一个老而弥坚的老诗人了，在 20 世纪 40 年代便有新诗集问世，是九叶诗派的成员之一，数十年来，她与诗为伍，差不多全程参与并见证了新诗半个多世纪曲折的发展历史，同时她又对西方哲学研究颇深，如果以资历来算，应该是最有发言权的了。但相反的是，具有诗人兼学者双重身份的她，却深刻怀疑新诗的成就，认为新诗走错或走歪了路。早在 1993 年，她便对白话诗寻根溯源，发出了她独特的质疑之声。在她看来，掀起白话诗文运动的胡、陈，不但他们的语言观是"陈旧而浮浅的"，而且采取二元对抗思维逻辑，直接的结果是断裂了伟大的古典传统，"由于我们在世纪初的白话文及后来的新文学运动中立意要自绝于古典文学，从语言到内容都是否定继承，竭力使创作界遗忘背离古典诗词"，这种矫枉过正的思维方式产生了不可忽视的负面影响。③ 以至到现在五四白话诗文运动余毒仍在，那就是有几千年诗史的汉语文学在今天没有出现得到国际文学界公认的大作品，大诗人。郑敏此说一出，立刻在学界引起显著反

---

① 朱子庆：《无效的新诗传统》，《华夏诗报》2003 年 5 月 25 日。

② 这方面比较重要的论文如：吴思敬：《新诗已形成自身传统》，《文艺争鸣》。李怡：《关于中国新诗的两种"传统"》；程光炜：《当代诗的"传统"》；臧棣：《新诗传统：一个有待讲述的故事》；张桃洲：《新诗传统：作为一种话语储备》，这四篇均见《江汉大学学报》（人文社科版）2004 年第 4 期；王光明：《传统：标准还是资源？》，《湛江师范学院学报》（社科版）2004 年第 5 期，以及此刊同期其他笔谈文章；肖开愚：《我看"新诗的传统"》，《读书》2004 年第 12 期。张立群：《从一场对话开始——关于"新诗究竟有没有传统"的解析》，《文艺争鸣》2004 年第 3 期；谢向红：《中国新诗的八大传统》，《江海学刊》2004 年第 3 期，等等。

③ 郑敏：《世纪末的回顾：汉语语言变革与中国新诗创作》，《文学评论》1993 年第 3 期。

响。差不多自那时起，郑敏不断著文从各方面指陈新诗的缺失，到后来也就整体上否定新诗的传统，真可谓步步为营。与从西方里尔克、德里达那儿吸收学术资源，自认为是中国解构主义理论的代表而又对新诗不断发难的郑敏相比，朱子庆是偶尔客串，他从当下新诗作品入手，从质疑庸诗、劣诗、伪诗进而质疑整个新诗传统。由此观之，两者还是有区别的。特别是对于后者的反驳，也较为容易。因此，问题的关键是，为什么像郑敏这样有丰富的创作经历，有中西哲学背景的老学者，会对自己也曾从事并热爱过的新诗及其传统如此贬低呢？其中是否有致命的误读存在，其理由又是否真如她所宣言的那样有力呢？要回答这一问题，我们有必要追踪一下这一基本立场的来龙去脉。事实上，对新诗以及由此而及的新诗传统的非难，也不是一朝一夕之事，差不多自新诗草创始便遗存下来了，也差不多构成了新诗传统的一部分了。

自胡适、陈独秀等人力倡白话诗与白话文运动以来，围绕它进行的争论可谓汗牛充栋。当时胡适在美国开始尝试白话诗，便得到朋友们的激烈反对与嘲讽，后来他于1917年在国内发表白话诗时，得到的反对之声也由此开端，虽然当时陈独秀说出过"必不容反对者有讨论之余地；必以吾辈所主张者为绝对之是，而不容他人之匡正也"[①] 的豪言壮语，但事实上这些武断性质的硬话为新诗合法性获得的实际意义并不明显，仅仅凭借个人几句决绝的话语遮不住弥漫的非议之声。而胡适本人出于本性小心求证，到处与人往返讨论，砥砺切磋，也延长了争取合法性的时间，他的《尝试集》就是在层出不穷的争议中出版的。在出版时对印行诗集的理由，胡适相当谦恭地表示愿意接受批评与考验，贯通了他一以贯之的"试验"精神与态度。通过在《新青年》等权威媒体上的发表、纸质文本的集中印刷出版，在传播层面上提供一种针对性、有效性的阅读消费，并在作者与读者之间拓展出一个阐释空间。既然是试验的"新产品"，又在社会流通，就进入一个公共阐释空间。置身这一公共阐释空间的人自然会有机会、也有

---

① 陈独秀：《答胡适之》，见《中国新文学大系·建设理论集》，上海良友图书公司1935年版，第27页。

权利做出不同的反应。事实上也是如此，从《尝试集》始，对初期白话诗（或早期新诗）的历史评价与定位，一直是个聚讼纷纭的话题，最早有林纾、胡先骕、章太炎、李思纯、梅光迪、吴宓等人，对白话新诗的历史合法性进行激烈批判，继而又有成仿吾、梁实秋、闻一多、穆木天等人，在承认白话而否定"诗"的原则出发，整体抨击初期白话诗只有白话而没有"诗"，即早期白话诗完成了语言工具、诗体形式的转型，但在审美经验层面建树不多。后来的新月诗派、初期象征派、现代派、中国新诗派等诗歌团体与新的审美因素的弥补，才使新诗不断在自我否定中走上了"否定—肯定—否定"这一不断螺旋式发展的艺术轨道。但即使这样不断矫正，仍有人不断质疑，具有代表性的如30年代的鲁迅，就认为新诗远未成熟；60年代时毛泽东在给陈毅的信中认为"用白话写诗，几十年来，迄无成功"；直到90年代郑敏在"世纪末的回顾"中对胡适等人的缺席审判，都不约而同地认为新诗没有取得最后的成功，不管时间如何推延仍处于尝试阶段。于是新诗的合法性危机一直延续到当下，"从胡适的'老鸦'，郭沫若的'女神'到如今中国新诗的近百年的旅途中，虽说新诗从无到有，已有了相当数量的积累和不少诗歌艺术的尝试，但总的说来，作为汉语诗歌，中国新诗仍处在寻找自己的阶段；寻找自己的诗歌人格，诗歌形象，诗歌的汉语特色"。① "胡适之先生所提倡的'白话文'是百分之百地成功了，但是'白话诗'则未必——至少是还未脱离'尝试'阶段。"② "中国新诗至今、甚至在今后相当的时期内，都可以说还只是一场实验运动。"③ 类似的论述还不少，这里不一一罗列。作为诗歌阐释共同体内的精英人士，在新/旧、中/外，传统/现代等二元对立的复杂关系中，仍以二元对立的思维去批判、否定二元对立中的一元，对立的一方反复充任批判的焦点与内定的目标。当然，在新诗史上，为新诗正名和辩护的声音也一直存在，朱自

---

① 郑敏：《新诗百年探索与后新诗潮》，《文学评论》1998年第4期。
② 唐德刚的论断，见胡适口述，唐德刚译注：《胡适口述自传》，广西师范大学出版社2005年版，第159页。
③ 沈用大：《中国新诗史（1918—1949）》，福建人民出版社2006年版，第10页。

清、废名、茅盾、何其芳、卞之琳等人的言论就是其中的代表。——上述争执或者是针对初期白话诗，或者是整体意义上的新诗，除此之外，对于新诗内部多种审美向度也进行过不少合法性辩难，如20年代诗中"丑的字句"是否合法的论争；如30年代以智性为维度的尝试何去何从；如新诗中的晦涩、抽象抒情到底如何估价；如四五十年代新诗如何处理普及与提高的关系，等等，可以大胆断言，这方面的合法性辩难也是层出不穷的。值得补充的是，在21世纪初，王富仁先生在反击当下否定新诗的论调、为新诗辩护时说："有些人用新诗创作成就的薄弱否定新诗这种文体形式的价值和意义，我认为，这是极不公平的。在任何时代，都是出类拔萃的作品少，而不能传世的作品多。但只要将现当代那些最好的诗歌精选出来，我们就会看到，它们在诗歌形式创造的成就上是远远超过中国古典格律诗的创作的"，并总结肯定"新诗是有前途的"。①

与新诗历史形象以及取得的成绩相联系的是，非议新诗在某种程度上也是非议新诗的传统，皮之不存，毛将焉附？因此，新诗没有传统，在大多数情况下，在与新诗"陪审"的审判台上，已同时接到了审判的结论，虽然两者并不具有同一性。由此看来，这一次引起广泛关注的诗学对话、讨论，只不过是一次集中的爆发罢了。

由非议、否定新诗，到否定新诗传统的存在，到底是什么样的论据在支撑这些论述，他们又是如何论证的呢？限于篇幅与议题，这里还是具体回到郑敏对新诗传统的非难上。综观她的论述，我们不难发现她立论的根据主要有以下几点：一是新诗/新诗传统（假如有此类似物存在的话）与古典诗歌/古典传统相比，前者没有大诗人、大作品问世，也没有像古典诗歌传统一样从哲学高度树立起来一个固定的传统。二是新诗在八十多年的历史中，没有形成一整套关于创作与评论的诗学准则，可以在任何场合与时间拿来传授，同时也约束全部新诗人的创作。三是当下诗人特别是年轻诗人完全放弃了形式，诗写得越来越自由，没有章法，大量产生二三流

---

① 王富仁：《为新诗辩护》，《文学评论》2006年第1期。

的作品。四是新诗语言欧化得厉害，取白话而舍文言，失去了语言的音乐性。换言之，文言是诗的语言而白话不是。择其大略，主要是以上几点，当然也有另外一些不甚重要的理由。郑敏提出以上主要的理由反对新诗，否定新诗传统的形成，那么，这里面是否都是有充足而又普遍的理由呢？实际上，这里面的"误读"是相当显著的。保守的立场、哲学的伪标准、古典的趣味、语言观的守旧，都值得逐一进行辨析与驳斥。

二

首先，什么是传统，什么又是中国诗歌的古典传统，在郑敏的视野中存在着多重内涵，也存在着根本的误读。在她的眼光中，中国诗歌及其传统是无比辉煌的，也是凝固在笼统的唐诗宋词上的，新传统必须达到这一高度才有资格如此称呼，否则只能埋怨自己不够伟大，真的被比下去了那又怪谁呢？其次，称得上传统就必须有一套放之四海皆准的体系，它是完整的、系统的、成熟的自己的诗歌理论，甚至需要几代甚至十几代诗人和诗论家努力，积累丰富的创作实践和诗学资源，最终建立起新诗传统的大厦。这一大厦里面，有一套国人与诗歌界所共同接受的美学准则，有了这一准则，就能指导新诗的创作与诗评，比如，用于课堂传授，指导创作，匡正偏离此一轨道的诗歌潮流、方向等。因此，传统的概念，是一个相当完美、高大而又具体的东西。另外，在新诗上建立的这一大厦，应该与有千百年积淀的古典诗歌传统相媲美，不说后来居上，也得旗鼓相当才行。——照这一哲学式的"伪标准"看来，不用说只有近一个世纪积累的新诗无法达到此地步，不足以谓自身形成了传统，就是再过上几百年，也不一定形成得了，郑敏不是就在文章中明说过吗？也许得"几代甚至十几代诗人与诗论家的努力，自然会积累丰富的创作实践和诗学的拓展，终于建立起新诗传统的大厦"。[①] 如果在此基点上达不成共识，新诗究竟有没有

---

① 郑敏：《关于诗歌传统》，《文艺争鸣》2004 年第 3 期。

传统，在郑敏眼中估计还是一个提前了百十年启动的话题，自然围绕这一点的争论就没有意义了。其实，这里面对于文学传统的观念，就是对传统本身的一种误读。郑敏的诗学资源主要是西方的结构主义与解构主义，对德里达等人研究颇深，这也许带来一个问题，对某一种学说迷恋更深，对其他学说似乎就有了更多的隔膜与偏见，在排他性的知识建构中形成理论的盲点，因为知识结构的缺陷，像儿童偏食而营养不合理一样容易造成某种偏见与盲视。比如，对传统研究声名显赫的西方学者希尔斯的相关著述与观点，在郑敏的论述中就从来没有见到过，即使反驳者有所涉及，她也似乎在后续的评论中无暇顾及。希尔斯的《论传统》一书，对此有非常深刻的论述，正如前面章节所述，我们认为在目前所见的同类著作中，似乎还没有超越此书者。如果在论述"传统"时，能涉猎不同学派的研究成果，似乎有益于对于所论述的对象多增加一分了解，多一分把握与从容，自然也就少了一分"误读"。

郑敏的第二个较为关键的理由是新诗仍未形成带有严格约束性的诗学准则。这一表述，显然是针对新诗创作与评论者而言的。与她所言的第三点有某种内在的联系，即当下的年轻诗人放弃形式，没有章法，作品质量普遍不高。这一问题更为复杂。照一般的看法来说，中国现代新诗打破了中国传统格律诗固定形式的束缚，把诗歌形式的选择权交还给了作者，应该是新诗取得的一大胜利。近年来新诗界也有规范诗形、朝格律化方向走的呼吁，但这一回头路走不通，也没有多少诗人跟着走这一条老路。新诗选择的突破口之一正是从其形式的自由方面打开缺口进行突围的，这样诗人可以根据自己的需要决定一首诗的长短、押韵、结构、语言，从而求得一首诗有一首诗的形式，内容与形式合二为一，没有必须遵循硬性的清规戒律。这样不以任何的形式来作为新诗的规范，实际为新诗的创作提出了更高的要求，没有独创性的体验，没有更丰富的想象力，没有在内容与形式方面寻找更合适的契合点，要想在新诗创作上留下名篇佳构便无异于搭建空中楼阁。仅以旧体诗词为例，虽然有固定的格律与形式要求，但毕竟有限，更多的时候带有束缚的意味。而且，换一种方式，只要在内容与形式方面融为一体，自成体系，为什么偏偏不可以呢？从事过新诗与旧体诗创作并取得显著成绩的郭沫若，于 1948 年根据创作的经验说过这样的意见："好些人认为新诗没有建立出一种形式来，便是最无成绩的张本，我却不便同意。我要说一句诡辞：新诗没有建立出一种形式来，倒正是新诗的一个很大的成就。""不成型正是诗歌的一种新型。"[1] 对于当下的新诗人而言，因人丁兴旺、流派纷呈、旗号林立、手法各异，所以乍一看去，确实给人相当自由、毫无章法、良莠不齐的印象，甚至大量的假诗、庸诗、歪诗到处横行，二三流诗人如过江之鲫。对此，郑敏的意见是尖锐的，有针对性的，其出发点也是为了加强对新诗创作的某种约束，繁荣新诗创作，使新诗创作出现更多的优秀作品，出现更多的世界级的大诗人，等等。不过，规范与反规范，二者之间不是谁从属于谁的问题，也不可能自动升格为谁是标准。本来新诗创作的真正难度超过了旧体诗词，在新诗创作上要想取得非凡的成绩也实为不易，甚至有的诗人积数十年苦劳，也没有一首作品传世。这是古今中外诗歌创作的惯例，不能因为新诗创作成就的薄弱就来否定新诗文体形式的意义和价值，并进而否定新诗传统的存在。坚持新诗的传统是无效的论者朱子庆，主要就是由此而立论的，这一误读带有更多理想化的成分，是从想当然的角度得出的结论。不可否认，新诗还只有近百年历史，实际上也涌现出了徐志摩、冯至、艾青、穆旦、北岛、舒婷等一大批优秀诗人，一大批优秀诗作也是广为传诵的。历史自然有一个不断淘汰的过程，有些经受住了考验的诗人与诗作，也会再一次淘汰掉。因此，对当下诗歌创作现状隔岸观火般地充当裁判员，其实无益于新诗创作本身。

另外一点是新诗语言是白话，与古典诗歌的语言——文言已渐行渐远，由此郑敏认为新诗的语言与音乐性无缘。这仍然是一个颇具历史感的话题，白话取代文言是新文学的基点，不管是小说、戏剧、散文，还是新诗，都达成了共识。文言虽好，但已成为历史的陈迹。文言失去文学语言

① 郭沫若：《开拓新诗歌的路》，《郭沫若论创作》，上海文艺出版社 1983 年版，第 280 页。

被召唤的传统——百年中国文学新传统的形成

的地位，并不是五四新文化运动造成的，而是文言本身缺失了与现实的对话与重构能力，与时代、生活自动掉队所造成，这一过程是逐渐进行的，甚至在唐诗中便有此趋势了。这是文言自身的问题，是它自己抛弃了自己，而不是五四白话文运动的提倡者胡适、陈独秀、钱玄同等人人为造成的结果。由文言而白话，是中国文学史上的自然趋势，只是在五四时期因人为的有意的主张而加速了这一历史进程，这一特点由胡适在他当时的文章中反复提起过。退一步看，如果文言的生命力仍处在健旺时期，它自然会在与白话的历史角逐中胜出。社会的进步，带动事物的更迭，再自然不过了。所以，白话为诗，白话为文，是文学之用语追踪口语，追踪活的唇舌上的语言的结果，历史不可逆转。主持现代文学传统课题的温儒敏先生认为，"以白话文为基础的现代文学语言的确定"是现代文学传统相对稳定的"核心部分"。① 温氏虽然论说的是现代文学，实际上对现代新诗也可以如此看待。

　　以上诸点，都反映了郑敏对传统，对新诗，对文学语言的合理性变迁都存在一定的误读，其立论有些意气用事，经不住推敲。她对新诗乃至新诗传统的"误读"，使她总是幻想回到唐诗的时代，实际上又不可能回转过去，影响的焦虑稍为加重，便只剩下独自埋怨罢了。另外，按她个人的"误读"——自己看到问题的症结，提出问题但又自己找不出答案，偶尔绘制的简略蓝图也更加缥缈与空洞。试看今日的诗歌理论界，相信也没有人能帮助她一起寻找到如她所说的药方。水中月镜中花，估计也只能这样罢了。

三

　　除了就事论事地指出郑敏式的新诗没有传统这一"误读"之外，我们更倾向于分析这一现象的宏大背景，同时自我梳理一下，到目前为止，新

---

① 　温儒敏：《现代文学传统及其当代阐释》，《中国现代文学研究丛刊》2008 年第 2 期。

诗究竟形成了什么样的传统？对于非难者的最好回答，还是摆出新诗自身形成的传统，这样更有说服力。

为什么总有非难新诗及其传统的言论存在呢？抛开他们个别的说法，我们认为宏观上不少客观因素给这一"误读"造成了某种影响，这里的认同危机，首先，是读者因素的干扰与经典诉求的冲动。新诗似乎一直缺少足够的读者群，早在20世纪20年代，诗人朱湘曾有过分析，与新文学作者家庭出身之单调类似，新文学的作者也是相当狭仄的，"如今这少量的识字阶级内，还可以分成有闲阶级与无闲阶级。无闲阶级根本就看不了书，即使书中描写着他们的生活。至于有闲阶级，就中也有一部分根本就不看书，他们宁可去赌博，抽鸦片，追女人；就中看书的，也有一部分根本就不看新文学，无论它是'贵族'的，还是'平民'的。这是就读者来讲，新文学分不了贵族与平民"。① 茅盾也曾估量过："粗说起来，中国有百分之八十的文盲，而在这百分之二十识字者之中，能看书报的最多不过百分之十五六罢，可是这百分之十五六中，大多数不是新文艺的读者。并不是他们不知道有新文艺作品，而是他们总觉得新文艺作品不够味。"② 从引述内容看，这还是针对整个新文学而言的，如果缩小到新诗，可知这一读者群特别稀疏。"消费"新诗作品的，最终还是同道中人、青年学生、诗歌爱好者几大固定的群体，人数不多。其次，作品经典化的诉求，也影响对新诗及其传统的接受。问题是，经典是"谁"来慢慢建构，什么是经典，这些既是一个流动的概念而且还是相当模糊不清难以给予具体而准确的理性概括。不过，普遍意义拥有经典的属性，笔者认为标准之一便是当时的诗歌时评，它占有一个相当重要的位置。不管出于什么原因与目的，当时的诗评一旦白纸黑字定格下来便充当了历史现场的在场者，虽然后来有不少重读与重评之作，但始终受到当时论者的牵制，现代学术一般综述

---

① 朱湘：《贵族与平民》，蒲花塘、晓非编：《朱湘散文》上集，中国广播电视出版社1994年版，第273—274页。

② 茅盾：《文艺大众化问题——二月十四日在汉口量才图书馆的讲演》，《茅盾全集》第21卷，人民文学出版社1991年版，第355页。

与研究之研究都是建立在这一基础上。因此当某一作品在当时受到欢迎时，也就有了类似的历史效果。经典化的构建与具体的出版、评论息息相关。再次，与社会风习和意识形态也密切相关，任何一种文学现象与文体演变，都与外部的社会因素有不可或缺的内在联系。发难时期的新文学整体上是呼唤"人的文学"的回归，是平民化运动的一环。诗歌工具的白话化，最初设想也是面对大众为大众服务的，精英知识分子企图通过语言的言文合一来消除社会阶级的对立。但事实并非如此，胡适等人也不断修正语言资源观念，实际上越到后来，离当初的逻辑与设想越远。

正如传统的存在形态是流动不居、多重侧面并存的一样，因此要论证现代新诗到底产生了什么样的具体传统，这是很难说得清楚明白的。认为没有形成新诗传统的人可能会说，你们不是说新诗已形成了传统吗，那就拿出货色来。不管你承认与否，中国新诗形成了区别于中国古代诗歌的一系列特征：其一，追求创作主体的自由和独立。其二，创造出了一系列的凝结着诗人意志性感受的诗歌文本。其三，自由的形式创造。[①]

不过，与这些特征相比，传统的意义更为根本的在于它不断地丰富，不断成为诗歌创作的有效资源。中国现代新诗独立出来，另立门户，在于它能够从枯萎的古典诗歌传统中突围出来，犹如在枯井中汲取出新鲜的井水，建立起新的艺术形态，虽然这一形态难以尽述。中国新诗依靠不同才情、具有艺术创造性的诗人开辟出一个新的审美存在，在变体链的吸附、变异、生长中形成新的传统。这样中国新诗就有了源源不断的积累，不是从零开始，从"我"开始，这一切都不容否定，否则正如卞之琳对新诗形成的传统所言："无视这个传统或者拒绝加以公允的研究，对新诗发展只能是有害而无益。"[②]

中国新诗的这一传统，分明还在为今天诗歌的发展提供无穷的精神动

---

① 李怡：《中国现代新诗与古典诗歌传统》（修订版），北京大学出版社 2008 年版，第 18 页。
② 卞之琳：《今日新诗面临的艺术问题》，《人与诗：忆旧说新》，生活·读书·新知三联书店 1984 年版，第 182 页。

力。对新诗传统或借鉴，或创造，都是在前人基础上的自由创造，都是一种不定型中的完型。

第五节　误读的缠绕与新文学传统的生长

　　新文学传统虽然不像核桃的内核一样在果肉被剔除后自动全部呈现出来，但是，对它的现代阐释还是应该有一个大体一致的范畴。比如说对新文学传统有无的讨论，在实事求是地挖掘、打量，在一番梳理、总结之后大胆肯定新文学形成的传统，还是最为基本的认识。对新文学传统的各种阐释，有许多"误读"的地方，但误读不是使我们走向分裂，而是在短暂的分歧之后达成某种共识，形成一些基本的判断。不然的话，反正"阐释即误读"，往返辩驳就失去了意义。这也类似于对文学作品的阐释，文本阅读过程一方面召唤读者全身心地投入感情与经验，另一方面也在牵引并汇合不同时空审美体验者的智慧。误读在阅读阐释过程中虽然不可避免，但不同误读的缠绕，还是对误读之后的求同性结果，有一定的规范作用。为了解释这一现象的合理性时，古人提出过"诗无达诂"的观点，对这一观点的辩证思维，也包含有这样一层内涵在内。

　　通过本章其他部分的论述，我们对不同"误读"新文学传统的代表性言论，已有所了解。在此基础上，我们从另外的角度，对这些缠绕的误读进一步进行综合分析，以便对新文学传统有更深一层的把握。也许新文学传统就像是一株正在不断向上生长的瓜蔓，枝节的错杂与其他杂草藤条的缠绕附于一身，通过一番清理修剪、培土育肥之后，最后是充分有利于瓜蔓的生长，并结出更丰硕的果实来。

一

　　对新文学传统不同类型的"误读"，首先，有一个基本的问题，那就是对古典传统本身的打量往往取某种单一、僵化的角度。正因为这样，这种笔走偏锋的观察得以深入、细致，但也存在以偏概全、见木不见林的弊端。

中国新文学不管是在什么历史情形下发生、发展，悠久的古典传统都是它不可忽视的土壤，宛如一个从母体中孕育而诞生的初生儿，不管是足月还是早产，都与母体有不可回避的血缘关系。因此，新文学不论是以"反传统"的方式与古典传统拉开距离，还是以弱化、偏离或继续古典传统的方式走向一条有点儿陌生的新路，两者的联结都是不容否定而进行遮蔽的。实际情况是，中国新文学传统与古典传统的诸多纠缠不断的事实，引发了后来差不多延续了近一个世纪的争执。作为新文学传统存在并言说的前提是古典传统，尽管后者在文学现代化的过程中有诸多的变异、转换。

其次，传统不是一去不复返的凝固的过去，也不是和当下生活无关的可以客观冷静地加以物化的存在。传统就像血液一样从祖先身上流过来，流在我们的身体里再流进后代的血管，可以说传统就是生命的接力，没有可以避开这一生命本身的延续而独自存在的传统，也不可能出现不要传统或被传统抛弃的生命。虽然传统的实质性分支，有的可能得不到延续，但围绕人性的精神基因还是存在的，宣布告别传统或随便断裂改变传统，都是无效的话语表达。传统也不是一个单面体，对新诗传统非议的人们，往往以唐诗宋词为镜子而照出新诗的孱弱与异样，实际上就只看到了古典传统的某个侧面，或者说是仅仅在传统的森林里只注意到了长得最高的几棵树而已。另外，说到传统，人们似乎意识到它是过去历史的总和，这一表述也是似是而非的。传统不是一个历史的仓库，而是一种阐释的变体集合，需要在阐释中加以更新、丰富。正如艾略特所说，传统含有历史的意识，不但要理解过去的过去性，而且还要理解过去的现存性，所谓过去的现存性，在我看来，就是要让过去的事物、精神在今天也能产生影响，历史的"过去"以某种形式继续作用于今天，这一传统才是有生命的，才是我们理解传统时可以捕捉到的。

基于以上要点，如果仅仅认为传统是一个包容无边的布口袋的话，那是有偏差的。传统不是包罗万象，想怎样塞就能挤进去的口袋，而是因时代、社会、环境不同而出现强烈的选择性。传统的流动性，指的就是这一层意思。我们不妨以具体的例子而加以论证。比如，对五四新文学性质的认识，曾普遍认为在五四文学时期，主要是五四新文化运动激烈的反传统拉开了与历史的距离。正因为是反传统，新文学是吃狼奶长大的，无论怎样看都有点儿西崽相，所以对新文学的不满此起彼伏，在不同的历史时期遭受到各种指责，五四文学"断裂"论便是其中一种主要的声音。人们为这样的断裂而非常不满，从而必须来一个一百八十度的大转弯，再决意接通古典与现代。但与此同时，回到古典传统那儿去本身也非常驳杂迷离。因此，越到后来，这些有儒学精神的论者都只有一些空疏的主张，陷在中间剩下来左顾右盼而已。这难道不是对传统本身的误读吗？

又比如我国诗歌文类的历史演变，虽然到晋唐之际，古诗已达到巅峰状态，但向前流动的现实生活必然出现新的题材、内容，出现新的书写模式，艺术手法也在长久调整后会经历突变而出现转捩点。面对历史压力形成的无形包袱，让后来者越到后来越难以背负；另一方面求变求新的愿望则越紧迫。如何"变"，"变"到哪里去，依托什么支撑点与基础来变革并求得创新，这些问题则是诗坛后来者日常思考的重大问题。言及到此，便可纳入传统这一框架下进行申说。中国传统文化的主体是诗歌，古典诗歌形成了什么样的传统，回答这个问题便离不开对传统本身的打量。与传统有主流与支流等概念相对的是，根据西方人类学家的区分，文化传统可以分为大传统与小传统。① 大传统指的是上层知识分子的精英文化，其背景是国家想象共同体，他们凭借并依附权力来予以贯彻实施，如我国封建王朝中对史书经籍的钦定，对科举制度、纲常伦理的设置与限定。而小传统是指民间，特别是穷乡僻壤的广大山村流行的活泼自然而又通俗易懂的草根文化，它依托于底层民众数量上的极其庞大与生命本身的不竭活力，在统治阶级与文人力量影响相对薄弱的边缘地带自由自在地生长，如歌谣、

---

① 人类学家雷德斐（Robert Redfield）的观点，本文引自余英时《中国文化的大传统与小传统》，《内在超越之路》，中国广播电视出版社 1992 年版，第 192—193 页。

小调、传说、故事等，便相应承载着底层群众及其社会的伦理道德、生活信仰与审美情趣等内涵。大传统与小传统之间既有过渡地带，两者也互相渗透、纠结乃至部分更迭。从语言角度来看，大传统有两套并行不悖的语言，立文言为宗，雅手而俗口；小传统则只有一套语言，看不懂、听不懂文言，以"俗口"为源泉，活在口里的语言就是广泛意义上的方言白话，它低俗易懂、因地而易，与日常劳动、生活本身密切相关。再具体一点，就是各地土话方言这一地域性口头语言作为媒介在支撑着小传统的传承。

　　以这一视角来具体考察小传统渗透并影响大传统这一现象，古典诗词中白话入诗便是一个极具历史渊源的文学现象。不但《诗经》之前只有方言性歌谣、民歌等民间艺术形式普遍存在，而且在历朝历代的文人化精英化诗词曲一侧，小传统范畴内的韵文络绎不绝。自《诗经》、《楚辞》列为经书之列后，它本身携带的方言即经文人润饰与儒家阐释后变成经典，其中的方言性质没有被抽空而是被经典化后有意遮蔽，方言入诗由大传统转入小传统圈子运行后，代之而起的是文言作为雅言这一传统的强势化与中心化。文言具有顽韧、强大的统一性与稳定性，掩盖了它易于僵化而表现力不断递减的弱势，也阻截小传统向它渗透蔓延的趋势，让后者不断后退回缩，向旷野山村开疆辟土，在底层民众中生存繁衍下来。因此大而言之，中国诗歌的发展演变，既经过由诗而词而曲，由四言而五言而七言的正统衍变（即胡适所说的诗体大解放），又经过了由诗而散文、戏曲、传奇等文体演化。在这些衍变与演化中，小传统无时不在发挥作用，相比于大传统的文字记载，它只不过主要以口耳相传的方式延续着，是承载生命的另类艺术形式。这一诗歌白话化、口语化的趋势，虽屡经磨难、历尽坎坷，但毋庸讳言也是古典文学传统的一部分，不可缺少的一部分，难道对这一支脉的延传、沿袭，就不是古典传统所具有的正常流变吗？——大传统与小传统，显性传统与隐性传统，这种文学传统内部的错综纠结，无疑将丰富我们对传统的认识，深入全面地洞悉古典文学传统的历史原貌。

　　所以，以五四新文学运动为例，以白话诗取代古典诗歌为例，古典传统在五四并没有断裂，而是一种创造性转换，是一次文学历史、精神的大转折。与其说是断裂，不如说是逆转，它并不等于传统的中断，也不是西化，只是在西化的激发下，传统内部庞杂、多层面等特征得到了重新组织，主次排序有了巨大的变异，在释放之后又呈现了出来，面孔有些与众不同罢了。五四一批学者竭力从中国古典文学与语言本身的演变去寻找革命的根据，也能说明这一点。不过，也许是与心目中的印象不同了，便使不少人感觉的有断裂之痛。前面章节曾从其他角度对此有所论证，也说明了这一问题并不是如此简单，而是恰恰相反。五四新文化运动面对渐趋衰落的古典格律诗歌，不是将死马当做活马医，不是在它不再有生命活力的部分用力，而是梳理其根系，寻找有生命力的部分进行固本清源，另辟蹊径与传统进行一种对话，它是对传统的一种创造性取舍。正是在这种不同寻常而且表面看来的"反传统"中，中国文学传统经胡适等五四先驱的调理被扭转过来承继着、生长着。

二

新文学传统在特殊的发展历程中，与外来文学传统发生了较多的实质性联系，两者之间紧密的关系，也是不可忽视的一环。像古典传统之于新文学传统一样，传统不等于保守，中国新文学传统的反传统，也不见得是值得张扬的进步表现。同样，对于西方文学传统的融通汲取，也不是对革命激进的表现，也不见得是融入世界文学潮流的表征，而是立于不同资源之上的凤凰涅槃般的一次再生。

在人们普遍的认知中，中国新文学与西方文学传统亲近一些，反而对古典文学传统疏远许多。新文学似乎成为西方传统的分支，也成为西方文学理论一个局部的证明，事实上，这也是一种泛泛而谈的"误读"，原因之一在于对新文学传统的阐释，我们过多地依赖、沿用西方引进的术语、概念，带来一些阐释的错位。因为我们没有提炼出比这些舶来品概念更有效、更有生命力的术语来进行阐释，——伴随着现代化的过程，我们受到异域文化、文学更深的影响结果之一，便是概念的漂移，以至于我们无形中与古人所运用的言说方式有了更多的隔膜。中国社会在20世纪发生的变化，也许不亚于中国古代的千年之变，整个社会在现代性的征程上长途奔袭之下，融入世界的力度越大，与原来的起点便越远。同时，古老而稳定的整个民族对现代性的寻求，也是需要付出同等的代价，表现之一便是一旦丧失了这些术语、概念，我们无形中又丧失了自我表述的能力。因此，越到后来，我们的言说都是矛盾重重的，其中便包括对话双方不无歧义的认知差异，哪怕是同一个概念，其内涵也迥然不同，非经一番表述框定不可。目前我们正在启动重新检点我们的阐释立场与阐释话语活动，相信多少能纠正这类倾向。这些概念的歧义性，严重影响了我们对于新文学及其传统的真切把握，影响了我们进一步对新文学内部进行深入的理解研究。中国新文学不是没有自己的独立性，而是我们概括新文学现象、成就的概念大都来自异域。这样的言说方式，具有更多的洋味，现代性也更加明显，但因为多少有原来的传统作为阐释基础，便不得不在两者之间来回游走，患得患失，没有停留、休息片刻的余暇。

外来的文学资源与概念系统，在途经中西文化融合的桥梁之后，在某些范围内影响了我们自己的理解。比如，现代小说方面，鲁迅的小说被归纳为巴尔扎克式的批判现实主义，巴金的小说被视为契诃夫式小说在中国的代言。比如诗歌，胡适是美国意象派诗歌的信徒，穆旦的诗呈现伪奥登风，卞之琳的智性诗是瓦雷里的翻版，冯至的诗风直追里尔克；甚至诗骚传统可以用"现实主义"与"浪漫主义"双峰对峙来予以概括。又比如，话剧的大家曹禺对挪威戏剧大师易卜生顶礼膜拜，是易卜生式的戏剧家……

闻一多在20年代这样批评过郭沫若的《女神》："近代精神——即西方文化——不幸得很，是同我国的文化根本背道而驰的；所以一个人醉心于前者定不能对于后者有十分的同情与了解。"[1] 研究郭沫若新诗与闻一多诗

---

① 闻一多：《〈女神〉之地方色彩》，《闻一多诗全编》，浙江文艺出版社1995年版，第408页。

学思想的学人，他们一般都喜欢征引这番话。但实际上，这并不准确，闻一多在此番话中，对传统，对西方文化，都取着相当隔膜的态度。难道我国文化与西方文化就全然相反，没有曲径通幽的地方？对西方文化的暂时迷恋，就注定会对古典文化弃之如草芥？答案是否定的，在我们看来，类似的随意性的、个人性的发挥，除了有它的时代局限性之外，更多时代、个人之"误读"，也许这是我们每个人都无法完全避免的。但如果在论证时仅仅不加分析地进行引用，或搜集此类观点充当有力的论据，无疑显得苍白乏力。层层叠叠的此类"误读"，正因为有一个相互激发、缠绕的过程，也就自然有一个激浊扬清的历史化过程。

三

与前面对中外文学传统的"误读"相比，第三个方面则是最为重要的，误读也是芜杂的，那就是新文学历史本身，是通过无数现代作家、评论家的共同创作而形成的独特传统。它既不是古典传统的复活，也不是西方传统的移植。这里面有一个生命主体创造的传统，不容漠视。"现代中国学术忽视生命体验与生存感受的问题，既属于现代中国学术流变、现代文化发展中长期存在的痼疾，又直接折射出了十余年来中国学术思想界的深刻危机。"[①]

对新文学传统的认识，关键的是，不管外部客观的因素如何强势，弊端如何突出，但真正支配自己阐释的还是存在的主体，创造主体自我生命的体验与表达，是主体自我精神的生长的基础。古典传统也好，外来传统也好，它能够顺利进入我们的精神世界，在新文学史的流变中显身，一定是因为它得到我们生命创造机制的许可，弥补了自身生命的某种结构与不足。这一过程发生的机制是有能动性的。如以新诗为例，"任何一个诗人的创造都离不开自己的传统，但在我们过去的理解中，传统似乎仅指中国

---

① 李怡：《生命体验、生存感受与现代中国的文化创造——我看"新国学"的"根据"》，《社会科学战线》2005 年第 6 期。

古典诗歌传统，实际上，传统是一个浑融的整体，是诗人所赖以创造的全部基础。对于中国现代诗人，中国古代的诗歌和西方的诗歌都是他赖以起步的诗歌传统，只是它们在各个不同的历史时期所起的作用有所不同，诗人自身对它们的意识有所不同……西方的传统到了中国的诗歌中，发生了变异，有了不同的特质，当向西方诗歌学习成了一种定式，人们就感到自己仍然无法离开中国古代诗歌传统……但在这时，中国新诗的作者却已经接受了西方诗歌的影响，他们已经无法完全洗净也不想洗净这些影响了"。这样一来，"这两种传统在现代诗人意识中正像红绿灯一样一个亮起来，一个暗下去，暗下去又亮起来，亮起来的又暗下去，轮番发挥着自己的作用，导致了中国新诗的不断演变和发展"。①

这是相当精辟的言论，虽然涉及的只是中国新诗在古典传统与外来传统的情况，但扩大开来对于中国新文学及其传统而言，都具有普适性。在社会政治、经济、科技、文化等激发下，新文学不断转化中外文学传统，寻找到自己所需要的养分，化合出大量新的元素，推动了它不断演变和发展之路。所以，引申来看它是在不同的十字路口遭遇红绿灯，而不是在原地踏步。

新文学传统的有效基础，应该是现代作家的集体心智的汇总。文学传统的重心不在于厘清它与外国文学、文化的关系，也不在于辨析它与民族传统的纠结，而在于新文学史上的作家们是如何感受并描述当前的文学环境与生存环境，这是中国人的实际生存状态的曲折反映。如果说新文学传统还在不断生长，整个社会还需要它保持这一状态，肯定是中国人自身在与现实遭遇时发生了一系列的变化，产生了不可遏制的精神饥渴，才有文学生产与消费的内在推动力，才可能出现这样的新文学作品而不是其他。在 20 世纪里，通过作者与读者的共同努力，留下了文学，也留下了一个时代侧面的精神史。在这个意义上，只有作为创造主体的人的精神建构成为现代文学、文化创作与研究的首要目标，古今中外的文学乃至文化就自然

---

① 王富仁：《中国现代新诗与古典诗歌传统·序》，北京大学出版社 2008 年版，第 2—3 页。

被整合为可以自由选择的对象，它们也不再是一个个僵化的标准，或者是一扇扇阻碍我们视线的屏障，而是恰恰相反，成为取用的丰厚资源，它让我们感受到自己的呼吸，感觉到自身生命的有力存在。

四

对于每一种文学现象，都至少可以有若干种不乏合理性的阐释，阐释者主体意识的强化相应带来了阐释结果的伸缩变化，这都是不可避免的现象。来自文坛后来者的有差异性的不断认同与变异，携带各自人生感受与体验进入文学，把各自的理解、感受书写下来，才有了真正意义上的文学传统之流变。这一过程中间有不少误读，有些是无意的有些是有意的，但无意的误读更有意义。关于这一点，我们并不坚持布鲁姆阅读即误读理论，过分地夸大误读也就失去了讨论的价值，尽管他的理论富有冲击性。

从这个意义上说，无意的"误读"，以及误读的缠绕，是带有创造性的一种精神活动，是生命与生命的对视与对话。短暂的陌生产生不适，长久的陌生使人改变想法。比如，新文学传统内的"反传统"倾向，线性的时间概念让人产生紧张的焦虑。因为人们在自身的语境中与时间概念中，很难承认反传统本身是传统的误读与生长。又如，在新文学史上，对传统文类的接续时时提上日程表，对外来的文类也是在参照中加以取舍，这都有一个当下化、本土化、自我化的过程，其实也是传统本身在生长的另一种表现。低估了传统，误读了传统，都会带来偏差与错漏。文化与传统的隐形，需要有大气魄与大手笔来推动。传统的扭转，并不意味着传统的乏力，而恰恰相反，意味着传统本身的健旺，真正的传统本身是不怕人们加以逆反的。

新文学传统是未完成的命题，没有终点的理论旅行。如果有人要问，新文学传统，现在成形了吗，成熟了吗？以一种生命的譬比来打量传统本身的发展状态并不合时宜，如果仅仅以成熟与成形来完成对传统的一种估量，也许没有共识可言，我们很难统一述说哪种传统在什么时候或地方，在哪一个手里得到这一结果。新文学传统本身需要的只是积累、流变，它像一条没有目的的河流，每个现代作家的智慧自然地汇入这一条河，在不断的淘汰中成为传统的一部分，我们能说河流的哪一段是成形的吗？

　　新文学传统正是 20 世纪一代又一代人不间断的误读才生长起来的，误读还在继续，新文学传统的生长也在继续。误读的缠绕与新文学传统的生长，也就有两层含义：一方面，是新文学对于古典文学而言，是古典文学及其传统的生长；另一方面，新文学本身，自身形成的传统也在不断生长，不断形成历史的意识。

五四：文化的断裂还是生长？
——与毛迅对话

20世纪90年代以来，对于中国现代文学的价值重估问题一直困扰着学界，其中，断定现代中国文学"断裂"了中国文学传统的声音一直占有相当的分量，中国现代文学研究界对此的回应虽然不断出现，但似乎都流于为"断裂"而掩饰，这样似乎还不足以直接面对"断裂"之说的挑战，究竟中国现代文学在发生发展过程中存在不存在这样的"断裂"，我们又当如何来评判这样的现象，在纪念五四新文化运动九十周年的今天，有必要认真回答这一问题。

李怡：新时期以来，中国现代文学研究出现了许多值得我们深思和反省的思潮或者说声音，比较引人注意的是对五四新文学开启的现代文学的性质、价值取向等的重新认识和估价。尤其值得注意的是，在这种估价中，有一种声音显得非常突出，这就是五四新文学出现了与传统文学的根本断裂。而且，在一些批评家那里，多次将五四新文化运动与"文化大革命"联系起来共同作为新文学与传统文学发生空前断裂的标志。这在某种意义上构成20世纪90年代后现代文学研究中最引人注目的一个主流的声音。这种声音到目前，已引起许多研究者的注意，并不止一次对其进行质疑，表明了不同的态度。但与断裂论声势如潮的景象相比，质疑和回应的声音还显得很微弱，力量不够。

毛迅：这个问题不解决的话，中国现代文学甚至整个新文化运动的合法性及存在根基将变得晦暗不明，令人生疑。仅仅从对现代文学学科的自我维护目的出发，即为了对现代文学学科本身负责，我们也应该对这个问题进行重新反思。断裂论的这种武断和随意性可能从另外一个层面完全遮蔽了新文化运动发展的一些本质。新文化运动以来延续了这么多年，现在一下要把它彻底摧毁掉，那么，我们如何能够退回到新文化运动以前，这种可能性存在吗？从时间的层面看，历史不可能退回去。而从内在逻辑的层面看，五四新文化和新文学实际上根本就没有与传统发生过真正意义上的断裂。但这个问题一直没有得到深思熟虑的清理和分析。因此，对断裂论回应的声音总是显得柔弱，不足以与之抗衡。

李怡：这里有一点必须要认识到，很明显，过去有一些长期从事现代文学的学者对断裂论还是有一种本能的反对。但是，他们的回应的力量很弱小。原因在于，他们往往简单地用不断裂来对抗"断裂"。有人提出，我们的新文化和新文学与传统文化与文学断裂了，他就认为没有断裂。但他在提出没有断裂的同时，却没有回答一个文学史和文化史的一个重要现象。的确，现代文学与传统发生了一些不一样的改变，而断裂论者恰恰抓住了这种改变了的形态，在某种意义上夸大了这种改变了的形态或现象，或者说混淆了它改变了的实质。而反断裂论者似乎又想极力抹杀这种改变。前者夸大了这个改变了的事实，而后者则是有意识地回避了这个改变的事实。因为他们没有找到描述这种改变的更好的方式或概念。我们既要承认这种改变，同时又要证明这种改变是有意义的，并不是简单的一种文化上的断裂。

毛迅：从这个意义上，重新提出这种反思，同时在阐述我们对这种现象的看法时，找到一种更新、更有力的叙述方式，在今天显得尤为必要。

李怡：对于"断裂论"，从学术史的角度去寻找其根源，我认为有几个因素值得注意。首先，近代以后，从中国文化自身的转型来说，它承受了来自西方强势文化的挤压，这种挤压不仅是历史事实上的，同时更重要的是它构成了我们的心理事实,从心理上承受了许多西方文化的挤压。在这种情形下,如何看待自身的力量,看待自身文化的发展规律,也就是说,在承受了如此大的心理挤压的情况下我们能否准确描述出外来的文化与我们自身发展之间的关系?这是一个不容回避的问题。第二,进入到20世纪90年代后,整个中国文化界有一种很自觉的对80年代比较明显的西化的批判和检讨,这一学术思潮对于知识分子的思维方式和主流话语产生重要影响。我们看到,90年代后如新儒学的思想得到广泛传播,以及海外汉学尤其是美国的汉学界,在他们的立场对中国新文化也提出了一个加强对传统文化接受的问题。

毛迅:它实际上成了学界反思五四新文化运动的一个貌似合法的主流话语,一种权威判断。一旦我们讲到现代文学及现代文化,断裂论就成为一个对整个新文化进行彻底批判的理论起点,一种习惯姿态:五四新文化成为与传统断裂的边际,也是一个标志。而这样一种断裂论,其表面形态上的合理性,或者说现代文学研究界对其回应的软弱无力,使得它已经成了一个被固定下来的知识,形成了一个普遍的误导,而其背后的若干的理论问题,无论断裂论者还是反断裂论者皆没有对其进行清理和反思。

李怡:其可怕性就在于此。它已经成为青年一代关于五四新文化运动及新文学的知识构成。

毛迅:我们今天就是想再次对这个基本上要固定为知识的论点——其内在的缺陷甚至是逻辑上的错误进行清理和反思。其实,断裂论及后来衍生的失语症、西方单向影响说等,其逻辑上存在许多问题。首先,传统实际上是连绵不断的,就像艾略特所说,它是一个不断累积的过程,就像河流的运行,它不可能被人为地彻底断裂,断裂了就是没有了。即使是修三峡大坝,也只是将长江阻隔了一下,不可能将其彻底消失,长江仍然是长江。传统这条大河,实际上不断有新的河流新的支流的汇入,然后进入一个新的广阔的世界性的海洋,它是不断汇入、融会和发展的过程。

李怡:这个比喻非常形象。拿我们长江、黄河来说,从其发源地到汇入东海黄海,这整个可以来说明我们的传统。从发源地到入海口,构成了滔滔不绝的传统之河，中间经过许多不同地形，形成不同的状，但是，其源头和终点是不变的。在这个过程中，肯定会有其他的河流其他的水源汇入，像长江中途就汇入了金沙江、岷江、嘉陵江等，它们是构成长江的主体水流的有机组成部分，换句话说，如果没有中途这些水源的滋养，长江依然是长江，而有了这些水源的滋养，长江并没有变成黄河。因而，传统它是一个延续不断的自然过程，不是简单的可以人为截断的。在历史上，黄河经历了多次改道，这是基本事实。但是无论黄河怎么改道，我们关于黄河的描述都是关于黄河的历史事实。同时，如果不进行汇入支流，黄河不改道，更不能叫河流。像河流一样的传统，从古至今，绵延不绝，到今天还在滔滔不绝流动这一事实，在这个意义上，变化——一定的变化本身就是传统的自然的内在需求。

毛迅：也就是说，汇入、吸收，这样才能保证传统之河流得更远。从传统之河的界说，我们引出了一个新的问题，传统实际上是一个不断生长着的有机体，其生长过程中不断有新的元素加入。从世界文化史发展史看，具有世界意义的文化，它都有一个向外融会、生长的过程，如璀璨的古罗马文化就融会了古希腊文化，英格兰文化是融会了盎格鲁—撒克逊文化，并融会凯尔特文化、古罗马和罗曼文化的结果。今天的美利坚文化则几乎是在英格兰文化的基础上融会所有世界优秀文化的结果。它不是凝固不变的，总有新的元素加入并一直在有机地生长。那么，就拿中华民族自身创造的灿烂文化来说，它的形成也不只是一个单调的最原初的所谓中原雅音这样一个单一的声部，而是由华夏文化、楚湘文化、河姆渡文化、巴蜀文化等许多区域性文化元素的不断加入而构成的。再加上少数民族的交往如西域、北狄、北域文化等新元素的汇入才使中华民族的文化传统成了一部丰富壮丽的交响乐。

李怡：的确，在文化发展的事实上，每当在自己的文化发展过程中有机地融会了其他新的文化因素的时候，中华民族的文化就显得非常的强势和有力。比如，唐代对各种新的文化因素包括当时的西方——西域文化的开放性吸纳和部分融合，形成了中国历史上少有的盛唐之势。这也就有力地说明了，传统自身是如何通过对其他文化的融会来保存自己的生命力，从而成长壮大。一种民族文化形态它要取得世界性的认同，它就是要不断地在融会中生长。这是文化本身生长、发展的逻辑。它只要不凝固，不死亡，它就会不断寻求生长的可能。那么，在五四新文化运动产生以后，它与传统文化的关系，仍然是一种生长、发展、融会的关系，并不是对传统的断裂。事实上，回推到五四前的那些历史阶段对外来因素的吸纳，我们都认为其是中国文化。而五四以后，为什么一些新融会的文化因素进来之后这段文化反而就不叫我们的传统文化？而叫断裂？这显然是荒谬的。传统作为一个生长着的有机体，它要沿着其内在动力或者是指向发展的话，这自然引出另外一个话题，同样看到断裂论的逻辑矛盾。这就是，传统一旦形成了传统的一种形态的话，它就形成了自身的内在结构。

毛迅：或者说，借用一个结构主义的说法，它就有它这个传统的深度模式。当然，我们在这里并不去探讨中国文化的深度模式是什么，我们相信中国文化有自己的深度模式，那么，在这种深度模式或是逻辑的限制下，不管是怎样的吸收它都不会改变其生长方向——也就是它本质性的特点。

李怡：在传统之河从源头滔滔不绝向前的流动中，任何人为的切断都是不可能的，所谓抽刀断水水更流。水在这里体现了其内在的韧性，也就是其内在不可阻挡的逻辑指向。任何一个历史形态的归纳——归纳成过去、现在和未来，在某种意义上都带有某种策略性。我们不能因为作出了这样的归纳，就从根本上忽略掉他们内在的有机的连续性。我们说，五四新文学和新文化它构成了我们所说的现代。这个现代，在某种意义上，它的确区别于传统，同时我们也必须看到，正是这样一个区别于传统的所谓现代又继续构成了传统的一部分。以至于当我们今天说中国文化的传统时，这一传统其实就包含了现代文化。

毛迅：在这个意义上讲，我们现在面对的过往的几千年的传统，实际上也经过了无数次的现代。古人当年面对的传统和我们现在面对的传统并不等同，我们现在谈古文运动时，那些当事者们眼里的现代，对我们来说仍是传统。我们所说的现代，随着时间的推移，也将变成过去，也就成了未来人们看到的传统的一部分。任何现代——历史上的无数次现代，包括我们今天置身的这个现代，共同构成了传统的整体，所以，我们不能用简单的二元对立的方式来理解我们今天的现代与几千年的传统的对立，这是非常粗陋的处理方式。就像艾略特在《四个四重奏》里所写的那样，过去、当下和未来其实是相互渗透、包含的：

<blockquote>
Time present and time past

Are both perhaps present in time future

And time future contained in time past...
</blockquote>

李怡：事实上，从中国现代文学的具体实践来看，这种所谓的断裂论也是站不住脚的。比如，我们抽取现代文学创作中最西方化的创作现象如象征派、新月派、后来的新感觉派及九叶派等来考察，他们的创作是被断裂论者认为是最西方化的，好像是与我们文学传统不一样的形态，但当我们很深入地进入他们的创作文本，做到真正的熟悉，我们会很容易地看到，在他们的作品中有明显的传统的思维模式及文化逻辑。象征派、新月派等，是现代诗歌史上比较自觉地向西方靠拢、自觉沟通中西两种文化的典型例子。我们还可以通过现代文学史上那些有意识地尖锐提出反传统的诗人，我们依然可以从他们身上找到典型的中国式思维及中国式情感。这也同样可以证明，传统文化、传统文学作为一种深度模式的现实存在，比如，典型就是 40 年代的穆旦。他的反传统恐怕在整个新诗史上都是十分突出的例证。他甚至公开说过旧诗读多了对创作新诗没有好处，王佐良对此还有一个判断，他认为穆旦的成功就在于他对中国传统的无知。我们现在就是要透过这样一些表面化的判断，去探究它的实质。根据今天一些学者的分析，像穆旦的《诗八首》的思维模式也与杜甫的《秋兴八首》有内在的关系。

毛迅：事实上，如西方象征主义，实际上与我们诗歌传统中的某些内在思维方式比较相通。正是这样一些思维形式的内在相通，才构成了新文学主动接受的基础。虽然中国的传统诗学中没有象征主义这样的说法，但仍有托物寄志、假象见义、象外之旨、思与境偕等某些与象征主义相似、相通的诗学思维。这就使得西方象征主义很自然很顺利地在我们这里生根、开花、壮大，这里面隐含了一个道理：凡是在中国现代文学的创作实践中能够强势生长的那些外国诗学文化，包括象征派、意象派等，恰好就是因为它们契合了中国相应的文学与诗学传统中的思维方式与欣赏习惯，才可能生根开花。

李怡：这就证明，在实践的层面，是我们文化传统内在的东西在决定我们对外来东西的选择和吸收，这种选择并不是漫无边际的。同时，也就更说明了，在现代文学中即使是那些最现代主义的那些层面的实践，其骨子里面仍是在中国传统文化的深度模式的指引下来展开的。

毛迅：所以才可能出现当年中国现代诗派试图沟通中西诗歌根本处、在晚唐五代诗歌与西方象征派、意象派诗歌之间寻找艺术融合契合点的各种探索和尝试。这种情况之外，还有更多的不断主动地向传统回归的潮流。它们虽然是用白话写新诗，用白话写散文、小说，语言形态上好像与传统的语言形态不一样，但在很多方面，如审美观念、意象选取、情绪、音律上有主动回归的倾向，比如，徐志摩的《再别康桥》，诗中的金柳、夕阳、青荇、长篙、星辉等意象的选取以及双声词、顶真手法等的使用，都显示出该诗的传统韵致。因此，新诗语言形态上的差别并不能断掉其与传统的内在的精神联系，一种非常牢固的血缘关系。鲁迅也是一个典型。他作品中对故乡、对三味书屋的复杂的留念之情，表明其骨子里充满了对传统文化难以割舍的复杂情结。新文学创作实践中的这种对传统的细雨润无声似的依恋，从新文学诞生始就从未中断。一直到40年代毛泽东明确提出中国作风、中国气派的理论主张，可以有力证明，新文学从来就没有真正放弃过传统。除了新文学的主流之外，实际上，在我们主流文学史所忽视的广大的白话通俗文学创作领域，其与传统的血脉关系就更为明显，如当时以传统的章回小说形式书写的通俗言情小说、武狭小说等。

李怡：这也说明，我们文化的内在精神结构在起作用。除此之外，许多新文学作家，公开表示就是要从传统文化中汲取营养。比较极端的表现是通俗小说和旧体诗，如许多新文学作家公开发表了许多新文学著作，但他同时又不断地写旧体诗。在诗人唱和之间，表达、排遣个人心绪时他自然就选择了旧体诗。如鲁迅、毛泽东等。当他要表达自己最内在的情感时，他就用旧体诗，似乎只有这种方式才能表达尽他的内在情感。再就是刚才所说的中西交融，对传统的自觉和西方的自觉是并行的，如新月、现代派，他试图把传统和西方沟通起来，通过沟通更好地将两者的精华吸收。

毛迅：上述列举的事实说明，传统文化的血脉实际上无所不在，既有显的层面也有隐的层面，一直在流动，从未断裂。可以说，潜移默化的深度承传是绝对"在场"的，断裂只是一种假象。

李怡：在这个意义上，我们再对所谓反传统——这个偏激口号的存在现象加以研讨。我们必须承认，这些新文学的始作俑者们的确有许多偏激的口号或者说偏激的言论。但从刚才的分析，首先可以得出，无论怎样的偏激，他都没有从总体上——生命意义上改变他与传统的联系。可以这样说，传统的运行是以多种方式存在并进行的，就像河流有支流要改道一样。但有一种运行方式我们必须承认：传统的延续是通过对他自身的一种反叛性的调整来构成的。打个比方，一个胎儿如果要获得自己独立的生命，就必须先要与母体断裂，如果断裂指的是这样的方式，则这个断裂就是合理的。胎儿如果不从母体断裂出来，他就无法成长为一个生命。但是，他并没有达到那些指责新文化运动的那种意义上的断裂，他们的断裂意味着与传统毫无关系，成了一个异类。一个婴儿从母体诞生后，他并不是生命的异类，他恰恰是充分地吸收了来自母体的营养，甚至接受了她的生命基因、血缘等才成长为一个健康的生命。这种断裂是形态的、生存方式的改变，内在的血脉则延续下来了。

毛迅：如果以婴儿降生为例，那么，降生这种形式所体现的反叛、断裂，恰恰是他继承传统的必然。在这个意义上，我们要理性地看待一些反传统的行为。这种行为本身就构成了传统自我有效延续的调节办法。因为脐带的割断，是切不断血脉、基因之间的联系的。另外，有时候，偏激的言行——全盘西化的诉求更多的是一种策略。在特殊的语境中要发出一种声音让所有的人来关注，或者说让很多人能够听到，也许就要用一种过激的方式使声音放大。或者，这种偏激就是某种政治上的需要，是就传统的负面因素（对国家的未来、命运的发展有阻碍的因素）从民族救亡的角度来审视、言说的。反传统实质上是反传统文化中阻碍中国向现代社会形态发展的封建专制主义，并不意味着是对传统文化的所有形态、所有内容的全盘否定。

李怡：这也是一种生存的需要。因此，任何一种理论的表述，任何一种语言、概念，只有在特定的语境之下，才能准确地判断其真实的意图，离开了语境，单纯的一个词如高、矮，都是一个不确定的漂浮的词语，世界上没有绝对的高、矮，只有放在特定的语境下，我们才能准确地说出这个词的含义。那么，以五四新文化运动初期为例，当时整个传统文化对新生事物构成了巨大的压力，足以令稚嫩的新生命窒息，这个时候，新的生命为了获取生长的可能性，它的确会采取一种在我们今天看来比较偏激的方式来击破这样一种自我束缚的外壳，只有冲破这个外壳，才能找到一个新的生长点。这个偏激本身具有合理性。我们要理解这个偏激就必须结合当时的整个文化语境对他的影响。没有如此强大的来自传统文化对他近于窒息的挤压，也许连那个偏激本身我们也不能够发现。

毛迅：一潭死水，要它起点波澜，必须要投石，以近似破坏的方式来将其激活。其实这种破坏方式的指向还是封建主义。如果我们再进入那些当年偏激过的文学大师们的文学实践中去，我们会发现，其实他们有着似乎言行不一的整体效果。他们喊出来的极度偏激的言语与他们创作中的那种对传统的依恋往往是矛盾的。比如，鲁迅，其许多杂文里的反传统言论极度偏激，但实际上他对富有传统意味的哪怕是社戏，哪怕是百草园、三味书屋中的一草一木都充满了血脉相连的依恋。对于这些偏激者们来讲，一旦进入母语表达的层面，自然就接通了与传统的血脉的联系。

李怡：这方面的例子太多了。如新文化的猛将陈独秀、胡适等当时是全盘西化的代表。胡适、陈独秀曾公开宣言，"无反对派讨论之余地"，说得这样偏激。但在胡适的白话新诗中明显可以看到宋诗派的影子，而在陈独秀身上我们清楚地看到那强烈的传统知识分子的政治情怀及忧国忧民的追求，他们可以说是两个典型的传统文人。

毛迅：所以，通过认真的事实分析，我们看到，当时喊出偏激口号的人，恰好是用传统的文化方式来反传统，并不是真正意义上的反传统。其出发点还是想把传统文化中的糟粕扬弃，使传统在吸纳了新鲜血液后变得更加的有活力。实际上，这些反传统者极其的珍爱传统。像徐志摩那样一天到晚言必称西方，对欧洲充满了向往，一旦涉及关于中西文化比较时，他还是认为西方除了船尖炮利外，并不比我们好多少。所以，他在《马塞》一诗中写道："我爱欧化"，但接下来的是，"然我不恋欧洲"，"不如归去"。这些表面西化的人骨子里其实是真正的爱国主义者，是真正的珍爱传统。其言行不一，似乎也表明了他对传统的怒其不争的哀怨式的反叛。这实际上也是对这样一种危机感的激进表达：如果我们传统中的负面因素不清除，则传统中的瑰宝就真正可能被他者灭掉。

李怡：因此，当我们今天要对五四新文化运动进行评价、判断，分析他的基本形态时，究竟应该如何全面地把握新文化运动、新文学追求的事实？是仅抓住一些只言片语、表面的策略性理论，还是要更全面地认识他们的全部精神成果，特别是作为创作成果的文本——文学文本本身？我们必须慎重地对待这个问题。最近几年，我们的文学批评出现了这样的趋势，自觉不自觉地进入纯理论的建构，而忽略掉了对文学文本的深入细致的解读和分析。我们往往简单地满足于一些表面上的一种清晰的结论，并且就把那些表面的清晰的理论化的东西当做文学事实的全部，这显然是一个非常片面的对文学的一种观照方式。

毛迅：一种非常简单到粗陋的学术研究方式。

李怡：这种态度在逻辑上呈现出一种有趣的悖谬。当我们在指责五四新文化人他们充满话语霸权时，恰恰是我们对那段历史充满了更大的主观、武断的霸权色彩。这是一个值得我们警惕的现象。文学重新应该回到文学文本的丰富的事实中来。我们首先必须将对文学文本的更加全面、仔细的解读作为起点，才能够分析到底现代文学与传统有什么样的关系。

毛迅：实际上，对文学事实的仔细关注和分析，相当于在法律个案中寻找证据。一个人反传统，不能简单地看他喊出了什么，而要看其真实的动机和反的结果是什么。就五四新文化运动来看，虽然人们喊出了全盘西化的口号和诉求，如我们上述分析所见，其真实的动机实质上是为了中华民族的更健康的发展，是为了"走出去，更好地回来"——最终的目的是为了他所在的传统更长久地延续，长盛不衰。这种现象在外国文学中也很常见。如拉美文学走向世界的进程，墨西哥具体派诗人帕斯就说："为了回到原点，首先要敢于走出去，只有浪子才谈得上回来。"古巴的卡彭特尔也说："对古今外国文化的艰苦探讨和研究决不意味着本身文化的终止。"从拉美文学自身向外的吸纳或者说反叛传统的过程来看，其动机都是为了回去，是为了自身文化的更好发展，而最终也以其独特的文学风格耀眼于世界文学之林。那么，对今天的我们来讲，如果我们找到那些激进的反传统的文化大师们的真正的动机后，从他们的文本事实出发，就可以理解真正的中国现代文化、现代文学对传统的真实态度。

李怡：在认识到这点的同时，我们的确要承认中国现代文化与文学确实发生了一种改变。只是，这种改变不能简单地称为断裂，我们可以寻求一个新的概念来表述它。

毛迅：从近年来的不断反思中，我们觉得，不管是断裂论者还是对断裂论者质疑的人，都对改变这个事实没有进行很好的理解和分析。其实，改变不等于断裂。改变的内涵是生长，而五四新文化也不是要断裂一个传统，而是要通过对传统的改变使这样一个传统得以更好地生长。这就是我们所说的新陈代谢的机制，如果这种机制停止了，生命的机体也就死亡了。

李怡：这实际上是一种避免死亡的积极方式。因此，我们现在再来看，所谓由于西方文化大量引入而造成中国传统文化意义上的失语症的担忧，虽然我们很同情、很理解他们对传统文化的忧虑和热爱，其实这种忧虑是大可不必的。

毛迅：这种现象与其说是失语，不如找一个更好的词来描述，这就是：变声。一个人的生命过程中，从婴儿的牙牙学语到成长成熟，其间会经历多次的变声。只有经过了多次的变化，他才能更好地适应这个世界，而这变化本身是自身生命体发展的一个自然现象。而且，他代表了生命体不断成长的趋势，不能说一个人从童音变成了成年声音后，这个人就变成了另外的一个人。尽管一个人在幼儿园、小学、中学、大学时说话的声音不同，但他仍然是在其自身的生命轨迹上沿着其从母体继承来的染色体、基因、血脉在生长，他还是他。变声是生命机制作用的自然生长过程，并不等于生命轨迹的断裂。

李怡：事实上，与变声相类似的人的机体还有很多变化，如婴儿时期的牙齿并不能保证他一生的进食活动和需要，所以在青少年时期到来时会自动发生换牙现象。人的机体的这种变化都是为了保证机体的茁壮成长，所以我们不能对机体自身的这种变化大惊小怪，以至于不能忍受。

毛迅：而断裂论及在其影响下生发出来的失语症及西方文化单向影响论等，所表征出来的对中国传统文化将要失去的焦虑，实际上是一些人对自己变声后的新的声音的不适应而产生的。由于人们对自己传统变声后的新的声音的不熟悉，因而造成了广泛的焦虑，这种焦虑甚至误导了许多人对我们自己的正常的健康的生长过程的错误认识。事实上，喊出断裂论、失语症的人，他们的声音也已经变过声的了，而他们却没有意识到自己是在用变了声的声音在试图说他想要说的童年的声音，但那种童年的声音连他们自己也说不出来了，或者是不会说，或者是已经没有必要说。但是，童年声音所言说的内容，也就是一种文化的精神，在我们变了声的声音里依然可以说出，也就是说，并不一定要讲"风骨"，才能道出"风骨"所承载的那些义涵，用变了声的现代汉语，用当下的其他语词，应该是完全可以把"风骨"、"气韵"一类传统话语的内涵表述出来的。

李怡：而对我们已经变了声的新的文学和文化形态的漠视，实际上，也就是对我们自身的生命的进一步成长壮大的限制，在更大的意义上影响我们更清醒的自我关照——更清醒地为我们的未来找到一个发展的方向。

毛迅：也就是说，我们未来的选择必须是在对我们的新声音的充分的了解、适应的基础之上。换言之，进入到新文化运动以来的中国的文化与文学，在其内在的逻辑理路上，一直在寻求更健康、更丰富的生长，它是我们传统大树上生长出来的不一样的美丽枝条，从来就没有与传统的根真正断裂过。

后 记

　　本书构想于 2004 年，正好有机会申报了高等学校全国优秀博士学位论文作者专项资金项目，并且获得了批准。2008 年申报国家社科基金"中国现代文学批评概念与中外文化交流"，关于"传统"概念的理解其实也属于这一新的研究计划了。这样便有了目前这个以观念和概念为中心进行学术史检讨的写作方式。

　　课题框架由李怡设计，具体研究由李怡和颜同林、周维东三人共同完成。李怡分担了导论、第二章，颜同林承担了第一、第四章，周维东承担第三章。最后笔者负责全书统稿。不过，究竟每个学者都有自己的具体观点和想法，要取得完全一致并不现实，所以我的统稿是保证了大的构思的一致性，至于个人思想的一些特色也尽量予以保留，我想，这也是中国新文学"传统"丰富的一种生动体现吧！

　　感谢为本课题研究提供支持的各级学术基金，感谢为本书的出版付出了辛勤劳动的郭晓鸿女士！

李怡

2009 年 7 月 22 日于励耘居